Lundi, ils nous aimeront

Éditions Verdier
11220 Lagrasse

De la même autrice

Mère de lait et de miel
Traduit du catalan par Dominique Blanc
Verdier, 2023

Le dernier patriarche
Traduit du catalan par Anne Charlon
Actes Sud, 2009

Najat El Hachmi

Lundi, ils nous aimeront

ROMAN

Traduit du catalan par
DOMINIQUE BLANC

Verdier

www.editions-verdier.fr

ISBN : 978-2-37856-208-3

Aux courageuses qui sont sorties
du droit chemin pour être libres.
Même si ça leur fait mal.

Lundi, lundi, lundi…

Lundi nous serons différentes. Lundi ils nous aimeront.

Nous n'arrêterons pas. Nous courrons sur les chemins de poussière et de boue, nous sauterons jusqu'au plafond de nos chambres, nous vaincrons la morsure de la faim, nous dominerons nos instincts les plus primaires. Nous serons fortes : notre volonté sera de fer.

Lundi nous commencerons une nouvelle vie, nous serons telles que nous devons être et pas telles que nous sommes. Nous nous adapterons à la forme qui convient, nous ferons entrer de force nos chairs dans le moule, nous jetterons aux ordures tout ce qui dépasse. Ainsi nous aurons du succès, un succès sûr et définitif. Nous obéirons au doigt et à l'œil à toutes les règles, nous serons des femmes convenables et nous accomplirons tous nos devoirs : ceux qu'ils nous ont imposés et ceux que nous avons inventés nous-mêmes pour être encore meilleures, au-delà de ce qu'ils exigent de nous.

Lundi nous serons plus minces, plus sveltes, plus travailleuses, nous serons de meilleures filles. Nous cesserons de douter, de perdre du temps, d'être tristes, d'avoir peur ou d'avoir la flemme, d'être fatiguées, d'être inconstantes et indécises. À partir de lundi, sans faute : la totale. Nous ferons de l'exercice et un régime, nous tiendrons la maison propre comme un sou neuf, toujours occupées, veillant à ce que les enfants soient bien habillés, bien nourris et qu'ils dorment le temps nécessaire. Nous suivrons des formations et nous soignerons notre apparence pour obtenir les meilleurs emplois et les meilleurs maris. Nous nous entretiendrons et cesserons d'être débraillées. Nous serons de bonne humeur et nous jouerons avec les enfants pour qu'ils voient le bonheur s'afficher sur nos visages, ainsi à l'avenir eux aussi ils seront heureux. Aussi heureux que nous. Nous étudierons, nous fournirons des efforts, nous progresserons et nous atteindrons tous les objectifs qui jusqu'ici nous semblaient inatteignables.

Lundi nous adopterons tous les modèles qu'ils nous proposent. Nous les rendrons compatibles même s'ils nous paraissent contradictoires. Nous sommes ainsi, nous autres : flexibles et adaptables. Nous ne nous disputerons plus, nous ne nous rebellerons plus. Nous serons convenables, selon la volonté de Dieu ou celle du cinéma et de la télévision, des chansons d'amour et des revues de mode, des livres féministes et des manuels de développement personnel. Et alors… alors ils nous aimeront.

Combien d'années avons-nous vécu sous ce régime martial martelant sans cesse nos esprits ? Comment nous est venu ce désir de perfection, cette soumission expresse à toutes les normes ? Toi, je ne sais pas comment tu faisais mais il suffisait de voir à quel rythme tu t'activais sans cesse pour s'apercevoir que ta vie aussi était soumise à ce coup de sifflet qui disait « je dois faire plus, je dois être plus ». J'ignore, car nous n'en avons jamais parlé, si ton martelage à toi prenait la forme d'un discours intérieur te fustigeant à chaque instant ou si ton corps l'avait déjà intégré. Dans mon cas le « lundi ! lundi ! lundi ! » de chaque début de semaine, l'ardent désir d'entamer une nouvelle étape où la force de ma volonté rendrait possible une vie différente, était depuis longtemps un mécanisme profondément incrusté au fond de ma pensée, une alarme qui sonnait quand ma tête s'égarait vers des zones dangereuses d'où elle ne pourrait plus sortir, si je n'y prenais garde. Un vrai bourbier.

Le « lundi ! lundi ! » a commencé bien avant que nous nous connaissions, vers les douze ans, quand mon corps en pleine transformation m'a immergée dans une sensation permanente de trouble et de perte de contrôle. C'est alors que j'ai adopté ce rituel : dresser des listes, des listes et encore des listes de tout ce qui avait un rapport avec la vie et son élan perturbateur. Quand les fantasmes, surtout s'ils étaient sexuels, soudain m'assaillaient, j'essayais de les repousser comme je pouvais, je m'efforçais de les faire disparaître. Alors, pour revenir à la réalité, pour résister à l'excitation de mon imagination, je prenais un bout de papier et un stylo et je dressais des listes de tout ce que je ferais à partir de lundi : plannings, horaires, menus de régime, nombre d'abdominaux en série, temps d'étude, d'exercice, de sommeil, de repas, de respiration. Tout pour être mieux organisée, plus ordonnée, meilleure. Pour ne plus me percevoir moi-même comme un amas confus et angoissant de chemins interdits qui s'entrecroisaient dans mon corps. Lundi je serais de nouveau la bonne fille que j'avais été, sans ce battement insistant qui s'insinuait au plus profond de ma chair, sans désir. Ainsi, et seulement ainsi, je serais acceptée, et aimée. As-tu éprouvé la même sensation ou bien ne t'ont-ils pas laissé le temps de craindre l'emballement du cheval sauvage en toi ? As-tu toi aussi senti que tu n'étais plus digne d'être aimée car tu t'étais transformée en un corps dangereux qui tressaillait sous le regard des hommes quand ils te scrutaient de haut en bas ? Peut-être as-tu vécu cela de façon très naturelle. Tes parents et les miens, quoique originaires du même village aride et agreste de l'autre côté du Détroit, avaient des mentalités différentes.

Mais ce qui nous arrivait allait bien au-delà de nos familles. Nous étions une nouvelle espèce de femelles, nées et élevées dans des pays qui avaient la coutume exotique de laisser les femmes adultes faire ce dont elles avaient envie, à la différence de ce qui se passait au pays de nos parents. Nous feignions de ne pas nous en apercevoir mais un soupçon constant pesait sur nous : s'ils ne nous surveillaient pas de très près, il n'y aurait plus moyen de nous redresser et de nous remettre sur la bonne voie. Voilà pourquoi cette alarme permanente s'est si bien incrustée en nous : « Lundi, lundi, lundi ! »

Les brides qu'ils voulaient nous imposer étaient diverses et tiraient parfois dans des directions opposées : nos familles, nos voisins, ceux qui nous commandaient au travail, les revues de mode, les boutiques de vêtements qui n'avaient jamais notre taille. Les uns nous voulaient avec des cheveux frisés pour que nous rentrions dans le moule de l'exotisme qui les fascinait tant : voici *l'Autre*! *les autres*! Tandis que certains nous demandaient des chevelures longues et lisses, noires comme la nuit, un idéal de beauté des poètes antiques qui était parvenu jusqu'au village reculé de nos parents. Mais, cela va de soi, les cheveux toujours ramassés en chignon dont les mèches s'enroulaient les unes sur les autres ou avec de longues tresses. Aux uns nous plaisions avec une peau très sombre, les autres nous préféraient avec la peau blanche. Les uns préféraient que nous nous démarquions des corps démesurés de nos mères, les autres, que nous soyons les plus grasses possible. Il était question d'être comme il faut et non telles que nous sommes. Tu imagines si nous avions déjoué tous les pièges et que sans hésiter un instant nous avions crié un non catégorique en défendant qui nous étions ? Non ! Non ! Non ! Si nous nous étions dressées devant eux tous et avions hurlé : « Je suis ainsi et ainsi je serai ! Valable comme je suis, validée par moi-même et par mon amour propre. » Tu imagines si nous pouvions revenir en arrière pour profiter de notre jeunesse sans les milliers d'entraves qu'ils nous ont imposées et les mille autres que nous nous sommes inventées nous-mêmes ? Mais il était trop tôt pour le voir, il nous faudrait une vie entière, beaucoup de déceptions, beaucoup d'efforts, de travaux et de jours, et tomber, et nous relever mille fois. Que ces corsets qui nous comprimaient soient sur le point de nous étouffer pour que nous décidions enfin de les arracher tous pour retrouver un grand souffle de vie.

Je ne sais pas comment agissait sur toi la toile d'araignée en acier qui nous incitait à nous mutiler en permanence, mais aujourd'hui je suis convaincue que dans ton cas aussi les conséquences ont été dévastatrices, même si tu voyais tout cela autrement. J'admirais ton intégrité, ta constance, ta capacité impressionnante à toujours te relever après chaque croche-pied. Et ton courage, la facilité avec laquelle tu prenais des décisions audacieuses qui chez moi provoquaient trente mille doutes et des nuits d'insomnie. Toi non, toi tu résolvais tout sans problème. Pendant des années, tu m'as fascinée car tu étais tout ce que j'aurais voulu être : tu n'hésitais pas, tu étais efficace et ce que je tournais et retournais cent fois, tu le résolvais aussitôt. Efficace, pragmatique, toujours prête à rire et d'une vitalité éblouissante, tout le contraire des ombres qui m'embrumaient si souvent. C'est peut-être à cause de cela, de cette joie que tu m'as toujours transmise, que j'ai été incapable de percevoir ta douleur enfouie. Tu as surgi soudain dans ma vie et tu as été l'image de tout ce que je voulais être et que je n'étais pas.

Je ne sais pas si j'ai le droit de parler de toi mais je dois le faire. Pendant ces années décisives, tu as été très importante à mes yeux. Sans toi, j'en suis sûre, ma vie aurait été complètement différente. J'ai grandi avec ton soutien, tu as été ma protection, sans toi, j'en suis convaincue, je n'aurais pas survécu. Et je t'entends me dire que j'exagère, que je suis toujours en train de dramatiser. Mais c'est la vérité, t'avoir près de moi m'a sauvée d'un profond désespoir. Et de la folie.

Je ne dis pas ton nom et je change certains détails pour que nos connaissances ne puissent pas t'identifier, mais malgré tout je ne sais pas si je peux écrire sur ces années où nous nous sommes tenu compagnie, où nous avons été là l'une pour l'autre. Il y a des raisons profondes qui m'incitent à écrire sur nous : nous ne le savions pas alors mais nous étions en train de conquérir de nouveaux territoires – impensables pour nos mères – nous déchirions tous les voiles, nous attaquions à la petite cuillère des murailles impénétrables, sans en avoir conscience. Nous faisons simplement ce que nous avons à faire, nous disions-nous, mais chacune des petites lézardes que grattait notre petite cuillère était l'exercice d'une liberté que nous conquérions millimètre après millimètre. Ce que nous n'avons pas su voir, c'est que cette liberté nouvellement conquise était traversée d'une infinité de fils invisibles qui voulaient la brider. Nous nous sommes accrochées à ces fils parce que nous devions nous raccrocher à quelque chose tandis que nous sortions du monde qui nous était destiné : on ne peut faire qu'une révolution à la fois. Nous ne nous sommes pas aperçues que nous nous laissions embarquer peu à peu et bâillonner de nouveau. Jusqu'à ce que nous prenions conscience que ces fils nous enserraient jusqu'à entailler notre chair. Nous avons alors songé à rendre les armes, à abandonner car il nous semblait qu'il n'existait aucun espace de liberté authentique et aucune possibilité de le conquérir par nos propres moyens. Ou bien nous tombions de piège en piège pour ne pas entendre un doute effrayant : et si elle n'existait pas, la liberté, et si nous n'avions fait qu'échapper à un monde oppressant pour nous jeter dans un autre, porteur d'autres formes de domination ? Et si tous nos efforts ne servaient à rien ? Totalement déshéritées et exilées de partout, des fugitives, nous n'avons eu entre nos mains rien d'autre que la capacité d'agir mais au bout d'un moment nous avons été assaillies de doutes : et si tout ce travail et ces efforts ne servaient à rien ? Et si nous ne parvenions pas à être différentes, à être ce que nous avions décidé d'être ? Et si nous ne pouvions pas vivre comme nous le souhaitions parce que la force de nos corps et le pilonnage constant qui nous commandait d'être plus, de faire plus, ne suffisait pas à tout changer ?

Je ne sais pas si je peux raconter notre histoire de minuscules grandes conquêtes, celle de notre jeunesse incertaine.

Je ne le ferais pas, je ne parlerais pas de nous, si ce n'était qu'aujourd'hui je rencontre partout des filles comme nous, des filles qui me racontent leurs vies, malheureusement semblables aux nôtres. Des femmes qu'accompagne ce martèlement permanent les incitant à s'échapper de la tranchée, des quartiers comme le nôtre, d'appartements comme les nôtres, de familles, de règles, d'une infinité de barrières identiques à celles qui nous ont prises en tenaille nous aussi. Quand elles m'en parlent et que je me vois reflétée dans le miroir de leurs expériences, je me dis qu'il est vraiment nécessaire que nous racontions ce que nous avons vécu : pour nous, pour nos blessures – celles encore ouvertes et celles qui ont cicatrisé – mais surtout pour elles, car elles ont le droit de recevoir, si elles le veulent, le don de notre mémoire. Même si c'est une petite mémoire de quelques vies assez conventionnelles. Nous n'étions pas des héroïnes et nous ne prétendions pas l'être, nous voulions simplement survivre et être, être, être ! Même si le lundi, lundi, lundi, nous revenions aux tentatives pour nous transformer en celles que nous n'étions pas. Parce que nous voulions être, mais nous voulions aussi qu'ils nous aiment. Et à un certain âge et dans certaines circonstances peut-être n'y a-t-il pas d'autre possibilité que d'être sous contrôle, bien insérée dans les moules.

Ceci est l'histoire de nos tentatives manquées pour être libres en nous adaptant à notre milieu et de notre fuite définitive quand nous avons pris conscience de l'impossibilité de tout concilier. C'est le récit du vertige qu'a provoqué chez nous l'émancipation authentique. C'est aussi celui de la solitude la plus absolue et du déracinement le plus radical.

Aujourd'hui, après tout ce temps, je dois te parler comme je te parlais alors, je dois capter, même si c'est dans le mirage de la feuille blanche, toute ton attention pour essayer de comprendre ces années de convulsions quotidiennes, l'histoire de nos corps pris dans des conflits qui nous dépassaient, des conflits à la dimension géographique et temporelle impossible à appréhender sur le moment. La géopolitique, les idées des grands philosophes et les frictions internationales trouvaient un écho dans la chair de femmes insignifiantes comme nous dans un quartier sans nom qui ne figure même pas sur les cartes. Je t'écris pour te retrouver, mais aussi pour retrouver la personne que j'étais.

PREMIÈRE PARTIE

I

Nous étions en manches courtes le jour où nous nous sommes connues. Il n'était pas encore mal vu que les filles jeunes montrent leurs bras dans ce quartier de la périphérie de la périphérie de Barcelone qui pourrait être la périphérie de la périphérie de n'importe quelle autre ville. Aujourd'hui aucun rayon de soleil ne touche plus la peau des filles, le duvet de leurs bras ne blondit plus l'été et l'eau n'éclabousse plus leur dos nu. Et ce n'est pas qu'un nuage permanent se serait installé dans le ciel : c'est l'obscurantisme qui a pénétré sans résistance l'esprit des habitants. De nombreuses filles voilées que tu verrais dans le quartier aujourd'hui – il y en a beaucoup plus qu'à l'arrivée de ta famille – disent qu'elles renoncent au soleil et à la brise, à l'eau de mer et aux piscines, à l'amour et au sexe par convenance et volonté propre. Je me dispute quelquefois quand je rends visite à ma mère qui vit encore là-bas, mais je le fais comme si mon moi d'aujourd'hui parlait à travers mon moi d'alors, celui de mes dix-sept ans. Nous aussi, nous en avons exprimé, des renoncements. Et nous aussi nous pensions que nous le voulions.

Donc, quand nous nous sommes connues nous étions en manches courtes. Tu n'en savais rien mais à cette époque mon corps se recroquevillait quand je sortais dans le monde extérieur, comme pour me cacher au regard des gens que je rencontrais. Peu importait qui, je me recroquevillais toujours. Ce corps était le mien, mais il me gênait jusqu'à m'étouffer parce que je ne savais pas comment m'en débarrasser. Quand je t'ai regardée pour la première fois, j'ai vu un visage éblouissant, un sourire qui m'a séduite auquel je n'ai pas pu résister, mais quand j'ai plongé mes yeux dans les tiens je n'ai pas tardé à m'apercevoir que tout au fond, sous l'évidente sympathie, il y avait une ombre dont la signification m'échappait alors. Mon corps recroquevillé et cette ombre légère dans tes yeux étaient le fruit d'une même blessure mais ni toi ni moi ne le savions à ce moment-là.

Quand la nuit tombait sur notre quartier vertical, les fenêtres allumées de centaines d'appartements minuscules semblaient autant d'yeux qui nous observaient. Tous nos mouvements, nos conversations, nos gestes et nos actes étaient publics, visibles par les voisins entassés les uns sur les autres, des voisins qui passaient une bonne partie de leur temps à nous contrôler. Je me souviens bien de Sam, elle vivait dans l'appartement au-dessous de ma famille et elle éclatait de rire quand quelqu'un lui rapportait les bruits qui couraient sur elle. Et tu crois que ça m'intéresse ce qu'ils disent de moi ! Elle répétait : Vis et laisse vivre – voilà pourquoi, sans doute, je descendais souvent chez elle et je m'asseyais sur son lit dont le vieux sommier s'enfonçait et nous ballottait d'un côté à l'autre. Sa chambre était bourrée de caisses et de sacs que l'on ne pouvait pas remiser ailleurs. Je ne sais plus si elle se faisait appeler Sam ou Samira à ce moment-là. Tu te souviens comme elle se mettait en colère quand nous l'appelions par son vrai nom, elle disait que Samira faisait bonne fille, fille d'autrefois qui se marie à quatorze ans et a son premier enfant à quinze ? Non, elle voulait qu'on l'appelle Sam, c'était plus moderne et cohérent avec ce qu'elle désirait, outre la modernité : être noire. Ça nous faisait rire mais elle en était convaincue, qu'elle pourrait devenir noire. Elle nous disait : Nous, les Arabes, nous ne sommes rien, on ne nous voit ni dans les vidéoclips ni dans les films, nous n'existons pas. Seulement dans ces reportages merdiques et assommants qu'ils font sur La 2, et même pas… Quand on nous voit à la télévision nous sommes filmées de loin ou de dos, en groupe et toutes voilées, comme une bande d'oiseaux au milieu de la savane. Nous, nous ne faisons rien. Nous ne chantons pas et nous ne dansons pas. En revanche, les Noirs, ils sont cool, ils ont leur musique, leurs séries, ce sont eux les héros, et les gens les admirent, ils ne les étudient pas.

Il y en avait pas mal, de Samira, dans notre quartier. Même si les lois interdisent de quitter l'école avant l'heure, et aussi les mariages d'enfants. N'étaient-ce pas des mariages d'enfants, ces unions arrangées avec un cousin du village qui avait besoin de papiers ? Tout ça pour le bien de la famille. Si les Samira voulaient autre chose, qu'elles supportent une vie semblable à celle de leurs parents qui mangeaient des patates à la tomate en boîte tous les jours parce que le frais c'est trop cher et qui devaient économiser pour envoyer de l'argent tous les mois à la famille de l'autre côté du Détroit. C'était un seul et même sacrifice : manger au rabais, vivre dans des appartements bas de plafond avec des cuisines et des placards en formica boursouflé, travailler autant d'heures que possible et donner la fille de quatorze ans en mariage au fils aîné d'un frère qui n'avait aucun autre moyen pour traverser la frontière. L'année de leurs quinze ans, les Samira promenaient déjà la poussette de leur premier bébé et personne ne leur chantait la fameuse chanson : *Tiene mi amooor!*

Il est vrai que Sam avait des boucles toutes petites et crépues et qu'on lui disait toujours que c'étaient des cheveux de Noire. Elle ne te ressemblait pas du tout. C'était la fille aux lèvres les plus charnues que j'aie jamais vues, un bourrelet de chair en forme de cœur. Je m'imaginais les hommes parcourant d'un doigt ces protubérances en désirant les mordre, mais quand j'avais de telles pensées, je revenais à mes lundis et à mes listes mentales. Des listes, encore des listes pour éteindre l'excitation. Je n'y parvenais pas toujours. Oui, quand nous nous sommes connues, cet été-là, à la fin des années quatre-vingt-dix, j'en étais à ce stade. Obsédée par un autocontrôle impossible à assurer, entièrement persuadée que c'était la seule voie pour atteindre tous mes objectifs : avoir les meilleures notes, avoir un corps correct et non cette débauche de chairs quasiment monstrueuses, apprendre l'anglais, gagner de l'argent, écrire un roman, lire tous les livres et sortir de ce trou du monde qui nous était destiné pour voyager et connaître autre chose que notre quartier vertical aux appartements bas de plafond.

Sam, je la connaissais depuis l'école. Étudier ne l'avait jamais beaucoup intéressée et une fois terminé l'enseignement obligatoire, elle avait abandonné. Ya rien qui rentre, meuf. Elle m'appelait toujours meuf. Quand elle nous a présentées, elle n'a pas hésité une seule seconde : C'est une bosseuse un peu chiante, ma mère me le dit toujours : Tu devrais être comme la fille de Moh et pas comme une chèvre folle. Dans le quartier, on m'appelait la fille de Moh et à l'école la bosseuse, et certains même l'Arabe bosseuse. Les garçons, presque tous aussi arabes que nous, me demandaient si je me croyais meilleure qu'eux, si du fait d'être une bosseuse je n'étais plus une Arabe. Ils disaient parfois une Arabe de merde comme nous. Bien sûr, il y avait aussi des élèves chrétiens. Nous les appelions comme ça parce que c'était notre façon de nommer les non-musulmans chez nous, le monde se divisait en Maures et chrétiens. Les chrétiens aussi m'appelaient la bosseuse ou l'Arabe bosseuse, ça dépendait des jours, et s'il y avait eu ou non des disputes. C'est peut-être à cause de toutes ces frontières invisibles entre les élèves que je préférais de beaucoup la compagnie d'un livre.

Sam me traitait de bosseuse avec admiration, elle me répétait toujours que j'irais loin. Elle n'aurait jamais imaginé que malgré mes bonnes notes je me sentais imparfaite par nature. Quand j'obtenais un 9,75, je ne voyais que l'erreur fatale signalée par le 0,25, une tare impardonnable qui démontrait qu'avant tout je n'étais rien, je ne servais à rien et je n'arriverais jamais à rien. Et si les autres pensaient que j'étais intelligente, c'était que j'étais assez habile pour les tromper, pour dissimuler ma condition de nigaude perdue. J'ai vécu des années comme ça, en me flagellant sans cesse. Le grand crime que j'avais commis et qui méritait toute la douleur du monde : être médiocre. Voilà pourquoi j'aimais retrouver Sam et parler avec elle un moment : sa jeunesse était radieuse. Elle en profitait, elle ignorait cette contrition maladive dans laquelle je vivais.

À ce moment-là, je lisais beaucoup et Sam, ma mère, tout le monde dans le quartier pensait que j'étais très studieuse. Tu sais bien ce que sont les livres pour nos familles : des outils au service de l'apprentissage scolaire, des symboles de sérieux et de bonne conduite. Si mes parents avaient pu lire certains des romans qui m'excitaient les nuits d'insomnie, je suis certaine qu'ils me les auraient interdits, de la même façon qu'ils changeaient de chaîne lorsqu'à la télévision des gens étaient sur le point de s'embrasser. Mais, comme tous les analphabètes, ils faisaient confiance à la qualité morale des livres. Nos vies de musulmans n'étaient-elles pas vertébrées par le livre sacré ? Comment pouvaient-ils imaginer qu'un objet semblable au noble Coran puisse contenir ce qui ne peut même pas se dire à haute voix ? Ce que l'on ne peut même pas imaginer ? J'essayais de l'éviter, sinon je me sentais terriblement coupable mais souvent, quand en lisant un livre quelconque, je tombais sur un passage où était décrite l'intimité de rencontres amoureuses ou sexuelles, je le lisais et le relisais jusqu'à ce que je ne puisse pas échapper à l'excitation et ma main, comme si elle m'était étrangère, descendait jusqu'à l'humidité de mon entrecuisse. Je retenais ma respiration, je ne bougeais quasiment pas pour ne pas réveiller mon petit frère qui dormait dans le lit en dessous. Ensuite, si l'explosion du plaisir survenait, je pleurais. Je pleurais toujours après les orgasmes. De cela, je n'ai jamais pu en parler à personne, même pas à toi. Aujourd'hui, quand je lis certains des passages qui m'avaient le plus excitée, je m'aperçois qu'ils étaient bien innocents, qu'en réalité, ils disaient bien peu de choses et que presque tout était le fruit de mon imagination débordante et enflammée.

Je lisais par peur de la vie. Ma famille l'ignorait, et toi aussi. Quant à Sam, elle profitait de tout, elle parlait de tout le plus naturellement du monde avec les garçons, elle flirtait avec eux, même si ensuite il ne se passait rien. Elle avait la réputation d'être une fille facile tout simplement parce qu'elle riait et qu'elle s'habillait comme elle voulait, et ses parents la laissaient faire. Plaire ne lui faisait pas peur. J'admirais et j'enviais sa personnalité extravertie et sa spontanéité, le fait qu'elle se fiche de sa réputation ou de ces choses intouchables comme l'honneur de la famille. Quand je pense à elle, j'entends la voix de Cyndi Lauper chantant : « *Oh girls just wanna have fun…* » C'était ce que nous étions supposées faire alors, en profiter. Pour nous, une chose aussi simple était une grande nouveauté : jamais auparavant on ne nous avait dit qu'à notre âge nous devions nous amuser. Mais si nos mères nous avaient donné naissance alors qu'elles étaient à peine sorties de l'enfance, comment pouvaient-elles savoir ce que voulait dire être adolescentes alors qu'au pays de nos parents cela n'existait pas, l'adolescence ? Comment pouvions-nous être insouciantes et nous conduire comme des filles normales au tournant du millénaire avec toutes ces fenêtres allumées qui nous observaient ?

J'étais convaincue que je pouvais apprendre la vie en la lisant dans des livres : l'amour, le sexe, la liberté. Quoi que ce soit. Je pensais que tout comprendre par l'écrit, c'était la même chose que le mettre en pratique. Quelle différence ? Toi, avec ton esprit pragmatique, les pieds sur terre (je crois que dans notre quartier tout le monde était plus pragmatique que moi), je t'entends me répondre : Mais quelle ânerie, ce que tu peux comprendre avec ta tête c'est une chose (et là tu te toucherais la tempe avec ton index dans un geste bien à nous, bien de nos mères) et c'en est une autre de le vivre vraiment. Tu me dirais, c'est comme une recette, tu la lis et tout va bien mais ensuite tu te mets à la réaliser et qu'arrive-t-il ? Tu réussis certaines choses et d'autres non. Pourquoi ? Pour mille raisons. Ma belle (toi, tu ne m'appelais pas meuf, tu m'appelais toujours ma belle), ma belle, les livres ne te disent pas tout. Même pas les livres de cuisine. Ils ne t'expliquent pas ce que les cuisiniers savent déjà et qu'ils croient que tout le monde sait, ou bien ils ne précisent pas quelle variété de farine utiliser, si le four est électrique ou au gaz, il y a beaucoup de choses que tu ne contrôles pas en lisant la recette et que tu ne découvres qu'en la réalisant. La vie se vit, elle ne se lit pas. Bon, je ne sais pas si tu m'aurais lancé une phrase aussi grandiloquente. Tu étais réfléchie, plus mûre que tu aurais dû l'être à ton âge mais tu t'exprimais de façon très claire, sans contorsions, contrairement à moi. C'est pourquoi plus tard, quand nous nous faisions déjà confiance, quand je te parlais, parlais… tu me disais : Arrête, ma belle, arrête, je ne comprends rien à ce que tu dis.

Ce que je n'ai pas su t'expliquer alors c'est que lire, sentir que je faisais partie d'un monde complètement différent de ce petit monde qui nous était destiné, m'imaginer que j'étais l'héroïne de petites et grandes aventures, me permettait de m'entraîner à vivre. Ce n'était qu'un simulacre, c'est vrai, mais pendant un temps je me suis raccrochée à ce simulacre pour ne pas étouffer complètement sous le poids de toutes ces règles qu'ils nous imposaient.

Et c'était une façon de vivre sans craindre que la vie, la vie réelle, me dépasse. En me plongeant dans un livre j'oubliais un peu mon corps, il ne me paraissait plus aussi menaçant, même si de temps en temps il se réveillait de sa somnolence lors de ces passages que je trouvais très sexuels. Quand nous nous sommes connues, je ne me suis pas aperçue, tant j'étais centrée sur moi-même, que beaucoup de choses passaient aussi par votre corps à vous qui exprimait ce que nous ne pouvions pas dire à haute voix. Aujourd'hui, je sais que c'était la peur du plaisir, de l'amour, du sexe, de la liberté et aussi du harcèlement, des conséquences dévastatrices que pouvait avoir le fait de provoquer le désir des hommes, un désir menaçant contre lequel toutes nos mères nous avaient mises en garde sans arrêt depuis que nous étions petites. Ne pars pas seule, pas dans l'obscurité, le loup est toujours aux aguets ; et quand nous devenions des femmes, des femmes encore vierges, le danger augmentait de façon exponentielle. Mais tout cela je l'ai compris des années après.

Toi, tu la connaissais d'avant, Sam, ses parents et les tiens étaient voisins dans le village de l'autre côté du Détroit et ils avaient repris contact parce que vous vous étiez installés dans notre quartier vertical, dans un appartement au-dessus du mien. Nous étions au milieu de la petite place entourée des trois tours quand Sam est arrivée. Toutes ces fenêtres nous observaient et toi et moi nous nous sommes attachées tout de suite l'une à l'autre. Je donnerais tout pour revenir à cet instant précis, à cette attraction soudaine que j'ai ressentie envers toi, un élan physique qui échappait à la volonté et à la raison. Sous le soleil qui nous réchauffait légèrement le dos, nous avons senti se former une force d'attraction qui nous poussait l'une vers l'autre et à partir de ce moment nous avons cherché toutes les excuses possibles pour être ensemble. Si nous nous rencontrions dans la rue, nous restions des heures à parler debout. Je rentrais tard à la maison et ma mère me posait mille questions pour savoir où j'étais. Je lui répondais : Tu pouvais me voir de la fenêtre, j'étais en bas et je parlais avec une amie. Tu as de la chance qu'il ne soit pas là. Ma mère disait toujours *il* au lieu de *ton père*. Quelquefois nous nous retrouvions dans la chambre encombrée de Sam, quelquefois nous nous arrêtions sur le palier. Je ne me souviens pas de quoi nous parlions, debout si longtemps, et cette attirance étrange, cette confiance que je n'avais jusque-là jamais eue en personne, et le fait de pouvoir te raconter mes secrets. Même si je craignais tellement ce que l'on pouvait dire de moi que j'essayais de n'avoir rien à cacher, de ne rien faire qui puisse être considéré comme répréhensible. Pas par mauvaise conscience mais pour pouvoir continuer à jouir des privilèges qu'on m'avait accordés chez moi : sortir pour aller au lycée ou pour des tâches précises, une marge de liberté inouïe pour des femmes comme ma mère, qui ne sortaient de la maison qu'une fois par semaine, pour faire les courses.

Avoir des secrets était trop risqué et si j'en avais eu, jamais de la vie je ne les aurais racontés à quelqu'un du quartier. Les rumeurs, dans ces trois tours et leurs appartements, se répandaient comme une traînée de poudre et les murs paraissaient avoir des oreilles. Voilà pourquoi on m'avait donné le surnom de « la Muette », vu comment je me comportais avec mes voisins. Mais pas au lycée, où je parlais et parlais sans arrêt, dans les classes, dans les couloirs et au réfectoire tout enfumé. Dans mon lycée, il n'y avait aucun élève issu du quartier car à ce moment-là l'école primaire s'arrêtait à quatorze ans et les rares élèves qui continuaient à étudier suivaient des formations professionnelles.

Je ne me souviens pas si nous avons échangé deux baisers ni quelle était notre conversation lors de ce premier jour. Je me souviens de toi me souriant, de tes cheveux lisses ramassés en queue de cheval, de tes pommettes magnifiques et de tes yeux en amande toujours peints en noir. Les filles célibataires, nous n'avions pas le droit de nous enduire les yeux de suie, le *khôl* c'était pour les femmes mariées, mais moi je t'ai toujours vue avec ce regard intense, ces cils qui l'encadraient comme une miniature persane. Tu étais sans doute l'incarnation de l'idéal de beauté de nos mères : blanche de peau avec des chairs abondantes. Même si ton visage était plein de boutons et si tu semblais un peu repliée sur toi-même. De la taille jusqu'en haut tu étais mince, tu avais peu de poitrine et les épaules étroites, mais de la taille jusqu'en bas, tu t'élargissais comme si on t'avait plantée dans un autre corps, plus lent, plus épais, un corps qui t'empêchait de prendre ton envol. C'est ce que je me suis dit ce midi-là devant le portail, ou bien est-ce maintenant qu'il me semble que tes cuisses démesurément larges, tes grosses fesses et les boutons sur ton visage étaient des mécanismes de défense contre le monde, tout comme moi je me recroquevillais en permanence ?

Je ne sais plus, mais des rumeurs avaient très vite couru dans notre escalier sur ce qui t'était arrivé avant que tu atterrisses dans le quartier. Et si elles étaient vraies, elles confirmeraient que cette ombre au fond de tes yeux reflétait une tristesse qui avait ses raisons, même si tu étais toujours gaie. À ce moment-là je ne croyais aucun des commérages qui circulaient, quels qu'ils soient, je me l'interdisais. Quand ma mère disait : Tu sais que la fille de Machine... ? je haussais les épaules et je lui répondais que je n'avais rien vu et elle non plus et que donc nous ne pouvions en tirer aucune conclusion et encore moins nous occuper de juger les autres (car les rumeurs portaient toujours sur les filles ou les femmes : eux, ils ne présentaient aucun intérêt pour la brigade de contrôle social des trois tours). Alors ma mère s'entêtait à défendre la personne qui lui avait confié l'information et pour me démontrer qu'elle ne mentait pas, elle me disait qu'elle avait juré le nom de Dieu. Qui oserait invoquer le nom du Seigneur en vain ? Qui dirait je le jure par le Coran sacré si ce n'était pas vrai ? Je haussais à nouveau les épaules car dans la plupart des cas les rumeurs concernaient des comportements bien innocents ou normaux entre filles du même âge : est-ce que celle-ci avait parlé avec celui-là, est-ce qu'elle était sortie le soir, est-ce qu'elle avait accepté un travail où elle servait de l'alcool aux chrétiens ou bien nettoyait le cul de leurs vieux ? Tout était une excuse pour freiner nos pas en avant, si petits soient-ils, et les jugements étaient toujours implacables.

Dès qu'elle était au courant d'une information exclusive, la dame du sixième à gauche, demi-sœur d'une cousine éloignée de mon père, connue sous le nom de La Parabole, courait à la cabine téléphonique pour y dépenser son argent en la rapportant aux gens de notre village. Elle n'a pas tardé à rendre visite à ma mère pour lui apprendre des choses sur ta famille.

Elle lui a raconté que même si vous veniez du même endroit que les respectables lignages de notre race (tout ceci dit en espagnol, les mots empruntés à cette langue ne manquaient pas), sans doute la plus noble de toutes les races, vous étiez en réalité très laxistes et vous faisiez partie de cette sorte de gens qui se fichent de tout. Voilà pourquoi chez vous, quand vous vous réunissiez, les hommes et les femmes se mélangeaient. Tu te souviens du poids de cette expression : « ils se fichent de tout », « tout leur est égal » ? Ils ne voulaient pas dire que vous étiez insouciants, non, ils voulaient dire que vous étiez « laxistes » moralement, ce qui provoquait toutes sortes de soupçons. Je ne sais pas d'où elle le sortait, La Parabole, que vous étiez comme ça, mais avant même que vous ayez fini de déménager, elle vous avait déjà collé cette étiquette qui ensuite allait compliquer notre amitié et que mon père a tout de suite perçue comme un danger. Mais bon, tu sais bien que pour mon père tout était un danger.

Je n'ai jamais rien écouté de ce qu'ils disaient de toi et de ta famille. Tu me semblais être, et de loin, la personne la plus transparente que j'aie jamais connue. Et, au contraire des autres, je ne t'ai jamais entendu dire quoi que ce soit sur une autre que toi-même. Si tu savais des choses sur les autres filles, tu étais comme un médecin tenu au secret professionnel.

Je déconcertais La Parabole. Quand elle venait à la maison et qu'elle s'asseyait dans le petit salon, elle retroussait légèrement le bas de sa robe pour qu'on voie ses pantalons en dessous, elle glissait deux doigts dans le ceinturon tressé pour le réajuster et elle me regardait de haut en bas d'une façon qui m'inquiétait. Aussitôt, elle me répétait ce qu'elle me disait toujours : L'autre jour je t'ai vue et tu ne t'en es pas aperçue, tellement tu étais préoccupée. Tu marches toujours très vite et les yeux baissés. Tout le monde dit qu'il n'y a pas de fille plus parfaite que toi. Et elle disait cela comme pour me demander : Qu'est-ce que tu caches ? Tu dois cacher quelque chose et tôt ou tard je le découvrirai.

Moi, je le redis, je m'entêtais à contrôler ma vie en dressant des listes et en faisant des abdominaux et en lisant tout ce que je pouvais lire, je ne donnais prétexte à aucune rumeur et grâce à ça je pouvais continuer à aller au lycée, parce que mon père n'avait jamais entendu aucun commentaire négatif sur mon comportement. Pauvre de moi. S'il apprend le plus petit écart, me disait ma mère qui lui servait de messagère, ce sera la fin de tous tes privilèges. Elle était loin d'imaginer, La Parabole, qu'elle aurait bientôt l'occasion de dépenser une fortune à la cabine téléphonique, à parler de toi et de moi et de tout ce que nous étions censées faire en cachette.

Peu après avoir fait connaissance, nous avons commencé à courir : toi, moi et Sam. Quelle nouveauté, quel comportement scandaleux! Il devait alimenter les conversations chez nous en provoquant des discussions enflammées : un groupe de filles comme nous dont les mères ne sortaient de chez elles que pour de bonnes raisons et en se couvrant la tête avant de mettre un pied dehors, des filles célibataires dans un quartier comme celui-là, trois tours autour d'une place en ciment, enfermées dans un triangle formé par une rivière, une voie de chemin de fer et une route départementale, se mettant à courir sur des chemins non goudronnés comme des chèvres folles! Où a-t-on vu cela? Mais ce n'est là qu'une des controverses que nous avons provoquées. Des controverses pour des agissements insignifiants, la petite cuillère qui gratte le mur de l'énorme muraille derrière laquelle nous étions enfermées. Il est vrai que nous n'avions pas conscience de ce que nous faisions. Nous n'étions que des filles jeunes qui voulaient être en forme et allaient courir comme le faisaient les jeunes filles à la télévision.

II

Attendez-moi… eh ! les meufs, je n'en peux plus.

Il n'y avait pas trois minutes que nous courions lentement que Sam se plaignait déjà. Nous sentions battre nos cœurs, la circulation qui s'accélérait et la chair qui s'échauffait. Nous venions à peine de commencer qu'elle ronchonnait déjà. Tu étais devant et moi je suivais à quelque distance, quasiment à ta hauteur. Elle, elle traînait les pieds quelques mètres derrière. Nous trottinions sur ces chemins de poussière qui se transforment l'hiver en un bourbier gluant. Une poussière qui n'avait rien de bucolique, avec la zone industrielle dans le fond. Nous nous étions un peu éloignées des trois tours. Nous n'avions pas pris le chemin qui descendait vers la ville, celui qui se changeait en route goudronnée quand il atteignait le quartier des petites maisons avec jardin, ces maisons à étages qui me semblaient être le summum du luxe. Nous ne voulions pas rencontrer nos voisins, nous étions donc passées derrière la colline sur la droite et là nous avions commencé à courir. Toi, avec détermination, moi en surmontant la nausée permanente qui embrumait presque toujours mon esprit, avec une légère sensation d'étouffement que je croyais normale.

Je n'arrivais pas à croire que nous soyons allées jusque-là, que nous soyons sorties pour courir en prenant une liberté dont nous ne savions pas si elle nous était permise. Ainsi nous serions en forme, la même forme que les actrices célèbres de la télévision même si nous vivions dans un quartier où les appartements avaient des plafonds plus bas que la normale :

les promoteurs des décennies précédentes avaient décidé de raboter un peu chaque niveau pour ajouter un étage de plus à leurs immeubles qui montaient à des hauteurs insensées en dessinant une *skyline* grotesque.

Toi qui avais grandi loin d'ici, tu n'imaginais même pas que nous transgressions un interdit. Tu étais si libre que tu n'avais même pas pensé que nous ne pouvions pas sortir pour courir. Les commérages des voisins ne t'intéressaient pas plus que ça. Ou bien tu faisais la sourde oreille. Tu nous as expliqué que tu devais faire de l'exercice parce qu'étant « au-dehors » tu avais beaucoup grossi. Tu ne nous as pas dit ce que signifiait cet au-dehors et j'en ai déduit que même si tu n'avais qu'une paire d'années de plus que moi, tu avais déjà vécu loin de tes parents. Sam y a mis son grain de sel, elle m'a expliqué le régime strict que tu suivais pour redevenir comme avant : trois pommes par jour. Et moi je souriais, émerveillée. Je ne connaissais aucune fille comme nous qui fasse un régime et encore moins un régime aussi sévère. Celles qui faisaient le régime étaient différentes, plus glamour, plus riches, moins arabes que nous, plus blanches. Des filles qui pouvaient se permettre ce pouvoir sur leur propre corps parce qu'elles avaient déjà obtenu l'indépendance dont nous ne pouvions que rêver. Je n'ai pas compati pour ton estomac contracté, je n'ai pas pensé au manque de nutriments provoqué par ton régime aux trois tristes fruits pour une journée entière, je n'ai pas eu de peine pour la solitude de tes coups de dents furtifs, debout dans la cuisine, pendant que le reste de la famille était réunie comme d'habitude pour tremper dans un énorme plat de ragoût le pain moelleux cuit par ta mère. Non, je ne t'ai pas plainte pour ton sacrifice démesuré et cruel, parce que c'était comme ça que je voulais être moi aussi. J'ai pris cette sorte de privation comme une preuve de la force de ta volonté, et je t'ai enviée.

Je ne me souviens pas bien de ce que je mangeais à cette époque mais c'était sans doute beaucoup moins que ce qui convenait à mon âge et à mon activité. Je commençais chaque semaine bien disposée à gagner la bataille de la nourriture, à vaincre le vide de mon estomac, avec mon ventre qui se contractait en plein cours alors que je contemplais la brume grise et que la voix monotone des professeurs me semblait un écho lointain. Aussi, tous les lundis après-midi, j'avais mal à la tête, des élancements pareils à des coups de couteau me perforaient le crâne et devant mes yeux un rideau noir enveloppait tout. C'était la faim, la maudite faim qui, même si je l'avais vaincue par mes dispositions, par le contrôle de ce que j'introduisais dans mon corps, se rebellait de cette façon si physiologique, si primitive. À cette époque mon corps n'était qu'un ennemi à abattre et il me dominait tous les lundis après-midi. La douleur était si insupportable que je devais courir à la cuisine pour m'enfiler n'importe quoi. J'attrapais un paquet de chambis, ces biscuits croquants fourrés d'une crème sucrée et onctueuse. Le sang montait, ma chair tremblait et mon cœur accélérait. Le plaisir et la culpabilité fusionnaient comme il arrivait quand, dans l'obscurité de la nuit, je ne pouvais empêcher que ma main se glisse jusqu'à la palpitation qui battait entre mes jambes.

Quand les lundis après-midi je mangeais les biscuits des invités (les chambis, nous les gardions pour les visites), même si ce n'était qu'un ou deux, soudain je me sentais perdue. Pourquoi m'être laissé gagner par un instinct aussi primaire que la faim ? Pourquoi ne pouvais-je pas être sérieuse ? Pourquoi continuais-je à transgresser les règles que je m'étais moi-même imposées ? Comment faisaient les mannequins et les actrices des séries pour être plus disciplinées que moi ? Comment faisaient toutes ces filles malades que l'on voyait si souvent à la télévision expliquer leur anorexie ? La volonté de certaines était si forte qu'elles finissaient par en mourir, et moi alors je les enviais d'être mortes : une fois mortes, bien sûr, elles cessaient de souffrir, avec le corps mort disparaissaient tous les problèmes que provoquait cette débauche de chairs que j'étais devenue.

Non, je n'arriverais jamais à être comme elles. Voilà pourquoi quand Sam m'a dit que tu t'alimentais de trois pommes par jour, je suis tombée amoureuse de toi. Tu étais exactement celle que je voulais être : quelqu'un non seulement capable d'affronter les nécessités physiologiques mais surtout de les annuler. Toi tu n'avais pas mal à la tête, tu pouvais courir, comme ce jour-là, sans avoir la nausée, alors que c'était impossible pour moi si je ne déjeunais pas. Je ne me suis jamais demandé, et je ne t'ai jamais demandé, si c'était difficile de ne pas manger, si tu souffrais ou non. Comme tu riais et courais et travaillais et étudiais à l'école de coiffure, que chez toi tu t'occupais du ménage, faisais cuire le pain, organisais des goûters et passais le permis de conduire, tout ça en mangeant trois pommes par jour, je n'ai jamais pensé à la cruauté terrible de cette situation, de cette mortification inutile imposée de manière arbitraire. Il ne suffisait pas d'accomplir toutes nos tâches et toutes nos obligations pour être des femmes convenables. Si nous voulions nous considérer comme des femmes valables, nous devions vivre en permanence au bord de l'inanition.

La première fois que j'ai songé à faire le régime, j'avais exactement douze ans. La possibilité de modifier mon corps volontairement ne m'était jamais venue à l'idée jusque-là. Nos parents étaient obligés de nous laisser déjeuner à l'école quand ils devaient aller à Barcelone pour des papiers. D'habitude, au réfectoire, nous n'y allions jamais : nos mères ne travaillaient pas. Mais quand elles devaient faire des démarches en ville, nous devions forcément y passer la journée entière car nous n'avions personne dans le quartier pour nous accueillir.

Ce jour-là, donc, j'avais douze ans, après le repas nous devions aller jouer dans la cour. Moi, au lieu de courir à droite et à gauche comme les autres enfants, je suis restée à côté des monitrices, plus jeunes que les maîtresses. Elles parlaient entre elles et très vite elles en sont venues à discuter de la nourriture. Le lapin, oui, le lapin c'est la meilleure viande. Le porc non.

Le lapin a très peu de graisse. Et c'est ainsi que l'idée m'est venue sans que je m'en rende compte : on pouvait manger non pas en fonction de ce que l'on te mettait sur la table ou de ce qui te faisait plaisir ou pour une célébration quelconque ou selon ce que ta bourse te permettait; on pouvait manger avec un objectif bien différent : modifier son corps, le transformer. L'idée m'a impressionnée. Plus tard, j'ai appris dans les livres tout ce que je devais savoir sur les calories, les glucides et les graisses. Je me suis passionnée pour les questions de nourriture. Je n'ai pas arrêté de composer des tableaux et des menus, et j'ai découvert le sentiment de puissance que me procurait le fait de contrôler mon propre corps.

Pour nos mères, qui avaient eu faim parce que la nourriture manquait et non à cause d'un idéal esthétique, cette idée d'avoir faim volontairement, c'était de la folie. Quand l'une de nous avait ce type de comportement, elles l'attribuaient aussitôt à une sorte de possession surnaturelle. Qui pouvait être disposé à supporter le vide de son estomac alors que le frigo était plein ? Forcément quelqu'un qui n'avait pas toute sa tête. Ta mère, en revanche, était plus moderne que les autres femmes venues du village, non seulement elle ne le voyait pas d'un mauvais œil mais elle trouvait même que c'était une bonne idée. À la différence de toutes ces dames vieillies aux chairs débordantes, elle essayait de ne pas dépasser les bornes et quand elle se trouvait un peu trop lourde, elle se mettait au régime. Quand nous l'avons rencontrée le jour où nous sommes allées courir pour la première fois, elle a dit tout de suite que c'était très bien de faire l'effort de retrouver la forme (bon, elle a dit : « de revenir à ta forme normale »), regarde, ma fille, comment tu es devenue pendant ton séjour à l'étranger. Elle le disait avec douceur, elle disait toujours ma fille en commençant ses phrases. Une mère qui encourageait sa fille à mincir? Tu ne peux pas savoir comme je t'ai enviée pour ça, parce qu'elle te soutenait. Quand ma mère voyait que je ne m'asseyais pas à table avec mes frères, quand elle s'apercevait que j'avais laissé à la cuisine le pain du petit déjeuner, elle me grondait comme quand je laissais les assiettes sales dans l'évier ou quand je ne rangeais pas, sans qu'elle ait besoin de me le demander, le désordre laissé par mes frères et mon père. Ne pas manger était pour elle une conduite anormale et illogique qu'il fallait corriger. Moi je la regardais alors avec répugnance, grasse comme elle était, avec ces seins énormes déformés par tant de grossesses et d'allaitements. Voilà pourquoi je trouvais que ta mère paraissait plus jeune. Non seulement parce qu'elle ne se couvrait pas la tête mais aussi parce qu'elle était beaucoup plus mince que les autres femmes mariées.

J'étais très heureuse ce dimanche matin de printemps. Je trottinais à côté de toi. Une fine couche de sueur couvrait ton front, je t'entendais respirer par la bouche mais tu ne montrais aucun signe de fatigue. Tu résistais bien mais je t'ai rattrapée, j'ai réussi à me porter à ta hauteur. Même si au début c'était difficile : j'avais des points de côté et il me semblait que mes jambes ne voulaient pas m'obéir, mais arriver à ta hauteur m'a permis de surmonter la douleur. Quand j'y suis parvenue, quand j'ai enfin pu m'opposer à la volonté d'un corps qui me demandait de m'arrêter, je me suis sentie transportée par une gaieté physique qui s'est changée aussitôt en optimisme vital. Si j'étais capable de vaincre mon propre immobilisme, je pouvais faire tout ce que je voulais de ma vie.

Tu m'as raconté tes occupations : tu travaillais à temps partiel dans un bar-restaurant au centre-ville et le matin tu terminais ta formation de coiffeuse. La coiffure ! Je n'étais jamais entrée dans un salon, ma mère disait que c'était un endroit pour filles perdues qui voulaient modifier ce que Dieu leur avait donné. Aussi bien pour elle que pour mon père et pour beaucoup de gens du quartier, vouloir être belle était suspect, vouloir plaire était une affaire de putains. Se couper les cheveux, les teindre, se maquiller, tout était tentation du démon.

Tu passais ton permis de conduire, tu pensais suivre ensuite un cours d'esthétique et plus tard peut-être tu ouvrirais un commerce. Un magasin de friandises ou de robes de mariées, un service très demandé pour les noces dans les bonnes maisons du Maroc qui n'existait pas au village de nos parents et encore moins dans notre quartier vertical. Mais tout cela se serait pour plus tard, il te fallait d'abord économiser. Quand tu m'expliquais tes projets, tes rêves, ta foi aveugle dans l'avenir et la possibilité, à force de volonté et de constance, d'atteindre tes objectifs, je sentais l'élastique qui nous reliait l'une à l'autre m'attirer vers toi : tu pouvais réaliser tout ce que mon père m'interdisait, tout ce que ma famille considérait comme indécent. Ceux de notre race, disait mon père, ce sont de vrais hommes, nous préservons les bonnes coutumes des musulmans authentiques. Tes parents aussi étaient des fidèles de Mahomet et pourtant ils te laissaient libre pour presque tout. Travailler, mon père ne se lassait pas de le répéter, était une affaire d'hommes et si une femme travaillait c'était soit qu'elle était une moins-querien soit que son mari ou son père n'était pas un vrai homme capable de l'entretenir, alors il l'envoyait chez des inconnus. Ce n'étaient pas aux femmes d'aller travailler, c'étaient toujours des hommes indignes qui leur imposaient d'aller servir chez les autres. Plus encore dans ce quartier où l'on considérait comme immoral non seulement que les hommes laissent sortir les femmes comme si elles n'avaient personne pour les contrôler, mais qu'en plus ils les envoient nettoyer la merde des chrétiens ou leur servir de l'alcool. Servir de l'alcool aux chrétiens, c'était le summum de l'indignité pour des hommes comme mon père.

Toi, à cette époque, tu portais des pantalons noirs serrés et des tee-shirts qui t'arrivaient juste au-dessous du nombril, pas plus bas, ce qui laissait à découvert la forme de tes fesses. C'était l'une des idées fixes de mon père : les vêtements que je portais ne devaient pas me mouler le cul. Je ne sais pas d'où j'avais sorti cette protubérance monstrueuse qui était apparue alors que je venais d'avoir douze ans ni pourquoi j'avais gonflé autant, mais je savais que ces bourrelets de chair avaient changé ma vie. C'est à ce moment-là que mon père s'est mis à surveiller la façon dont je m'habillais, et je ne pouvais m'empêcher de ressentir une envie de vomir insurmontable chaque fois que je pensais à mon père en train de regarder mon cul avec des yeux bien différents de quand j'étais petite et plate de partout. Il aurait voulu que je m'habille de ces mêmes tissus amples qui enveloppaient ma mère, mais moi je voulais porter des pantalons. Nous étions dans les années quatre-vingt-dix, les filles montraient leur ventre et se moulaient dans des lycras qui soulignaient leur anatomie. Quand nous étions petites, nous les filles du quartier, on nous laissait nous habiller comme nous voulions. J'avais mis des jupes jusqu'à mi-cuisse et des tops courts sans manches, mais à l'âge de douze ans, tout a changé et on a signifié à la plupart d'entre nous que pour être des femmes décentes nous devions être pudiques. L'obscurantisme actuel qui impose aux célibataires de se couvrir les cheveux n'était pas encore là, mais nous ne nous habillions pas comme nous voulions. Si tu désirais mettre des pantalons, ils devaient être assez larges à la taille pour cacher tes fesses. Et tout devait être assez ample pour que tes formes ne soient pas soulignées. Mais quand nous entrions dans les boutiques, tous les vêtements étaient étroits ou courts. Dans l'histoire de la mode, on n'avait jamais utilisé aussi peu de tissu pour couvrir le corps des femmes que dans les années quatre-vingt-dix, et nous, nous étions adolescentes juste à ce moment-là. Comment concilier nos envies pressantes de ressembler aux filles des séries de l'après-midi avec les normes que l'on nous imposait chez nous ? Il n'en fallait pas beaucoup plus pour que nous intériorisions le fait que nos chairs étaient un problème, que l'unique issue était de les réduire à leur plus simple expression pour qu'ils nous laissent en paix.

Ce jour-là, en courant à tes côtés, en écoutant le rythme de ta respiration, j'ai senti que s'ouvraient les portes d'un monde nouveau, l'espoir de pouvoir être une autre, de pouvoir être comme toi, libérée de toutes ces chairs en trop qui servaient à nous ancrer dans des vies qui n'étaient déjà plus les nôtres, qui ne pourraient plus l'être. Courir avec toi, c'était constater que moi aussi je pouvais être maîtresse de mon propre destin.

III

Quand l'été arrivait, un nœud se formait dans ma gorge qui ne disparaissait pas avant la rentrée des classes. Chaque année, vers le début de juin, je le ressentais. Avec une envie de pleurer dont j'ignorais d'où elle venait. Peut-être de ma mère qui, debout derrière moi quand je lavais la vaisselle salie par mes frères, me transmettait l'ordre de mon père : cette année, c'est la dernière année. Tu es trop grande, il n'est pas décent qu'une fille célibataire continue à marcher toute seule dans le brouillard l'hiver ou sous le soleil de midi l'été. La décence, toujours la décence, cette chose poisseuse qu'ils m'avaient lancée à la figure et que je ne comprenais pas. Ils nous avaient habituées à être traitées de cette façon quand nous atteignions la puberté : comme des petites filles, de manière plus infantile encore que quand nous étions vraiment petites, quand nous faisions les courses pour toute la famille, quand nous accompagnions nos mères chez le médecin, quand nous remplissions les formulaires et amenions nos frères à l'école et leur disions de faire attention avant de traverser la rue. C'était le monde à l'envers : pas plus hautes que trois pommes, nous étions responsables d'un tas de choses que nos mères ne pouvaient pas réaliser car elles étaient des femmes mariées et, de ce fait, confinées à vie. Mais quand nous grandissions, on commençait à nous traiter comme si nous étions des bébés sans cervelle qui ne pouvaient pas se débrouiller seules. Et tout ça parce qu'étaient apparus ces bourrelets un peu partout et que tous les mois jaillissait de nos corps un flot de sang que nous savions normal grâce aux cours d'éducation sexuelle mais qu'on ne nous laissait pas vivre normalement parce que ce foutu flux de sang avait fait chavirer nos libertés. Comme si c'était une partie de notre cerveau qui s'écoulait entre nos jambes tous les mois. Et le plus humiliant, c'était que désormais nous devions être accompagnées par nos frères plus jeunes simplement parce que c'étaient des mâles. Des frères que nous avions contribué à élever et qui maintenant nous servaient de mentors.

Je pouvais m'estimer heureuse parce que j'étudiais loin du quartier. Et parce que je n'étais pas obligée comme les autres filles de me marier ou de suivre une formation professionnelle convenant à ma condition de femme : puéricultrice ou auxiliaire d'infirmerie. Et il y avait encore des maîtresses pour nous diriger vers un tel destin, qui nous convenait mieux et pour nous inscrire à un stage. Si vous voulez que ces filles s'émancipent, disaient certaines, il vaut mieux qu'elles se forment pour travailler tout de suite et dans des emplois qui ne représentent pas un choc culturel pour les familles. Quel pragmatisme! Toujours à décider à notre place de ce qui était le mieux pour nous. Par chance, la tutrice de ma dernière année d'école primaire avait convoqué mes parents mille fois pour les convaincre qu'il valait la peine de me laisser faire des études. Car je ne voulais pas m'occuper d'enfants ni distribuer les plateaux-repas à l'hôpital. Moi je voulais lire et écrire, apprendre plein de langues et connaître le monde.

Une fois l'école primaire terminée, il m'a fallu expliquer à ma mère vers où me conduiraient les études que j'allais entamer. Je ne lui ai pas dit que si je ne les poursuivais pas loin d'ici un peu plus tard, elles ne me serviraient à rien. Elle m'a accompagnée pour l'inscription car c'était ce qu'exigeaient les autorités, que le père, la mère ou le tuteur signent mais ma mère a dessiné un gribouillis sans grande conviction en demandant : Ici? Je me suis sentie un peu coupable de ne pas lui avoir expliqué les effets émancipateurs d'une formation en littérature, histoire ou philosophie. Je ne lui ai pas dit : Mère, en signant tu me donnes la permission de commencer à m'éloigner de toi, en signant tu m'aides, sans le savoir, à être un peu plus libre. Si c'était ta mère, qui savait lire et écrire, elle aurait tout compris. Mais peut-être que la mienne aussi le comprenait, pourtant elle faisait mine d'être un peu perdue car, même si elle me disait, de la part de mon père, « cette année, c'est la dernière », et si elle me demandait où j'étais quand je tardais à rentrer du lycée ou « comment ça se fait que tu ne mettes rien pour te couvrir les fesses », dans le fond peut-être qu'elle le voulait, elle aussi, que je m'émancipe un petit peu. Elle ne l'a jamais dit et toujours elle me réprimandait, mais ensuite elle discutait beaucoup avec mon père – j'entendais sa voix qui m'arrivait de leur chambre, en fin d'année – et je savais qu'elle faisait tout son possible pour qu'il me laisse poursuivre des études, comme ma tutrice, mais d'une autre façon. Elle lui rappelait ma conduite exemplaire, le fait que je n'avais jamais quitté le droit chemin et qu'ils n'avaient jamais entendu un seul bruit me concernant. Que ma réputation était intacte, sans tache. Je ne sais pas pourquoi ma mère s'efforçait autant de le convaincre alors qu'elle me faisait sans arrêt des reproches en s'écriant *aiiaw*, insistant longuement sur le premier *a* pour indiquer que si je faisais une chose interdite les conséquences seraient terribles. Voilà pourquoi ensuite j'étais angoissée quand, main dans la main avec toi, j'ai commencé à sortir du droit chemin. Ce n'était pas seulement par peur de mon père, mais parce que j'étais en train de trahir ma mère. Elle qui, petit à petit, avec la constance d'une fourmi, avait obtenu pour moi autant si ce n'est plus que toutes les autrices que je lisais alors. Les féministes m'enseignaient que mon destin de femme n'était pas nécessairement le même que celui de ma mère, mais c'était elle qui le soir chuchotait dans le creux de l'oreille de mon père : « Laisse-la, elle ne fait rien de mal. »

Quand elle m'a accompagnée pour l'inscription la première année, elle a seulement dit qu'elle trouvait que c'était bien loin. Est-ce que dans le quartier il n'y aurait pas un lycée où étudier ce que je voulais étudier ? Et moi : Non, un lycée pareil il n'y en a qu'un dans toute la ville et c'est celui-là. Et gratuit, bien sûr. Nous avions dû prendre le chemin de poussière, continuer par la route goudronnée, les maisonnettes individuelles, la rue qui serpentait entre les vieilles maisons et puis traverser le centre pour ressortir de l'autre côté, par l'autre route goudronnée prolongée elle aussi par un chemin de poussière. Presque une heure de trajet en marchant d'un bon pas. Quelle manie de tout mettre si loin, mais moi cette promenade me convenait. Il me semblait qu'en suivant ce parcours, c'était comme si je changeais de monde.

Après une longue bataille, j'y suis parvenue. Le premier jour j'étais morte de peur, prise d'un vertige qui ne me quitterait plus jamais. Je suis entrée dans un bâtiment où personne de la même origine que moi n'avait jamais mis les pieds : un lycée d'enseignement secondaire qui devait me conduire à poursuivre des études très loin d'ici. Je ne savais pas encore lesquelles ni comment je ferais pour les payer, ni rien d'autre, mais pendant des années j'ai avancé ainsi, un peu à tâtons. Je ne l'ai pas dit à ma mère mais le premier jour j'avais des papillons dans l'estomac. Tu me connais bien, même si je parais courageuse, je ne suis pas volontaire comme toi, je doute et le doute me paralyse, mais confrontée à ça, je ne pouvais que m'accrocher en m'obligeant à mettre un pied devant l'autre pour entrer dans la salle de classe, comme si je ne tremblais pas, comme si je ne craignais pas de tomber. Comme si je n'étais pas une intruse qui avait franchi les limites, étroites mais à sa portée, de l'appartement bas de plafond avec sa cuisine en formica boursouflé pour passer des heures à faire des exercices de mathématiques, le corps tremblant, de l'histoire ancienne exposant les débuts de l'humanité ou les rapports de servitude, les idées des penseurs les plus importants qui m'élevaient au-dessus de la réalité tangible de mon environnement et titillaient mon cerveau quand je parvenais à les comprendre. Toi, tu n'avais pas besoin de tout ça et si jamais j'essayais de te faire partager l'une de ces histoires passionnantes, tu m'arrêtais net en me disant : Moi, tu me parles clairement! Je voulais te raconter les doutes de certains philosophes sur l'existence de leur propre corps, et aussitôt tu me disais : Quelle ânerie, comment peux-tu douter de ton corps? Ton corps, c'est toi, il n'est pas séparé de toi. Il est ce que tu es.

De tout cela nous parlions les soirs où je frappais à ta porte et où nous nous asseyions dans le petit salon, les soirs où tu n'avais pas une séance à l'auto-école ou un traitement au centre d'esthétique, où tu enfilais des sortes de pantalons énormes qui se gonflaient et te comprimaient je ne sais comment pour éliminer la graisse que tu avais en trop. Comme tu travaillais tu pouvais te payer ce genre de choses et tu avais pris un abonnement où tu te rendais une fois par semaine. Un jour je suis allée te chercher dans un autre salon d'esthétique qui ne traitait que le visage et tu en es sortie avec la peau brûlée, comme si on t'en avait enlevé une couche en te laissant la chair à vif. Tu m'as dit que tu n'avais pas mal, que c'était un peeling qui ferait disparaître définitivement tous tes boutons. Moi, j'aurais voulu faire pareil, mais je n'avais pas d'argent et en plus je m'acharnais encore à essayer de savoir si je doutais ou non de mon corps, un corps que ma mère m'interdisait de modifier de quelque façon que ce soit. Elle me laissait seulement couper les pointes de mes cheveux pendant le mois d'Achoura et je ne pouvais pas avoir de frange ni m'épiler les sourcils. En ce temps-là je lisais aussi des livres féministes d'accord avec ma mère, où s'épiler c'était accepter de se transformer en objet. Malgré tout, je rêvais de me maquiller et de m'habiller à la mode, et ça m'était égal d'offenser Dieu ou de me transformer en objet. Au moins, de cette façon, je ne serais plus la propriété de mon père, de ma mère et de ma religion.

Tu semblais si loin de toutes ces restrictions… Ton unique critère était esthétique, à savoir si ta façon de t'habiller te rendait belle ou non. Rien de ce que tu pouvais mettre, aucune modification de ton image, ne semblait avoir de conséquence sur ce que tu étais. Moi, je devais attendre. Ma priorité était d'étudier et pour cela je devais être une bonne fille, ou du moins le paraître. Décente, pudique et laide.

Quand je venais te voir chez toi tu t'asseyais en t'appuyant sur l'une de tes énormes cuisses et tu ressemblais à une odalisque du harem peint par Delacroix. Je t'ai parlé du peintre français mais ça ne t'intéressait pas. Trop dans le passé, tu me disais parfois : Tu es trop centrée sur le passé, sur ce que d'autres ont fait il y a très longtemps. Nous devons nous tourner vers le futur. Pas besoin d'odalisques allongées dans leurs appartements. Tu buvais de l'eau avec je ne sais quelle infusion d'herbes parce que le thé que te préparait ta mère était trop sucré. Moi, en revanche, je ne pouvais pas m'empêcher de siroter le contenu du verre à bordure dorée et de goûter ces gâteaux aux amandes parfumés à la fleur d'oranger que faisait ta mère, je les mordais en cachette, j'avais honte de les manger devant toi.

La première fois, alors que nous étions dans le petit salon, ton père est entré et je ne savais pas où me mettre. Chez moi, jamais un homme ne venait en visite et on m'interdisait de parler à des inconnus. Si l'un d'eux entrait alors que j'étais avec d'autres femmes, la seule chose à faire était de sortir en courant. Bien sûr, ce n'était valable que pour les Arabes, car il était impossible de ne pas se retrouver avec des chrétiens au lycée. Il était entendu que je prenais les précautions nécessaires pour ne pas avoir de contact trop étroit avec mes camarades, n'entretenant que les seules relations indispensables. Personne ne pouvait imaginer que dans mon lycée presque tous les élèves fumaient et que certains couples s'enfermaient dans les toilettes pour se bécoter et se tripoter par-dessus leurs vêtements. Moi, je n'étais pas folle. Même si au lycée personne ne pouvait me voir, je n'osais pas aller au-delà d'une conversation et j'évitais toujours de regarder dans les yeux les garçons qui me plaisaient.

Parfois, je ne pouvais pas m'en empêcher. Malgré les interdictions et le risque que cela supposait, je plantais quelquefois mon regard dans les yeux d'un de mes camarades, parfois même dans ceux d'un professeur, et aussitôt le sang qui parcourait mon corps s'emballait au point que je n'entendais plus aucun bruit autour de moi et que j'avais l'impression que d'un moment à l'autre tout allait prendre feu. Je brûlerais moi, et l'homme qui était devant moi, comme brûleraient aussi ces murs ocre aux dessins obscènes et le bâtiment tout entier, et un chaos alors se déchaînerait que personne ne pourrait contrôler. Aussi, la seule chose que je voulais faire, c'était courir, courir la campagne en fuyant mon propre désir. Comment avaient-ils réussi à nous inoculer l'idée que notre désir, par le simple fait qu'il était le nôtre, était une chose sale, trouble, obscure et maléfique ? À qui demanderons-nous des comptes pour nous avoir expropriées de la jouissance joyeuse et libre ? C'est peut-être pour cela que je t'écris maintenant, parce que je ne sais pas à qui reprocher de nous avoir confisqué la joie de grandir, de nous transformer en adultes capables de jouir de leur propre existence. Même si j'étais parfaitement consciente de la nécessité de sacrifier certaines choses, par exemple les sorties avec des garçons, pour pouvoir continuer mes études, de temps en temps le passé me renvoie l'arrière-goût amer de cette tromperie.

Ce qui m'a sauvée alors, en me permettant de sublimer mon désir, c'est l'amour platonique. Personne n'imagine à quel point Platon peut être utile à une Arabe adolescente d'un quartier de la périphérie de la périphérie. Il suffisait d'un geste, d'un trait du visage, d'un regard pour qu'un homme quelconque, aussi bien quelqu'un que je croisais dans la rue, réveille mon imagination et donne naissance à une grande histoire d'amour. Que savions-nous de l'amour à ce moment-là ? À la maison, cela n'existait pas. Nos parents, comme tous les couples mariés du quartier, s'étaient connus la nuit de noces et leur relation était tellement inégalitaire qu'il était impossible qu'il existe la moindre affection entre eux. Servir et obéir n'est pas aimer : dominer et soumettre, non plus. Nous ne nous en rendions pas compte alors, car nous n'avions aucune référence concrète dans ce domaine si nouveau pour nous de l'amour. Comme si, de fait, nous avions dû l'inventer nous-mêmes.

Moi, tout ce que je savais à ce sujet, je l'avais lu, bien sûr. Il en était souvent question dans les cours de littérature. Je t'ai raconté l'histoire de Tristan et Iseult, je t'ai même récité des poèmes, mais toi ça te faisait rire. Comme si tu connaissais des vérités que j'ignorais, qui n'étaient pas dans les textes et que je ne pouvais apprendre que dans le monde réel. Quand je t'ai expliqué ce qu'était l'amour platonique, le plus sublime des amours, la plus haute façon d'aimer, toi tu m'as répondu : Mais quelle ânerie ! Comment veux-tu tomber amoureuse sans se toucher ? Ça n'a aucun sens ! Quand tu me l'as dit, j'ai senti que s'allégeait un peu ce poids sur ma poitrine, c'était comme si tu me donnais la permission de faire redescendre tous mes désirs dans ma chair et dans mon corps, comme s'il était possible de les rediriger vers des expériences physiques. Là-dessus, tu m'as beaucoup aidée, même si je ne crois pas que tu en étais consciente. Le simple fait que tu puisses concevoir des choses inimaginables pour moi et que tu les réalises, me déchargeait de la culpabilité que provoquait en moi la possibilité de transgresser toutes ces normes absurdes. Tu me donnais la permission de rêver et de changer ces rêves en réalité.

Au début de cet été-là, donc, le nœud dans ma gorge est revenu mais il diminuait un peu quand je pouvais venir te voir. Une fois l'année terminée, nous allions courir de bonne heure le matin. Ensuite je n'arrêtais pas de faire du ménage pendant que mes frères entraient et sortaient comme ils voulaient, se moquant bien de mes obligations domestiques. Même le petit, vraiment très petit, pouvait descendre les escaliers en courant pour aller jouer sur la place sans avoir à demander la moindre permission. Tous mes frères étaient plus jeunes que moi et ils avaient tous plus de liberté que moi du seul fait qu'ils étaient des garçons, et aux yeux de tous c'était la chose la plus normale du monde. Parfois je les rendais coupables de leurs privilèges, parfois je les excusais car ils n'avaient pas inventé eux-mêmes ces normes mais j'étais vraiment très déçue quand je les voyais sortir en me laissant enfermée dans l'appartement. Je n'arrivais pas à comprendre qu'ils profitent de la vie comme si de rien n'était tout en sachant que leur mère et leur sœur étaient soumises à un régime aussi injuste. Je suppose que pour eux, comme pour tant d'autres hommes de notre quartier, c'était normal. Le fait qu'ils n'aient pas consacré une seule minute à nous plaindre m'a éloignée de mes frères même si j'ai grandi avec eux.

Pendant l'été, comme je n'allais pas au lycée, ma vie ressemblait beaucoup à celle de ma mère, mais moi j'avais la consolation de la lecture et déjà à ce moment-là, le refuge de l'écriture. Les après-midi où tu étais là, j'allais te voir. Comme tu habitais près de chez nous, si mon père revenait et demandait où j'étais, il était facile de prouver que je n'étais pas sortie. Je ne descendais presque jamais chez Sam. Parfois elle était chez toi avec d'autres filles.

Quand tu m'as dit que vous partiez le lendemain, un voile sombre a obscurci mes yeux et m'a aveuglée quelques instants. Comme chaque année, vous alliez en vacances au village, ce dont je n'avais aucune expérience. Mon père s'était disputé avec sa famille et nous n'avions aucun endroit où revenir. Car jusqu'à ce qu'ils lui demandent pardon pour je ne sais quelle offense reçue bien des années auparavant, il n'y remettrait pas les pieds. Voilà pourquoi quand on me parlait de mes origines, je ne savais pas de quoi il s'agissait exactement. Pour moi, mes origines, c'était ce quartier aux appartements trop petits dans la chaleur étouffante de l'été où, même à minuit, je dégoulinais encore de sueur tandis que je lisais sans cesse pour me transporter loin de là.

J'aurais aimé être comme mes camarades de classe, pour qui aller au lycée était une obligation pénible, et me réjouir quand l'été arrivait. Mais non, moi je détestais les vacances. Pas de cours d'anglais, pas d'été en Angleterre, pas de vacances sur la côte. Je ne pouvais pas me traîner, apathique, dans ce mal-être diffus exprimé par ces musiciens aux cheveux dans les yeux qu'écoutaient mes camarades. Quand tu as autant de raisons de te rebeller, tu ne peux pas te permettre le luxe d'être une rebelle sans cause.

IV

Je ne saurais pas te dire si cet été-là a été le pire de ma vie. Il était comme les précédents mais quelque chose avait changé et je le ressentais comme plus étouffant que jamais. Je ne pouvais imaginer alors que l'année suivante tout se précipiterait, que la vie s'accélérerait. Était-ce à cause de toi que j'avais changé ? Les commères du quartier l'assuraient : c'était après t'avoir connue que j'avais cessé d'être une bonne fille.

Aux informations, on voyait les files de voitures de l'« opération Détroit », c'était leur expression, comme s'ils s'agissait du débarquement en Normandie, un événement aux résonances guerrières. Des milliers et des milliers d'immigrants de toute l'Europe retournaient « chez eux ». Je me demandais comment ce devait être. Les voisines me racontaient le long voyage par les autoroutes, en suivant la côte méditerranéenne, les arrêts sur les aires de service pour manger des œufs durs parfumés à l'odeur d'essence pendant que les hommes adultes dépliaient les tapis de prière sur l'asphalte. Ils remplissaient tellement les voitures avec des cadeaux que les enfants devaient voyager les jambes coincées entre les cartons. Le bruit du moteur les endormait. Le lendemain, dans le ferry, les femmes se changeaient et s'arrangeaient pour ressortir, de l'autre côté du Détroit, transformées en quelqu'un d'autre, en femmes de « l'étranger », riches et ayant réussi, faisant oublier les femmes qu'elles avaient été le reste de l'année : des immigrantes pauvres emprisonnées dans leurs appartements minuscules et froids.

Toi, tu ne te changeais pas, je le sais, toi tu étais la même partout, tu n'acceptais pas de tomber dans ces humiliantes adaptations au milieu ambiant que pratiquaient des filles comme nous. D'après ce que j'ai vu sur les photos et les vidéos que tu m'as montrées à ton retour, tu étais vêtue de la même façon dans le quartier et au village. Ce n'est que pour les fêtes que tu mettais ces jolies robes longues, des robes qui, grâce à ta prestance, ta grande taille et tes pommettes majestueuses, te faisaient ressembler à une reine surgie tout droit des *Mille et Une Nuits*, avec des couches et des couches de maquillage sophistiqué.

Tu es partie et le silence s'est fait, un silence si épais qu'on aurait pu le toucher, à peine interrompu par le bruit lointain des voitures sur la voie rapide et le ronronnement des quelques rares industries qui continuaient à travailler dans la zone. De la cour intérieure nous parvenait le tintement des assiettes qu'on lave, de temps en temps une voix, et ces bruits du quotidien me réconfortaient un peu.

Oui, je crois que si cet été-là je me suis sentie plus enfermée que jamais, c'est parce que j'avais fait ta connaissance. Même si c'était très récent, je m'étais déjà habituée à toi. Et finalement le fil de mes pensées était comme maintenant, un monologue qui t'était adressé. Pour sortir de temps en temps je cherchais une excuse quelconque, toute la journée je demandais à ma mère si elle avait besoin de quelque chose à la boutique. Je suppose qu'elle devait s'apercevoir que ce que je désirais, c'était sortir de la maison, et elle me faisait signe que non. Sur beaucoup de choses, quand c'était possible, ma mère fermait les yeux. De petites concessions. L'été, elle et moi, nous nous ressemblions vraiment, toutes les deux enfermées dans notre appartement minuscule. Elle avait l'obligation de me surveiller, de ne pas permettre que je m'écarte du droit chemin. Si je transgressais une norme, elle en serait responsable pour ne pas m'avoir éduquée selon la volonté de Dieu. Elle devait m'enseigner à être une bonne maîtresse de maison. Cuisiner et faire le ménage toute la journée pour qu'au moment où j'aurais mon propre foyer je sois compétente concernant les tâches domestiques. Malgré tout, je veux croire que ma mère me plaignait pour cet enfermement, comme je la plaignais pour le sien. Une compassion inutile puisqu'aucune de nous deux ne pouvait alléger le sort de l'autre.

Dans le quartier, certains n'étaient pas partis, faute d'avoir un endroit où revenir. Les vieilles prostituées qui vivaient au rez-de-chaussée de notre immeuble ou telle famille qui n'avait pas réussi à épargner pour le voyage de retour estival et puis tous ceux qui n'avaient jamais bougé de là, d'autres immigrants venus d'ailleurs qui croyaient ne pas être immigrants car sur leur carte d'identité il n'était pas mentionné qu'ils étaient étrangers. Des groupes de garçons et de filles occupaient les bancs de la place. Eux, coiffés à la dernière mode, ils fumaient et discutaient de musiques étranges que je n'avais jamais entendues, ils bavardaient et racontaient des blagues avec plein de gros mots et de gestes obscènes. Elles, elles mâchaient des chewing-gums et montraient leur nombril, elles avaient des petits brillants dans le nez et leurs cheveux étaient relevés en queue de cheval. Je les regardais à distance, consciente qu'ils appartenaient à un monde lointain dont je ne pourrais jamais faire partie. Parfois mon regard croisait pendant un instant celui d'un des garçons et moi, de ce petit rien, de ce regard fugace, je faisais toute une histoire. Même si j'étais incapable d'y croire moi-même car j'avais intériorisé le fait que cette sorte de garçons, ceux qui à l'école me traitaient de bosseuse, ne s'intéresseraient jamais à une fille comme moi.

Mes frères et moi nous passions les après-midi à regarder *Alerte à Malibu* en cachette de mon père. Si nous entendions la clé dans la serrure, nous nous précipitions pour changer de chaîne et mettre des dessins animés ou des documentaires. Quand il n'était pas là, ce que nous ne voyions jamais c'étaient les baisers. Les baisers, et plus encore les scènes osées, c'était honteux et donc complètement interdit. Même si à la naissance de l'islam la télé n'existait pas et *Alerte à Malibu* non plus, on désignait cette sorte d'images par l'expression qui servait à décrire tout ce qui nous était interdit : *haram*. Tout ce qui était *haram* nous envoyait directement en enfer. Aussi, au début, quand je fantasmais sur un garçon, j'arrêtais net quand arrivait le moment où nous nous approchions l'un de l'autre. J'imaginais ce que devait être son odeur, la chaleur de son haleine, je pouvais presque sentir les pulsations du sang qui coulait dans ses lèvres quand… paf ! juste à cet instant je pressais sur le bouton pour changer de chaîne. J'étais seule, la nuit, les yeux fermés, et pourtant je changeais de chaîne. Et si je n'arrivais pas à m'arrêter, je me levais, j'attrapais le carnet où étaient toutes mes listes et j'en commençais une au milieu de la nuit, en m'éclairant parfois avec une lampe pour ne pas réveiller mon petit frère. Lundi ! Lundi ! Lundi ! Encore une fois : lundi je commencerai tout. Je conserve des cahiers aux pages entièrement recouvertes de ce mot mille fois répété.

Je voulais écrire, j'en éprouvais le besoin. Il ne me suffisait pas d'évacuer ma rage et mon indignation avec des phrases du type « j'en ai marre d'être une esclave ». Je voulais des histoires, de grandes histoires comme celles que j'avais lues dans les livres. Être dans la peau de l'héroïne, trouver mes mots à moi. Mais le résultat était toujours le même : une jeune femme vivant dans une époque révolue, je ne sais pas exactement laquelle, qui portait une robe longue resserrée à la taille, commençait à travailler chez un invalide et elle en tombait follement amoureuse. C'étaient toujours des hommes séduisants, d'âge mûr, intelligents et mystérieux. Au début, ils traitaient toujours l'héroïne avec mépris car ils étaient frustrés à cause de leur condition d'handicapés, invalides au-dessous de la ceinture. Je réussissais à en arriver au moment le plus intense mais je ne savais jamais comment se déroulait la suite. Quand je me relisais, je me disais : Quelle honte, quel bazar romantique, d'un mauvais goût à vomir.

À la télévision, on voyait ces publicités pour des yaourts qui sont devenues célèbres, avec plein de femmes aux corps alanguis près d'une piscine ou sur un yacht en pleine mer. Avec des ventres plats, des cuisses luisantes, des jambes comme des roseaux et des creux sous les clavicules. Je les examinais attentivement dès qu'elles apparaissaient et, entraînée par la musique planante et tous les vernis dont elles s'enduisaient, je m'imaginais que c'était moi en haute mer dans la solitude et le silence, et qu'on me regardait. Mon désir était d'être contemplée à la façon dont la caméra scrutait ces corps sous un soleil dont j'imaginais qu'il me brûlait la peau. Et je me disais que pour être admirée je devais être comme elles, bien sûr, comme les femmes au yaourt. Les hommes plastifiés et tout en muscles ne m'intéressaient pas.

L'été était bien assez ennuyeux comme ça mais voilà qu'en plus mon père s'était entiché de films religieux. Il s'endormait sur le canapé pendant que des scènes de la vie de Mahomet se succédaient sans que le prophète apparaisse jamais, car il était interdit de le représenter. Quand on supposait qu'il était présent on entendait une musiquette des plus ridicules. Toi, tu as échappé, il me semble, à toutes ces histoires invraisemblables qui voulaient nous convaincre de la bonté de la religion de nos parents, du miracle de l'authentique révélation. Dans ces films, les ennemis de l'islam étaient toujours très laids, ils avaient les poils des sourcils en pointe, ils ressemblaient à des démons. Notre père nous demandait alors si nous priions. Je priais quand j'y pensais, mais pas exactement comme il l'imaginait. Quand j'entrais dans le bain pour faire mes ablutions, je ne pouvais pas m'empêcher de m'amuser à me toucher. Durant les ablutions, il était permis de toucher ces endroits interdits, cela faisait partie du rituel. Ensuite, quand je priais, mon esprit s'égarait souvent, et toujours vers le garçon qui m'avait regardée ou vers les passages excitants que j'avais lus.

En attendant ton retour j'ai décidé d'écrire. D'écrire vraiment, cette fois. Comme mon père ne me permettait pas de travailler et que je devais réfléchir au moyen de payer mes études, j'ai décidé que ce serait là une bonne manière de transgresser ses interdits. Personne ne s'en apercevrait. J'ai même fini par me convaincre que, si je parvenais à publier quelque chose, ni lui ni ma mère ne le sauraient parce qu'ils ne pourraient pas le lire. Écrire pour sortir du quartier m'a semblé un bon plan au cours de cet été étouffant. Je me suis fixé un calendrier avec le nombre de pages que j'écrirais chaque jour. À la minuscule bibliothèque du quartier, je feuilletais la revue où étaient annoncés les prix littéraires et je me disais : si je finis tel jour, je me présenterai à celui-ci. Puis le jour arrivait et je n'avais rien écrit. Le plus difficile, c'était d'imaginer d'autres réalités, d'autres vies possibles. J'avais beau croire que j'avais une pensée libre, l'enfermement physique bridait aussi mon imagination et je ne parvenais à penser qu'à toi te régalant dans des fêtes et des fêtes où tu dansais sans fin.

Je ne pouvais pas non plus aller courir. Sans toi, c'était dur de me lever de bonne heure et la peur avait reparu, cette peur que ta présence apaisait. Je l'ai tenté une fois où mon corps s'agitait tellement que j'ai cru devenir folle. Concentrée sur l'écoute de ma propre respiration et m'encourageant moi-même à trottiner, je ne me suis pas aperçue qu'il y avait quelqu'un d'autre dans le silence du matin. Le bruit des pas s'est rapproché et j'ai entendu la voix d'un garçon, d'un homme jeune qui chuchotait. Eh, écoute, écoute-moi. Je lui ai crié de me ficher la paix. J'ai accéléré le pas mais il était toujours derrière moi. Toi, tu y étais habituée, à ce qu'on te suive, moi non. Je voulais plaire, bon Dieu, j'en mourais d'envie de plaire à un homme, mais pas de cette façon, sans être envahie par ce désir qui s'imposait en pénétrant mon espace le plus intime. Je me suis souvenue de Sam qui ne semblait pas gênée par ce genre de comportements. Les garçons tournaient comme des mouches autour d'elle. Je me demandais si c'était moi le problème, si j'étais trop renfermée, si j'étais trop influencée par toutes ces règles pour échapper à la honte avec laquelle j'avais grandi. N'y avait-il pas d'autre façon de plaire que de provoquer ces comportements dont je sentais bien qu'ils m'étaient étrangers ? Et puis d'abord, ce garçon, c'était un inconnu.

Il m'a dit : Ma sœur. Tu te souviens que nous nous disions toujours ma sœur et qu'ensuite nous en riions en moquant les vieilles expressions. Et puis quoi *ma sœur*, mon œil, je lui ai dit à ce garçon, ce que tu veux c'est me baiser. Tu baiserais ta propre sœur ? Je crois que jamais auparavant je n'avais parlé comme ça à quelqu'un, encore moins à un inconnu. Son désir, ou quoi que ce soit qui l'ait poussé à me suivre, envahissait mes rares espaces de liberté.

Je ne te l'ai pas raconté, comme je ne t'ai pas raconté tant de choses qui me passaient par la tête à cette époque, mais cette fois-là j'ai pensé pour de bon à m'enfuir en courant. À ne pas m'arrêter et à abandonner mes parents, mes frères, l'appartement et tout le quartier. À chaque pas je me disais : Je m'en vais, c'est ça, je fous le camp. Je continuerai à courir jusqu'à ce que j'arrive dans un lieu où on ne me connaîtra pas, et je n'avertirai personne. Ce n'est pas le garçon qui m'a arrêtée, c'est toi. Soudain, j'ai imaginé ce que tu me dirais si je t'expliquais que je voulais m'en aller ainsi, sur un coup de tête. Aujourd'hui je me rends compte que tu as été beaucoup plus qu'une amie. Sans toi je serais devenue folle, coincée comme je l'étais entre un élan intérieur qui me poussait vers une autre vie sans frein et le milieu asphyxiant qui prétendait nous la refuser. Nous refuser la simple possibilité de vivre, à nous toutes.

V

À ton retour, tu étais radieuse. Plus mince et la peau légèrement dorée. J'ai dû résister à l'envie de monter chez toi en courant. Les règles strictes de politesse et d'hospitalité dans lesquelles nous avions été élevées nous interdisaient de visiter quelqu'un qui venait tout juste de rentrer de voyage. Tu te moquerais de moi si je te disais que même maintenant, après tant d'années, j'ai bien présentes à l'esprit toutes ces règles non écrites. Je suis sûre que dans leur contexte d'origine elles avaient leur raison d'être, dans la société d'où venaient nos parents les observer devait faciliter une bonne entente entre voisins. Même si ce n'est pas ce à quoi j'ai pensé quand je t'ai vue arriver et quand ma mère m'a empêchée de monter te voir. Je regrette peu de choses du temps où je vivais entourée de gens de notre origine commune, mais l'une d'elles est la solidarité qui existait dans le quartier. Ma mère ne pouvait pas retourner dans sa famille à cause de l'exil volontaire auquel notre père nous avait tous condamnés, alors plusieurs voisines lui rapportaient des denrées que l'on ne trouvait pas ici, comme l'orge moulu, certaines épices ou de l'huile d'olive. Et si elles arrivaient à les conserver pendant tout le voyage, des figues de Barbarie. Dans des balluchons qui étaient comme des morceaux du pays. En échange, elle leur apportait du pain et des gâteaux faits maison. Ce genre de gestes me manque et j'aimerais les faire moi-même. Parfois, l'idée me vient de partager avec mes voisins citadins, dont je ne connais même pas le nom, quelque chose que j'ai cuisiné ou que j'ai ramené de loin, mais je me retiens car quand j'en ai eu l'occasion, ils m'ont regardée d'un air incrédule.

Quasiment aucune fille du quartier ne venait chez moi, elles craignaient mon père. Excepté Sam, qui à peine descendue de la voiture était déjà devant notre porte. Si elle tombait sur lui, elle lui tendait la main en riant et lui disait : Comment ça va, oncle Moh ? Elle le regardait droit dans les yeux, ce qui m'était interdit avec des hommes qui n'étaient pas de la famille. Et mon père riait avec elle, tout en plaisantant comme il ne l'aurait jamais fait avec moi. Mon père ne nous parlait quasiment pas, à nous, ses enfants. Quand il rentrait à la maison, il ne disait ni « salut » ni « que la paix soit avec vous » ni « comment ça va ». J'ai découvert beaucoup plus tard, surtout chez toi et chez Sam, qu'il y avait des pères qui saluaient leurs enfants quand ils rentraient chez eux.

Sam était heureuse, elle avait envie de me raconter tout ce qu'elle avait vécu pendant ses vacances. Nous sommes allées dans ma chambre et elle a sorti un appareil photo tout neuf. Elle m'a dit : Allez, prenons une photo de nous deux, toi et moi, et nous nous sommes assises sur le lit en fer peint en rouge de mon petit frère, un lit défait à la taie d'oreiller couverte des traces de la salive qui lui avait échappé dans son sommeil. On nous voit toutes les deux, nos visages l'un contre l'autre, Sam assise sur mes genoux. Le frôlement de ses joues, la chair de ses cuisses sur les miennes, cette familiarité insouciante, m'ont arrachée aussitôt à la noirceur du mois qui venait de s'écouler. J'étais surprise par ce corps si proche, par son odeur, par la chaleur qu'il dégageait. J'ai été sur le point de refuser de figurer sur la photo. En partie parce que je ne supportais pas l'image que me renvoyait le miroir mais aussi à cause de cette vieille mentalité dont tu te moquais et qui stipulait que les femmes décentes ne pouvaient pas se laisser photographier par des inconnus, même si c'étaient des femmes qui les fixaient derrière l'objectif, parce qu'ensuite, dans les maisons, allez savoir qui poserait ses yeux sur la femme d'un autre, la fille d'un autre. Ils disaient que c'était pour préserver notre identité, que celle qui n'a jamais été vue vaut plus que celle qui a été exhibée de manière impudique, mais en réalité c'était une façon de nous effacer. Parfois je cherche ma mère dans les rares photographies de la famille que je conserve et je ne la trouve presque jamais, je dois l'imaginer. Il y en a aussi très peu où l'on me voit, même si je sais que c'est parce que je me cachais, ce que j'ai fait pendant longtemps, chaque fois qu'un appareil photo apparaissait.

Finalement, je me suis laissé photographier avec Sam. Je regarde la copie qu'elle m'a donnée et quiconque la verrait croirait que nous étions de vraies amies, inséparables. Je l'appréciais et j'aimais sa compagnie mais ce que je ressentais avec elle n'avait rien à voir avec ce que je ressentais avec toi. Je ne sentais pas cet élastique qui m'attirait vers toi, une complicité que jusque-là je n'avais éprouvée avec personne. Toi plus que toute autre, tu as été le miroir dans lequel je me suis regardée pour la première fois sans crainte, ou en surmontant mes craintes. Un miroir fait de rires et d'humour, d'une facilité à exprimer sans complexes aussi bien ce que tu pensais que ce que tu désirais. Je ne m'exprimais jamais librement alors que toi tu enjambais toutes ces règles absurdes et tu projetais ta vie comme si elles n'existaient pas. De temps en temps, tu critiquais le contrôle social avec lequel les voisins voulaient nous brider, mais le plus souvent tu ne faisais même pas attention à ces sottises. Ces âneries, comme tu disais toujours. Moi, je te voyais maîtresse de ta propre vie, et cette indépendance, cette attitude souveraine, m'avaient éblouie dès le début.

Sam était différente, plus superficielle. Du moins l'était-elle à ce moment-là. Tu te souviens du jour où elle nous a demandé comment on savait qu'un garçon nous plaisait? Si c'était quand notre con applaudissait? Ta mère lui disait toujours qu'elle était une effrontée mais elle éclatait de rire. Le jour de la photo, dans ma chambre, elle m'a montré les danses qu'elle avait apprises dans les fêtes de là-bas, où étaient allés des garçons et des filles de toute l'Europe. Je crois que toi tu étais là le jour où elle s'était mise à se frotter contre l'un d'eux. Les femmes adultes ne savaient plus où se mettre de honte, avec cette musique du démon et ces jeunes qui se mélangeaient en dansant de manière obscène, sans aucune pudeur. Elles regardaient ailleurs et recouvraient leur bouche avec la pointe du foulard.

J'ai tenté de faire comprendre à Sam qu'il était normal que ces femmes soient en colère, que cela avait un rapport avec leur façon de voir le monde et elle, elle m'a répondu : Alors, qu'elles changent, qu'elles aillent se faire foutre ou qu'elles changent une fois pour toutes leur mentalité préhistorique. Quel mal y a-t-il à s'amuser ? Il n'y a pas que les tambourins, les *zdaq-zdaq* et les *lalla buya*. Et aussitôt elle m'a demandé si j'avais rencontré un garçon et ce que j'avais fait. J'ai haussé les épaules mais elle, vas-y que je te parle de l'un et de l'autre, tous venus des pays du Nord. Des Arabes comme nous mais allemands, belges, danois et je ne sais quoi encore, ce qui fascinait Sam, comme si c'étaient vraiment des étrangers exotiques et non les enfants ou les neveux des nôtres.

Toi et moi, nous n'avons pas pu nous revoir avant le lendemain, quand ma mère m'a permis de vous rendre visite. Votre salle à manger était pleine de sacs et de cartons à demi déballés. De l'un d'eux tu sortais des robes brillantes, dans des tissus qui semblaient onduler quand tu les dépliais. J'étais fascinée par leurs mouvements. L'une d'un rouge profond, comme un coquelicot, une autre blanche avec des broderies dorées, une autre avec des broderies argentées. Une autre encore avec le point de croix vert traditionnel. Et toutes avec leurs accessoires correspondants : des babouches dans le même tissu avec un petit talon, des bijoux qui rappelaient l'or des dots, des boucles d'oreille, des colliers, des ceinturons et des bagues. Certaines étaient accompagnées d'une sorte de tiare, de voiles et de grandes pièces de toile. C'est pour mettre derrière, tu sais ? comme un fond pour les photographies. C'était le matériel que tu avais acheté pour ton travail d'habilleuse de mariées. Mais tu m'as dit : C'est juste pour débuter. Et ta mère : Quel bon investissement, que Dieu te vienne en aide, ma fille, dans ton entreprise. Des mots que ma mère n'aurait jamais prononcés, à propos d'un travail qui consiste à assister au mariage de filles inconnues avec plein d'hommes inconnus qui te regardent. Et toi, même pas voilée. Tu irais par monts et par vaux au volant de ta voiture (car tu conduisais déjà), va savoir dans combien de villes et de villages. Devant une telle exposition, j'ai fini par être saisie par l'envie de me marier moi aussi mais je me suis aussitôt débarrassée de cette idée absurde. Je l'ai chassée de mes pensées. À ce moment-là j'étais convaincue que le mariage, ce n'était pas pour moi.

Nous nous sommes assises dans le petit salon des invités et tu m'as dit : Tu ne croiras pas ce qui m'est arrivé ! Tes yeux se sont mis à briller comme jamais. Plus aucune trace de cette ombre dans ton regard comme au premier jour. En rougissant un peu, tu m'as raconté que tu avais rencontré un garçon sur le bateau, sur le ferry du retour et dès que vos regards s'étaient croisés pour la première fois, vous n'aviez plus cessé de vous chercher l'un l'autre. Je t'imaginais sur l'un des ponts, le vent salé sur ton visage, et ce garçon grand et brun te disant : Te voilà ! Vous avez passé quasiment tout le voyage ensemble pendant que les autres passagers dormaient. Ton enthousiasme était contagieux, c'était comme si je voyais pour la première fois le désir et l'amour en chair et en os. Ensemble, en fusion. Moi, je faisais la différence entre le sexe et l'amour mais toi tu ne le comprenais pas. J'ai tenté de te convaincre que quelqu'un pouvait te plaire sans que tu en tombes amoureuse et que tu pouvais tomber amoureuse de quelqu'un qui ne te plaisait pas, mais je ne t'ai pas convaincue. Tu m'as dit : Quelle ânerie !

Tu m'as surprise par ta description détaillée de toutes les heures que vous aviez passées ensemble sur le bateau. À chaque instant, à chacun de ses pas, tu le suivais. Ce qui me fascinait, c'est que tu lui aies montré ouvertement qu'il te plaisait.

Était-ce possible? Une fille comme nous pouvait-elle rencontrer un garçon et lui montrer qu'il l'intéressait? Nous avions donc le droit nous aussi de vivre une vraie histoire d'amour? Je voulais qu'une chose pareille m'arrive, à moi aussi. Ta vie, ou ce que je comprenais de ta vie, me servait à me représenter à travers elle mes propres aspirations et désirs, ceux que je ne pouvais accepter, même en pensée. Je ne sais pas à quel point était réelle l'image que je me faisais de toi, mais elle m'a servi pour croire que mon existence pouvait être différente, elle m'a ouvert les portes de l'espérance. Soudain, c'était moi qui étais sur le pont du bateau, de votre bateau d'amour.

Et tes parents, alors? Tu m'as répondu qu'avec tout ce qu'ils t'avaient fait endurer ils n'avaient pas leur mot à dire. Je n'ai pas osé te demander ce qui t'était arrivé avant que tu débarques dans le quartier.

Et maintenant? Tu m'as répondu que vous aviez échangé vos adresses et vos numéros de téléphone. Que le matin même tu lui avais parlé et qu'il réglait quelques affaires avant de venir ici. Il quitterait le pays européen où il résidait pour vivre près de toi. Je ne pouvais imaginer une plus grande preuve d'amour. Tout quitter, comme dans les romans et les films romantiques, tout quitter pour toi. Faire des milliers de kilomètres, changer de pays, changer de travail pour être avec toi. Je ne sais pas d'où nous venait cette vision idéaliste de l'amour. Certainement pas de nos parents, c'est clair. Je ne parviens pas à comprendre cette évolution : des mariages arrangés à la vision hollywoodienne des relations entre hommes et femmes. Dans mon cas, je peux dire que mes lectures et les chansons des auteurs-compositeurs y étaient pour beaucoup.

Je savais désormais qu'il était possible pour nous de vivre un amour semblable au tien et je me suis dit que je devais absolument me préparer pour le moment où mon tour viendrait, où je rencontrerais un homme capable de m'aimer de cette façon. Je ne pouvais pas me contenter d'être telle que j'étais alors. Je devais m'améliorer pour être prête. Et s'améliorer, ça voulait dire, bien entendu, se priver, pour être plus légère, plus mince, plus propre, plus soignée et plus ordonnée. De telle sorte que je me suis engagée à commencer l'année en mincissant toujours plus. Mon père avait acheté une balance et depuis je me pesais tous les jours. Je fermais les yeux pour ne pas voir le résultat, pour qu'on ne me dise pas que j'étais mal foutue, que je ne méritais pas d'être aimée.

Pour parvenir à être aussi mince que je le désirais, j'empruntais des revues de mode à la bibliothèque. En cachette, car la fois où mon père en avait trouvé une près du poêle, il y avait jeté un coup d'œil et hop : au feu ces obscénités! Et c'est ainsi que moi aussi je brûlerais. Il ne me l'a pas dit mais il parlait souvent des filles perdues et des filles dénudées qui iraient toutes directement en enfer, ce que tout le monde savait, il le répétait sans arrêt, et l'imam de la mosquée lui-même l'avait expliqué dans un de ses sermons : le prophète en personne avait dit qu'en enfer il y avait plus de femmes que d'hommes car nous étions toutes des allumeuses fornicatrices, des amies du démon. Et si Mahomet le disait, c'était la vérité. Mon père, cet ingénu, croyait que ce qui m'intéressait dans les revues, c'étaient les poses provocantes des modèles. Comment aurait-il pu imaginer que c'était tout le contraire? Les filles étaient dévêtues et dans des poses sexuelles, mais leur maigreur extrême, leurs corps longilignes et secs étaient à l'opposé des femmes avec des seins et des fesses, les femmes sexy qui provoquaient les hommes. Les mannequins, surtout dans les années quatre-vingt-dix, n'étaient que la structure squelettique qui servait à présenter les vêtements, rien de plus éloigné de l'incarnation du désir. Comment mon père aurait-il pu comprendre un phénomène aussi complexe si moi-même je ne le comprenais pas?

Je les feuilletais souvent avec toi, tu te souviens? Tu me montrais des robes et des chaussures, tu criais d'émotion quand tu voyais un modèle qui te plaisait. Comme tu conduisais déjà, tu nous as emmenées dans de longues promenades en voiture. Tu mettais *1, 2, 3 Soleils* et j'aimais bien la voix rauque de Rachid Taha, et toi le timbre de Khaled. Le pauvre Faudel, nous le trouvions toutes trop jeune. Nous nous égosillions à chanter et nous dansions dans ta grande Mercedes, une antiquité. Personne ne pouvait contrôler ce que nous faisions, protégées par la vitesse et la distance. Conduire, c'était mieux que courir. Et toi tu étais la première Arabe au volant, la seule que je connaissais. Tu as scandalisé tout le quartier par ta hardiesse mais d'autres filles ont commencé à t'imiter. Tu m'as amenée dans un centre commercial où il nous a semblé que nous pourrions être tout ce que nous aurions voulu, un endroit où il n'y avait que des boutiques. Sans immeubles d'habitation, sans le bruit de l'usine, sans la poussière du chemin, sans la voie ferrée, sans la rivière et sans la route. J'ai essayé les vêtements que tu as choisis pour moi et que jamais de la vie je n'aurais portés : des robes courtes, des pantalons serrés, des tops qui laissaient le nombril à l'air. Pourquoi pas ? Pourquoi ne pas être quelqu'un de complètement différent ? Toi, tu ne réfléchissais même pas, tu m'as fait enfiler les modèles les plus osés : décolletés, jupes courtes, lycras qui collaient au corps. Tu me regardais de haut en bas et tu disais : Tu es grandiose, au moins profites-en… Dans le miroir, je voyais tout ce qui m'était défendu, mais je me tournais vers toi et j'avais l'impression qu'on me regardait pour la première fois. Tu me voyais telle que j'étais, comme pour me dire qu'il n'y avait rien de mauvais en moi, qu'être agréable à regarder n'était pas un crime. Je pouvais être là, devant tes yeux, tout entière et en confiance, sans me cacher, sans me recroqueviller sur moi-même. Et dans l'intimité des cabines d'essayage je me suis sentie aimée, pour la première fois.

VI

Tu évoquais toujours, des années après, le moment où je me suis rebellée ce premier été. Le jour où tu m'as vue pour la première fois boire une bière assise dans un bar de la Rambla, tu n'y croyais pas. La fille de Moh ! C'est bien elle ! Comme si ce changement n'avait rien à voir avec toi. Mais en réalité si ce n'avait pas été toi, je serais encore prisonnière du quartier, convaincue que si je filais droit, tout se passerait bien. J'ai commencé à changer avec toi, j'en suis sûre. Tu m'as donné l'air nécessaire pour que je n'étouffe pas complètement. Et je te le redis : pour que je ne devienne pas complètement folle. J'y pense parfois et il me semble que j'aurais peut-être dû couper les ponts une fois pour toutes, m'en aller quand j'ai eu dix-huit ans en abandonnant le quartier, l'appartement bas de plafond, ma mère fatiguée et mes frères qui salissaient tout. Mais aujourd'hui je suis sûre que je ne l'aurais pas supporté, je me serais fracassée si j'avais fait un saut aussi important. Je ne pouvais pas laisser ma mère toute seule, je ne pouvais pas provoquer un scandale et la laisser ainsi marquée à vie. Je me doutais aussi que je ne serais pas capable de supporter la solitude provoquée par une rupture totale. Sans compter que je n'avais même pas l'argent pour acheter un billet d'autobus. Comment pouvais-je fuir ?

Je parle au présent. Mais à ce moment-là aussi nous étions convaincues que nous pourrions changer le monde, ou tout au moins notre quartier. Nous voulions avancer pas à pas et non faire la révolution. Nos parents nous avaient amenées ici pour que nous ayons une vie meilleure, nous ne pouvions pas les payer en retour avec ce qu'alors je considérais comme une trahison.

Te connaître et savoir que ta mère était différente, qu'elle avait déjà changé, m'a fait entrevoir l'espoir d'une conciliation entre nos différents mondes. Ta mère pensait que nous devions profiter de toutes les occasions qui se présentaient. Elle me demandait mes notes et elle me félicitait pour mes bons résultats, ce qui n'arrivait jamais chez moi, et elle m'encourageait à continuer dans cette voie. Je t'enviais ta mère finalement. Elle disait que nous devions progresser économiquement et que pour cela il fallait nous former. Il aurait été stupide de notre part de ne pas profiter d'un milieu qui n'avait rien à voir avec celui qui était le sien au village, sans aucune possibilité d'étudier ni de travailler. Elle continuait à suivre des cours de langue, bien qu'elle sache déjà parler et elle faisait partie des rares femmes qui se mêlaient aux hommes en classe. Car les cours réservés aux femmes se limitaient à l'alphabétisation et elle voulait apprendre plus. Il va sans dire que cela a traversé le quartier comme une traînée de poudre et qu'ils ont été nombreux à la critiquer. Jusqu'à l'imam qui, dans un sermon de mise en garde contre le danger d'autoriser les femmes à s'aventurer sur des terrains interdits, en a appelé à la responsabilité des hommes pour contrôler les bonnes manières et ne pas laisser le chaos s'installer au sein de nos familles. Ton père a entendu le sermon, la *khutba,* mais il ne s'est pas senti concerné. Jusqu'à ce que l'un des assistants lui dise en plaisantant : Tu n'as pas à te plaindre. Une *khutba* entière qui t'est consacrée! Et Dieu sait s'il s'est plaint, ton père! Pas chez lui, comme on s'y attendait, mais devant l'imam de la salle de prière. Et il lui a passé un savon monumental : il lui a demandé pour qui il se prenait pour flanquer son nez dans les affaires des autres et s'il était là pour diriger la prière ou bien pour parler mal des femmes des autres sans la moindre gêne. C'était lui qui devrait avoir honte d'oser parler en public des femmes mariées et décentes, et s'il recommençait il lui jurait devant Dieu que personne dans ce quartier ne se prosternerait plus jamais derrière lui.

Mon père n'aurait jamais eu une réaction pareille. Il serait revenu de la salle de prière la bouche écumante et en criant si fort qu'on l'aurait entendu au-delà de la zone. Mais ma mère ne sortait jamais de chez elle et il était impossible que quelqu'un parle d'elle. À la mosquée ou ailleurs. L'après-midi elle passait bien la tête à la fenêtre pour parler à la voisine d'à côté et elle recevait parfois la visite de La Parabole, mais sans ça personne ne se serait aperçu qu'elle habitait là. Les seuls jours où elle sortait, c'était le samedi pour faire les courses et quelquefois le dimanche pour aller voir l'avancement des travaux avec mon père. Tu n'imagines pas ce qu'étaient ces promenades du dimanche après-midi pour aller voir des travaux et encore des travaux. Ma mère sortait aussi pour un rendez-vous chez le médecin ou pour des démarches administratives. Le reste du temps, toujours à la maison, dans cet appartement bas de plafond, se plaignant d'avoir un mari maçon et une cuisine toujours aussi vieille. Mais elle avait beau se plaindre, lui, il n'avait jamais le temps pour la changer.

Ton enthousiasme à propos de Saïd, le garçon que tu avais rencontré, était contagieux mais j'avais un doute que je ne parvenais pas à éclaircir. À voir la façon dont ils se comportaient et s'étaient toujours comportés avec nous, j'étais convaincue que nous devions éviter les relations avec des Arabes, et surtout de les prendre comme fiancés. Quand Sam flirtait avec l'un d'eux et qu'ensuite ils se séparaient, le garçon faisait le fanfaron à longueur de temps devant les autres en donnant toutes sortes de détails sur ce qu'il avait réussi à lui faire : non pas ce qu'ils avaient fait ensemble mais ce que lui, il lui avait fait. Et de plus avec ce langage bien à nous quand nous parlions de ces sujets, un langage violent, plus propre à la guerre qu'à l'amour.

Je te disais que jamais je n'aurais une histoire avec un Arabe et en même temps je savais que les chrétiens m'étaient absolument interdits. Et alors ? Ce sont des histoires que tu t'inventes, les méchants sont les méchants, qu'ils soient Maures ou chrétiens, et avec les bons, c'est exactement la même chose. Mais à ce moment-là je n'avais pas encore vu ceux que l'on appelait, en plaisantant à moitié, les nouveaux Arabes : ces hommes qui venaient d'arriver, à la mentalité différente même s'ils étaient nés dans des familles comme les nôtres. Et ce que mon père répétait souvent m'inquiétait : que tous les hommes étaient pareils, et les nôtres plus encore : la tête crasse, pleine de mauvaises pensées. Il savait très bien de quoi il parlait. Et ma mère qui, depuis que j'étais petite, m'avertissait, l'index menaçant, de ne jamais faire confiance à aucun d'eux et de ne jamais baisser la garde. Où étaient-ils donc, ce frère aimé dont tu disais des merveilles et ce père sensible qui pleurait pour un rien ? Et si l'on ne peut avoir confiance en aucun homme, comment se fait-il que ma mère partage le lit de mon père toutes les nuits ?

Toi, tu es tombée follement amoureuse de Saïd, sans aucune de mes réserves. Si nous pouvons être de nouvelles Arabes, eux aussi peuvent changer. Quand un garçon te poursuivait dans la rue, tu disais : Ouah, quel mec pénible, et pas quel Arabe pénible, comme nous disions quelquefois, Sam ou moi. Tu es tombée amoureuse d'un garçon qui était différent de tous ceux qui nous suivaient en voiture avec la musique à fond la caisse. Tu m'as dit : Tu verras bien, et tes yeux brillaient de bonheur. Alors j'ai pensé que tu avais peut-être raison et que tout serait plus facile si un jour je tombais amoureuse d'un garçon comme lui, et que nous puissions nous marier… Mais non, non, je ne voulais pas entendre parler de mariage.

J'étais aussi convaincue qu'il était impossible que je plaise aux garçons chrétiens. J'étais trop bronzée, trop arabe, les cheveux toujours ramassés dans cette tresse ridicule que ma mère m'obligeait à faire tous les jours, avec des traits du visage que je considérais comme laids, trop ethniques. Les chrétiens étaient réservés aux filles du lycée, avec leurs cuisses lisses et droites, blanches et blondes, avec leurs mèches et leurs cheveux courts à la mode, toujours minces et le ventre si plat que les os du bassin formaient un creux de chaque côté. Tu te souviens que cette année-là, la dernière, je t'ai parlé d'un garçon très doux qui s'asseyait à côté de moi ? Un qui avait les cheveux longs et blonds noués en queue de cheval, et de grosses lunettes ? Un jour nous l'avions rencontré au centre et j'avais été prise de tremblements qui m'empêchaient presque de parler. Vous vous moquiez toutes de moi, je le sais, car aussi bien toi que Sam vous vous liiez si naturellement avec les garçons que vous ne compreniez pas que je sois si timide avec eux. Je vous l'expliquais mais vous n'imaginiez pas que, travaillant pour son propre compte et choisissant ses horaires, mon père pouvait subitement tomber sur moi au moment où je m'y attendais le moins. Et s'il me trouvait en train de parler avec un garçon, ce serait la fin, une catastrophe. Et donc vous ne pouviez même pas imaginer combien j'avais peur. Ou ce que c'était de vivre constamment en danger.

Donc, ce garçon, tu as fini par le connaître le jour où nous l'avons rencontré au centre. Des années après, tu m'as dit qu'à l'époque je lui plaisais beaucoup mais qu'il ne m'avait jamais draguée parce qu'il pensait qu'il ne m'intéressait pas du tout. Figure-toi qu'à moi aussi il me plaisait, je m'en aperçois et maintenant je peux le dire. Parfois, à l'intercours, il chuchotait à mon oreille et mes poils se hérissaient. Même les poils des jambes. Je passais la journée à écouter le bruit de sa respiration, en m'imaginant que je le touchais. Même si je m'efforçais de réprimer mes pensées, mes sens échappaient au contrôle que je voulais leur imposer, et soudain je sentais que la pulpe de mes doigts était attirée par ses joues et ses lèvres, et mon nez se dressait légèrement vers ses cheveux soyeux, et ma langue pointait entre mes dents.

Tu me disais que je devais attendre, attendre pour vivre, prévoir la sortie. Ma sortie, c'étaient les études : obtenir une place d'honneur pour ne pas avoir à payer les frais de la première année, fournir de plus en plus d'efforts pour conquérir ma liberté. Et ces pensées étaient comme des crochets d'escalade que tu lances vers le haut pour t'y agripper ensuite. Je me suis mise à la recherche d'un travail pour mettre de l'argent de côté, un travail que je pourrais faire en cachette de mon père.

J'avais réussi à terminer une nouvelle qui ne parlait pas de handicapés et je pensais me présenter à un prix. Pour y renoncer, je donnais comme excuse que se présenter à un prix, c'était se vendre et les vrais écrivains ne se vendent pas. Que d'après certains auteurs, c'était de la prostitution. Toi, pragmatique comme toujours, tu m'as ramenée à la réalité. Notre réalité de quartier, de pauvres, de femmes et d'immigrantes. De quoi vivent ces messieurs qui se croient au-dessus des autres ? Je répondais à ta question en haussant les épaules. Quelle ânerie ! Et peu m'importe si celui qui l'a dite est un écrivain important. Écrire c'est comme tout le reste. Imagine que je dise que je ne veux pas être payée pour couper les cheveux parce que ce serait me vendre. Alors, si tu as la chance d'être douée pour quelque chose, fais-le ! Crois-tu que tout le monde a le choix ? Tu me disais tout ça sans m'avoir lue. Tu ne m'as jamais lue, en fait. Ou si tu m'as lue tu ne m'en as jamais parlé et moi non plus, parce qu'il me semblait que te poser la question, c'était un peu te forcer la main. Et aussi parce que j'étais convaincue que ce que j'écrivais ne pouvait pas te plaire.

C'est au début de cette année-là que tu m'as dit : Écris et remporte des prix. Nous devons sortir d'ici de toute façon, et toi tu peux t'échapper en faisant ce qui te plaît. Que veux-tu de plus ? Dans le fond, je crois que je n'étais pas sûre de vouloir vraiment m'en aller, je gardais peut-être l'espoir de pouvoir l'éviter. Nous sommes nombreuses à être parties du quartier, mais parce que nous n'avions plus d'autre issue, là-bas ils ne nous laissaient pas être nous-mêmes. Nous ne pouvions y rester que si nous consentions à être amputées, à renoncer à une infinité de choses.

Un jour tu as frappé à notre porte, tu ne pouvais plus attendre pour m'annoncer la nouvelle : Saïd est là, il est venu. Il t'avait téléphoné. Il était chez un ami originaire du même village que lui qui habitait justement près de notre quartier, dans une maisonnette en pleine campagne, légèrement sur la droite du chemin qui descendait vers la ville. Tu n'arrivais pas à le croire, et moi je tremblais pour toi. Que feras-tu ? Tu m'as expliqué que vous vous étiez donné rendez-vous, et que dorénavant vous vous voyiez comme n'importe quel couple qui se fréquente. Toi, tu n'avais pas peur du qu'en dira-t-on, même si tu essayais d'être discrète, ce qui veut dire que tu le retrouvais dans des bars où les Arabes n'allaient pas. Celui du centre, qui proposait une grande variété de cafés et qui était très cher, avec plein de sacs de grains à l'entrée en guise de décor.

Tu m'as dit : Viens faire sa connaissance, et moi : Mais non, mais non, imagine ce qui pourrait arriver. C'était après le nettoyage de peau, tu te souviens ? Pour mettre en pratique ce qu'ils t'avaient enseigné à l'école, tu me l'as proposé. Tu m'as dit : Tu verras, tu seras une autre femme. Tu ne peux pas te promener partout avec ces poils au menton. Tu m'as passé des tas de crèmes et de tonifiants qui sentaient très bon. Ensuite tu as fait transpirer mon visage au-dessus d'une casserole d'eau bouillante avec une serviette sur la tête et quand je te disais que je m'étouffais, tu insistais : Encore un peu, allez, rien qu'un peu. Et voilà ! Maintenant tous tes pores sont ouverts, et en profitant du condensé de vapeur qui dégoulinait dans mon cou, tu as sorti d'une boîte deux morceaux d'un papier très fin et tu t'es mise à m'arracher les boutons et les points noirs, y compris ceux dont j'ignorais l'existence. Tu m'as dit : C'est le moment le plus pénible, l'extraction. Tu me faisais tellement mal que j'avais les larmes aux yeux, surtout quand tu m'appuyais sur le nez, mais je sentais ton haleine tout près de moi, une haleine saine, chaude, agréable. Pour finir, tu m'as appliqué un produit que je n'étais pas sûre de reconnaître mais je l'ai vite compris : c'était de la cire.

Quand ma mère m'a vue, elle s'est mise à crier cette très longue phrase que l'on dit pour chasser le démon : *audu billahi mina shaitan arrajim*. Comment était-il possible que je sois assez bêtasse pour accepter que l'on joue avec mon visage, est-ce que j'étais devenue une putain pour m'épiler ainsi, est-ce que je ne savais pas que notre religion l'interdisait ? Elle n'a pas cessé de me sermonner jusqu'à l'arrivée de mon père et elle m'a envoyée aussitôt dans ma chambre. Je n'ai rien dit, bien sûr, mais je t'étais reconnaissante, car quand je me suis regardée dans le miroir j'ai vu un visage rayonnant. Avec des marques de « l'extraction » partout mais rayonnant, et quand j'y ai passé la main je n'avais jamais trouvé ma peau aussi douce. Tu m'as dit que si je voulais la garder ainsi je devrais m'habituer à une routine quotidienne. Tu me l'as expliquée mais je devais utiliser des tas de produits que je ne pouvais pas me payer.

Quand ma mère a compris que mon père n'avait rien remarqué chez moi, qu'il n'avait vu ni les sourcils ni tout le reste, elle s'est calmée. Lui, il ne voyait que des culs, toute subtilité lui échappait. Quoi qu'il en soit, ma mère m'a dit que tu ne lui plaisais pas, qu'on voyait bien que tu n'exerçais pas une bonne influence sur moi et que je ne devais plus me laisser faire. Que nous n'étions pas comme vous. Et que, étant telles que nous sommes, je ne pourrais pas te rejoindre pour faire la connaissance de Saïd.

VII

Je ne me souviens guère de cet automne-là. Ou plutôt, d'une seule chose : la faim, la douleur permanente à l'estomac à cause d'un régime toujours plus strict.

J'ai trouvé des cours particuliers. Des cours dont mon père ne sait toujours pas que je les ai donnés. J'y pense parfois : en m'obligeant à lui mentir, il m'a forcée à devenir une inconnue pour lui. Ma mère, elle, le savait et elle en souffrait, mais elle souffrait si souvent que je ne voyais plus sa souffrance.

Nous ne nous sommes pas retrouvés souvent, toi, moi et Saïd. Parce que vous flirtiez et je ne voulais pas tenir la chandelle, mais tu me disais tout sur vos rendez-vous et moi, comme toujours, je t'enviais. Vous ne vous preniez pas la main dans la rue et vous n'échangiez pas de baiser en public, mais il t'accompagnait derrière les trois tours et ensuite il descendait à pied pour retourner chez son ami. Celle que vous voyiez souvent, c'était Sam. Les rares fois où nous nous sommes retrouvées toutes les trois, vous rapportiez les conversations que vous aviez eues avec Saïd et son ami qui vivait dans une maisonnette mitoyenne de l'atelier de mécanique où il travaillait. Il s'appelait Jamal et vous parliez de lui sans arrêt : C'est un brave garçon, si différent de tous les autres, un peu timide mais drôle. Sam en parlait toujours en bien, et toi : Ah oui, ah oui, et il est toujours célibataire, c'est incompréhensible.

Sam travaillait depuis peu dans ce restaurant sur la route de Barcelone. Elle était contente d'être une de ces serveuses en chemise blanche et gilet noir et elle me montrait comment elle portait plusieurs assiettes en même temps. Mon père nous avait vues la prendre en voiture pour la conduire à son travail et il rentra à la maison en criant. Monter dans la voiture d'un homme était la pire chose que pouvait faire la fille d'une respectable famille musulmane, encore pire si celui qui conduisait était un inconnu, et pire encore si c'était un chrétien. Ma mère osait demander d'une petite voix en quoi ça le regardait, ce n'était pas sa fille et il ne devait pas s'en mêler, alors il élevait la voix et il disait que nous finirions par faire pareil et que lui, il préférerait mourir que vivre sans honneur.

Moi, j'essayais encore de deviner si les cours particuliers que je donnais certains après-midi étaient une tache sur son honneur ou non. Chez l'une de mes élèves nous étions seules mais chez un autre enfant son père était là, il travaillait dans l'équipe du matin. Quelquefois, quand il me payait ou attendait que l'enfant sorte ses livres, il me regardait fixement comme s'il n'avait jamais vu quelqu'un comme moi. On aurait dit qu'il tentait d'analyser ce qui était différent chez moi. Il me parlait des hommes marocains qu'il avait connus – il ne disait pas arabes, il disait marocains ou maghrébins parce qu'il était respectueux. Il répétait toujours cette même question : comment avais-je fait pour m'intégrer ? Nous devions souvent y répondre mais moi je ne savais jamais comment. Dans le triangle que formaient la route, la rivière et la voie ferrée, comment nous nous étions intégrées, personne ne nous le demandait. C'est peut-être pourquoi nous avons tant tardé à partir de l'unique lieu au monde où on ne nous faisait pas sentir que nous étions étrangères. C'était pourtant le cas de la plupart d'entre nous et de nos parents.

Nous nous sommes peu vues à cette époque. Les fins de semaine, tu habillais déjà les mariées. Tu travaillais dans un salon de coiffure tous les jours, toute la journée et le soir tu allais au centre de formation. Quand tu avais un moment de libre, tu le passais avec Saïd. Je trouvais que c'était beaucoup, et toi tu me répondais que nous étions jeunes et que nous devions profiter de toutes les opportunités que nos mères n'avaient jamais eues. Comme elles n'avaient rien pu faire, nous, nous devions tout faire. Tout ou rien.

Moi, je me concentrais sur mes études malgré la boule de pétanque que je sentais sur ma poitrine le matin et les nausées vers midi, et toujours alarmée à cause des cours en cachette et de mon voisin en classe qui chuchotait à mon oreille. Un jour, il a enregistré pour moi une cassette avec plein de chansons qui lui plaisaient, du heavy metal. Pour commencer, m'a-t-il dit. À ce moment-là, les gens avaient déjà des lecteurs de CD mais chez moi il n'y avait qu'un radiocassette. Alors tu m'as offert un walkman dont tu ne te servais plus et j'ai pu écouter la musique qui me plaisait sans redouter l'irruption de mon père. Il n'aimait pas que j'écoute des musiciens chrétiens.

Aujourd'hui, quand je me remémore tes rencontres avec Saïd, je me souviens de l'une de ces chansons, elle parlait d'un couple qui se retrouvait à quatre heures dix. Je l'écoutais sans arrêt, en rêvant d'un rendez-vous quotidien. Je n'ai parlé de ces chansons ni à toi ni à Sam. Je n'ai pas parlé non plus de tout ce que je lisais sur l'amour. Ni à vous ni à personne. À mon voisin de pupitre heavy metal, comment pouvais-je lui expliquer que je connaissais par cœur Bécquer ou Neruda ? Il m'aurait prise pour une snobinarde. Aujourd'hui je m'en veux de n'avoir rien fait pour vous contaminer avec mes goûts, si bizarres que je voulais les garder secrets. Aujourd'hui je crois qu'il est plus triste de cacher ce qui est beau et bon plutôt que ce qui est laid et honteux.

Je continuais avec mes lundi ! lundi ! lundi ! et avec mes listes, mais nous ne pouvions pas aller courir, nous n'avions pas le temps. J'étudiais autant que je le pouvais et je me disais que je pourrais bientôt partir. Dans le silence de l'appartement, en pleine nuit, quand je n'arrivais pas à dormir, j'avais du mal à respirer et j'imaginais souvent que j'ouvrais la porte et que je m'enfuyais. Comme ça, tout simplement. Je l'ai écrit souvent dans mon journal mais, même si ma mère fouillait toujours toute la maison, elle n'a jamais su ce que je ressentais puisqu'elle ne savait pas lire.

Je ne sais pas comment c'est arrivé mais un jour où Sam parlait de l'ami de Saïd, j'ai fait la curieuse. Je lui ai demandé si elle sortait avec lui et elle s'est mise à rire : C'est un très brave garçon mais ce n'est pas mon genre. Et c'était comme si elle m'avait donné la permission, je ne sais pas très bien de quoi. Et puis, je ne l'avais jamais vu, ce garçon, je ne savais que ce que vous m'en aviez dit vous deux. Mais je l'imaginais déjà. Un jour où je revenais vers le quartier, j'avais dépassé les maisonnettes avec jardins quand j'ai entendu des pas derrière moi. J'ai vu un garçon pas très grand, large d'épaule et de visage. Les visages larges étaient le summum de la beauté pour ma mère. Quand elle racontait comment était ce frère à elle tant aimé qu'elle ne voyait plus depuis des années, elle disait : Comme ça, et elle faisait un geste avec les mains pour dessiner un visage beaucoup plus grand que le sien. Et potelé. Un visage large et potelé était un visage d'une beauté sans pareille. Le garçon du chemin était large mais pas potelé car il était très musclé. Il portait un de ces chandails avec un liseré sur le côté. Je ne sais plus comment ça s'est passé, je t'ai dit que ces mois-là j'avais toujours le cerveau embrouillé à cause de ce poids sur la poitrine et de la boule au ventre, parfois.

Pendant que je vous racontais qu'il me semblait avoir vu l'ami de Saïd, Sam n'arrêtait pas de rire. Regardez-la celle-là, avec son air de sainte-nitouche. Et la voilà qui me demande si j'avais ressenti les applaudissements de mon con. Moi, je mourais de honte et je lui dis que non, que je vous l'aurais raconté parce que ç'aurait été une coïncidence assez curieuse si à force d'entendre parler d'un garçon je l'avais rencontré. Un peu comme il arrivait dans certains vieux romans que j'avais lus où des couples tombaient amoureux à distance.

Il est sorti de ma tête quelque temps plus tard mais c'est alors que toi tu as fait ce pas décisif. Bon, pas toi, mais Saïd : il a demandé ta main. Tu m'as raconté que tu en avais parlé à tes parents et moi cela me semblait impossible, impossible qu'une fille comme nous explique à ses parents qu'elle avait rencontré un garçon et qu'elle voulait se marier avec lui. Pour les filles qui n'étaient pas arabes, demander la main était démodé, elles ne demandaient pas la permission de sortir avec quelqu'un, mais dans notre cas, pouvoir exprimer notre volonté, c'était un grand progrès. Je me suis dit qu'il était assez étrange que tu décides de passer par cette étape mais tu m'as convaincue que c'était indispensable, une façon de régulariser votre situation vis-à-vis de vos parents. Et aussi de célébrer votre amour.

La demande ferait taire les bruits qui circulaient déjà disant que tu fréquentais un garçon célibataire, alors que toi tu ne l'étais pas. Ne pas être une fille célibataire, chez nous, cela signifiait ne plus être vierge. Et qu'en plus c'était un beau garçon, jeune et de bonne famille, qui ne convenait pas du tout pour une femme de seconde main. Je l'ai entendu dire à La Parabole un jour où elle goûtait avec ma mère. Je ne sais pas ce qui m'a pris ce jour-là. Moi qui me taisais toujours devant cette commère, je lui ai dit qu'il vaudrait mieux qu'elle s'occupe d'elle et de sa maison, et j'ai lâché : « celle qui a une fille célibataire chez elle, qu'elle ne se mêle pas de critiquer celle des autres ». Ma mère se mordait les lèvres et me demanda de me taire : Quelle mauvaise éducation, parler ainsi à sa tante ! Comme tu le sais, on appelait tante toute femme d'un certain âge, même si c'était une cousine lointaine comme La Parabole.

Les commérages disaient que tu avais été mariée et donc que ta relation avec Saïd était une provocation : non seulement vous flirtiez – elles utilisaient un verbe qui en réalité voulait dire sortir ensemble – mais en plus toi tu étais divorcée et lui non. Mais si tu avais tout juste vingt ans, comment pouvais-tu être déjà divorcée ? Elles disaient que tu étais une femme de seconde main. J'observais ton regard intense, tes pommettes magnifiques et il ne me semblait pas que tu étais une seconde main, bien au contraire : tu me semblais d'une beauté si évidente que je ne pouvais pas comprendre que quelqu'un puisse te juger dévalorisée, du fait d'avoir été mariée. Mais presque toutes les femmes du quartier pensaient la même chose : les garçons de première qualité comme celui-là, beaux, à la peau blanche et aux cheveux noirs et lisses, n'avaient de liaison qu'avec des filles belles et de première main. Les divorcées devaient se contenter des laids et des vieux, le type d'hommes dont personne ne voulait. Car il était évident pour elles que toutes les divorcées avaient été répudiées. Aussi ont-elles commencé à dire que si Saïd était avec toi, c'était par intérêt, pour obtenir des papiers. Et peu importe s'il en avait déjà, étant de nationalité française. Quand une rumeur se répandait, la vérité finissait par apparaître aux gens comme un mensonge et il n'y avait pas moyen de les faire changer d'avis.

Tu as été très courageuse de dire à tes parents que tu avais rencontré Saïd et que tu voulais l'épouser. Peut-être était-il un peu tôt pour franchir un pas aussi important, mais pour nous, même avec des parents comme les tiens, les événements s'enchaînaient à un rythme différent. Si vous vous plaisiez et s'il était prêt à sauter le pas, pourquoi attendre? Je sais bien qu'on nous a dit souvent par la suite que nous étions allées trop vite mais nous n'avions pas d'autre choix. Moi, j'étais tellement fascinée par ton histoire d'amour que je ne pouvais pas entendre la petite voix venue du fond de ma conscience qui s'obstinait à me souffler qu'il y avait très peu de temps que tu le connaissais, Saïd, que tu ne savais pas qui il était et n'avais pas eu le temps de le voir sous toutes ses facettes. Se fréquenter normalement, pour nous, c'était impossible. Nous avons fait ce que nous avons pu, choisir vite mais choisir, c'était un privilège. Saïd a plu à tes parents, ils ont dit que c'était un brave garçon. Et puis il est devenu très ami avec ta mère qui riait toujours quand elle parlait avec lui. Elle riait en penchant la tête en arrière et elle se tapait sur les cuisses en s'exclamant : Saïd, *ia* Saïd!

VIII

C'est moi qui te l'ai demandé, non? C'est moi qui t'ai demandé le numéro de téléphone de Jamal. Je n'en reviens pas, étant telle que j'étais alors, d'avoir osé une chose pareille.

Avant de franchir ce pas, je t'ai dit que je voulais apprendre à fumer. Tu te souviens? J'avais envie de crier, de m'enlever ce poids insupportable sur la poitrine, de m'enfuir. Comme je ne le pouvais pas, j'ai commencé par cette série de transgressions assez infantiles. Parfois, je pensais à jouer à la possédée comme Fatima. Tu te souviens de Fatima? Elle est arrivée avec trois enfants et peu après son mari l'a abandonnée. Elle s'est débrouillée comme elle a pu, elle a trouvé un travail bien que ne parlant pas la langue et malgré ça les gens du quartier la critiquaient. Parce qu'elle était divorcée. N'en pouvant plus, elle s'est mise à avoir ses crises. Elle criait sans arrêt jusqu'à ce que l'ambulance vienne. On disait qu'elle était possédée mais je crois qu'elle en avait marre d'être seule à supporter tant de choses. Je la comprenais très bien. Presque toutes les femmes des trois tours auraient pu subir ce genre de crises mais elles étaient trop occupées à se critiquer les unes les autres, à prendre leur part de ce qui nous asphyxiait.

Je ne sais plus pourquoi je me suis souvenue de Fatima mais il y avait des jours où je voulais faire comme elle et crier jusqu'à n'en plus pouvoir, jusqu'à ce que sorte de moi ce magma incandescent et gluant qui m'empêchait de vivre. Mais au lieu de crier, je t'ai demandé le numéro de téléphone de Jamal. On prend souvent sans y penser des décisions qui finissent par marquer notre vie. Moi, je n'étais qu'une fille qui allait au lycée et qui s'intéressait à un homme dont des amies lui avaient parlé, c'est tout. À ce moment-là, il était impossible d'imaginer que cette démarche entraînerait les conséquences qu'elle a eues plus tard. J'étais une gamine. Mûre pour mon âge et tout ce que l'on me disait depuis toute petite à la maison, mais confuse et désorientée, assommée par toutes ces pressions qui m'emprisonnaient.

Voilà pourquoi je t'ai appelée ce jour-là, parce que la lave brûlante en moi semblait sur le point de déborder. Ma mère me répétait qu'on n'allait pas y couper, que s'il me voyait dans ta voiture tout recommencerait. Est-ce que je voulais l'achever, la tuer avec tous ces soucis ? Et moi : Je reviens tout de suite, je dois seulement aller à la bibliothèque chercher des livres. La bibliothèque servait d'excuse pour tout. Rien qu'en m'asseyant dans ta vieille Mercedes couleur crème, je me sentais déjà un peu soulagée et je t'ai demandé d'acheter du tabac, je voulais apprendre à fumer. Ce n'était pas quelque chose qui m'attirait spécialement, mais il me semblait que c'était une façon de se rebeller. Presque tout le monde fumait au lycée. Toi, tu ne fumais pas mais tu as fait ça pour moi, tu es entrée dans le bureau de tabac, puis nous sommes allées dans un parking un peu à l'écart de la ville. Nous nous sommes assises sur le trottoir et tu as allumé une cigarette. J'ai observé comment tu la suçais pour que le feu prenne et ensuite, avec le geste de celle qui en a tenu plus d'une, tu me l'as passée. J'ai fait l'effrontée en essayant de copier ton attitude, mais très vite j'ai avalé la fumée de travers et j'ai commencé à tousser. De plus, le filtre m'a laissé un arrière-goût désagréable et, même si je voulais me rebeller de cette façon si conventionnelle et si stupide, je n'ai jamais su fumer. C'était une rébellion artificielle et superficielle, qui en réalité n'avait rien à voir avec tout ce qui nous corsetait.

La seule chose à laquelle je suis parvenue avec mes tentatives pour avaler la fumée, c'est à te faire rire. Et aussitôt j'ai été saisie d'une peur stupide et je t'ai suppliée, s'il te plaît, s'il te plaît, de ne rien dire à personne. À l'époque, j'avais l'habitude de te demander très souvent de garder mes secrets, des secrets sur des choses bien innocentes. Ma belle – tu me disais toujours ma belle – comment veux-tu que je le raconte ? Tu ne me connais donc pas ? Et ce jour-là tu m'as regardée comme jamais personne ne m'avait regardée et j'ai été envahie d'une chaleur étrange, à l'intérieur. J'ai eu envie de t'embrasser tout à coup. Jamais je n'avais senti quelqu'un aussi proche de moi, l'élastique entre nous nous avait étroitement rapprochées. Comme nous étions assises l'une à côté de l'autre, je sentais la chaleur de ta cuisse contre la mienne et de temps en temps, ton bras et le mien se frôlaient légèrement. Je regardais tes lèvres quand tu parlais en mêlant toutes nos langues avec l'assurance de qui savait pouvoir passer de l'une à l'autre autant de fois que tu le voulais parce que je les comprenais toutes. Ainsi, d'une phrase à l'autre il y avait toujours un *uallah* ou un *ej*, et même un *tfu* ou un *tez*, que tu répétais souvent.

Finalement, j'ai osé t'interroger sur ta vie d'avant. Tu m'as raconté que tu t'étais mariée à seize ans avec un cousin choisi pour toi par tes parents. Tu me l'as raconté comme si c'était arrivé à quelqu'un d'autre, en exhalant la fumée, le regard fixé au loin. Tu as ajouté qu'il s'était très mal conduit avec toi. Mais c'était tout – toute l'histoire. Tu n'as pas voulu me donner plus de détails, la douleur qu'exprimait ton visage, ce que tu taisais, je n'en ai rien su.

Je mourais d'envie d'aborder le sujet qui occupait mes pensées depuis plusieurs jours : t'interroger sur l'ami de Saïd, et pourquoi pas lui donner rendez-vous. Mais je n'osais pas, et au lieu de cela, j'essayais de savoir jusqu'où vous étiez allés, toi et Saïd. Tu m'as dit : Nous n'avons plus l'âge de nous bécoter et de nous tripoter par-dessus les habits. Et moi, surprise : Tu bluffes ! Bien sûr, tu n'avais pas à préserver ta virginité, tu l'avais déjà perdue et ça, je l'ai compris tout de suite, ça te rendait totalement libre. Cette putain de virginité – toujours :

Fais attention ! Ne saute pas, ne cours pas, ne mets pas de tampons, n'écarte pas les jambes à la gymnastique. Pas de grand écart ni de saut à la poutre. La professeure de gymnastique de l'école primaire n'avait jamais compris pourquoi quand elle me demandait de sauter je prenais mon élan, je courais très vite mais en arrivant devant la poutre, je m'arrêtais net. Et pourquoi je ne voulais pas faire le grand écart. Ils ont vite compris quand est venu le tour de la natation : mon père ne m'a pas autorisée, pour des raisons religieuses. La directrice lui a parlé, mais rien à faire. Au lycée je n'ai pas voulu être la risée de tous, alors j'ai inventé que j'avais une maladie. Voilà pourquoi je suis restée des années sans savoir nager. Au lieu d'apprendre, j'ai rédigé un travail écrit, ce qui m'allait très bien. La théorie de la natation, je la savais sur le bout des doigts, je pouvais réciter de mémoire les caractéristiques de chaque style mais que personne ne me jette à l'eau ! C'était un peu comme lire la vie dans les romans, ou la vivre.

Toi et Saïd vous étiez allés dans un joli petit village où vous aviez déjeuné et puis dans un bois. Mais tu m'as dit : Je ne le ferai plus, ça ne me plaît pas. Après je me sens mal. Je ne te comprenais guère, alors, puisque tu ne devais plus préserver ta virginité, quel était le problème si tu le faisais avec celui qui serait ton mari ? Et toi : Je ne sais pas, je préfère attendre.

Tu m'as expliqué que tu avais été très claire avec lui, que le mariage que tu voulais n'avait rien à voir avec les mariages d'autrefois. Que tu travaillerais, que tu continuerais ton commerce d'habilleuse de mariées et que tu ouvrirais peut-être une boutique de friandises, que vous loueriez un appartement au centre-ville, car même si tu voulais être près de ta mère, dans le quartier, on ne pouvait pas y vivre. Tu savais très bien qu'il aimait prendre un café au bar de la place car il y rencontrait des hommes avec qui il pouvait parler notre langue, mais vous ne vivriez pas là-bas. Et les dépenses : moitié-moitié. Alors lui, il t'a demandé pour plaisanter si vous étiez seulement amis. Tout partager en deux et, au cas où tu n'aurais pas été assez claire, tu lui as dit que tu ne te voilerais jamais. Telle que tu étais habillée alors, tu serais habillée une fois mariée, et qu'il ne vienne pas plus tard te demander des changements bizarres qui te transformeraient en celle que tu n'étais pas. Tu as insisté pour qu'il réfléchisse bien, et si tout ça ne lui convenait pas, vous pouviez laisser tomber. Qu'il l'explique à sa famille au Maroc car tu savais bien que parfois les hommes craignent plus l'avis de leur mère que celui de leur épouse. Tu lui as dit aussi que tu comprenais qu'il lui faudrait envoyer de l'argent à sa famille, mais que ce serait son argent à lui. Tu en avais marre de voir tes parents s'échiner à travailler sans jamais pouvoir épargner suffisamment pour acheter un appartement car chaque mois, sans exception, ils devaient envoyer de l'argent aux grands-parents. Des deux côtés, et aussi aux sœurs de l'un et aux sœurs de l'autre. Tu n'étais pas disposée à supporter le chantage émotionnel de ceux qui sont restés au village, parce que nous, nous vivons à l'étranger et qu'à l'étranger il paraît que l'argent tombe du ciel. Tu lui as dit tout ça le jour où vous êtes allés au bois. Tu étais si forte et tu avais une telle envie de changer les choses qu'à ce moment-là j'ai vraiment cru que tu pouvais réussir à transformer cet homme élevé par une mère comme les nôtres en un homme nouveau.

Tu souriais avec satisfaction en me disant qu'il avait dit oui à tout, et tu ne savais pas si c'était parce qu'il était tellement épris qu'il aurait signé n'importe quoi. Et il t'a demandé : Pour qui tu me prends ? Pour un de ces immigrants qui sont arrivés avec leurs pantalons en tergal après être passés directement de l'âne à l'avion ? Il était né au village, c'est sûr, mais il avait grandi en France. Et tu serais tombée de son cœur (j'adorais cette expression qui signifiait que tu étais tellement déçue par l'être aimé que tu cessais immédiatement de l'aimer) si tu lui avais proposé d'être une femme à l'ancienne comme ces grosses vaches qui ne savaient que cuisiner et faire le ménage.

C'est alors que je t'ai questionnée à propos de Jamal. Sam n'étant pas avec nous, je pouvais y aller sans que je paraisse intéressée par lui. Même si Sam disait que s'intéresser aux garçons était tout à fait normal pour des filles de notre âge, je n'avais pas confiance. Elle n'était pas de mauvaise foi mais elle était si spontanée qu'elle pouvait se laisser aller et j'avais beau lui expliquer que ma vie était en jeu, je ne croyais pas qu'elle soit capable de garder mes secrets. Ce jour-là, comme nous étions seules toi et moi, assises sur le trottoir, j'ai ouvert une vanne dont je ne savais pas où elle m'entraînerait. Pendant des années, j'ai eu le sentiment que tout ce qui m'est arrivé après était de ma faute, car c'est moi qui t'ai posé des questions sur lui. Tu m'as raconté que Saïd et lui étaient du même village, qu'il était venu seul quand il était très jeune, qu'il avait dû se débrouiller et qu'il travaillait à l'atelier de mécanique. Tu m'as dit qu'il n'avait pas eu de chance pour certaines choses mais qu'il n'avait eu d'histoire avec personne. Et moi je t'interrogeais : sur son âge, sur son apparence, sur sa taille, sur sa famille. Sans m'en rendre compte je faisais de toi l'une de ces entremetteuses qui vont de maison en maison pour y présenter les prétendants et qui en reviennent avec la photographie de la fille célibataire à proposer.

Et tout d'un coup, tu l'as lâché : Saïd n'avait pas voulu te donner de détails, mais son ami lui avait dit que je l'intéressais. Plus tard, en y repensant, je ne comprenais pas : Comment savait-il qui j'étais ? Qu'avait-on dit de moi ? Je n'y comprenais rien mais j'ai fait comme si rien de tout ça ne me semblait bizarre et je t'ai demandé son numéro de téléphone. Ou bien qu'il m'appelle. Mais non, non, on ne pouvait pas m'appeler chez moi.

Je ne sais plus très bien comment j'ai fait pour descendre à la cabine en bas de l'immeuble, une de ces cabines qui fermaient encore, avec des touches où tu devais appuyer fort. Il me semble que j'ai raccroché la première fois qu'il a décroché, quand j'ai entendu sa voix. Bien sûr la mienne tremblait, et aussi mon corps, et mon ventre et tout, parce que je cessais d'être la bonne fille pour m'affranchir soudain de toutes les règles. Parler avec un garçon inconnu, un musulman qui, si les choses se passaient mal, et même si elles se passaient bien, s'accrocherait et le raconterait à tout le monde. En plus, c'était moi, la fille, qui téléphonais. C'était s'affranchir aussi des règles des séries télévisées et des revues féminines, où celui qui devait téléphoner le premier, c'était lui. Et nous, nous devions attendre, toujours attendre. Je ne sais pas comment j'ai pu parler en ayant tant de choses en tête, comment j'ai pu surmonter ce tas de règles absurdes pour faire une chose aussi simple : parler à un garçon avec qui peut-être il pouvait se passer quelque chose. Quand j'y pense, je ressens une sorte de tristesse. Mais il ne s'agit plus ni de colère ni de culpabilité, la colère et la culpabilité je m'en suis débarrassée depuis longtemps, mais pas de la tristesse, car c'était mon premier amour réel, et non platonique. Une première fois que je devrais avoir vécue dans l'allégresse de mes dix-sept ans et non avec ce poids si lourd qui faisait que je me sentais vieille. J'ai raccroché plusieurs fois, chaque fois qu'il prenait l'appel, mais finalement, en retenant ma respiration, en regardant autour de moi pour m'assurer qu'il n'y avait personne, j'ai attendu qu'arrive le son métallique de sa voix. Il a dit : C'est toi, je sais qui tu es, c'est toi.

IX

Aujourd'hui, quand je me souviens de cette époque, je ne peux éviter d'avoir un nœud à l'estomac. J'essaie de retrouver la joie, l'illusion et l'espoir d'alors mais quand je ferme les yeux et me remémore le début de ce qui allait être un temps nouveau, mon corps se révolte comme s'il voulait encore extirper tout ce qui est arrivé ensuite. J'en ai beaucoup parlé avec toi à ce moment-là, je me mortifiais de m'être laissé tromper par un mirage, une image idéale projetée sur Jamal que j'aurais pu coller sur n'importe quel homme. Toi, comme toujours, tu me ramenais logiquement au réel et tu insistais : Tu n'es pas responsable des agissements d'une autre personne. Mais avoir confiance, lui faire confiance, n'était-ce pas naïf et irresponsable de notre part ? J'ai ignoré les mises en garde de ma mère, et ce triste jour j'ai composé le numéro de téléphone d'un inconnu. Et comme j'avais pris cette décision, j'ai longtemps pensé que je devais en assumer les conséquences.

Nous nous sommes retrouvés la première fois près du lycée. Nous avons cherché un endroit abrité et il y avait une salle de sport juste devant nous avec une entrée hors de la vue des voitures qui passaient sur la route. C'était, sans aucun doute, la chose la plus risquée que j'avais jamais faite même si les passants que je croisais ne voyaient là qu'une lycéenne normale et ordinaire marchant dans la rue. Quand je quittais la classe, un fois hors les murs protecteurs du lycée, je marchais précipitamment en baissant les yeux et en évitant de parler aux garçons. Ce n'était pas facile, c'était bizarre d'avoir une relation normale avec eux dans les salles de classe et une fois dehors, refuser soudain de leur adresser la parole. Je ne les saluais même pas. Toi non plus tu ne le comprenais pas, je ne voulais expliquer à personne comment était mon père. J'avais un peu honte, comme si, étant sa fille, j'en étais responsable. Les garçons de la classe me trouvaient revêche ou timide ou bizarre. Sympathique quand nous étions à l'intérieur, renfrognée une fois dehors.

Mon père venait quelquefois me chercher avec sa fourgonnette pour me ramener à la maison. Sans m'avertir, pour me faire une surprise. Mais ce n'était pas une surprise, c'était toujours un choc. Et puis, les jours où je donnais mes cours particuliers en cachette, s'il était là à m'attendre, je ne pouvais pas lui dire que j'étais occupée. Je montais en silence dans sa fourgonnette haute sur pattes. Ses fourgonnettes étaient toujours neuves, il aimait en changer tous les deux ans et quand il avait presque fini de payer, il allait chez le concessionnaire pour l'échanger contre une autre. Souviens-toi, c'était l'époque où le bâtiment marchait très bien et où apparemment la construction de blocs d'appartements n'était pas près de s'arrêter. C'est à la construction que nous devons d'avoir grandi ici et non là-bas, au village.

Ce premier jour, j'ai essayé de chasser les pensées qui me ramenaient à mon père planté devant le lycée, les mâchoires toujours serrées, scrutant tout d'un œil furtif. Son image m'est apparue et je l'ai repoussée. J'ai vu aussi ma mère préparant un *remsemmen* à la cuisine, faisant rouler la pâte jusqu'à ce qu'elle soit bien souple, puis l'étirant avec les doigts jusqu'à la rendre transparente, sans la briser. Et même si nous étions en novembre, quand son image m'est apparue, je l'ai vue essuyer la sueur de son front. Toujours en silence. Je me suis aperçue alors que je n'avais jamais réfléchi à ce que devait penser ma mère. Mais je l'ai chassée, elle aussi, car si je m'arrêtais sur ces deux images, impossible d'aller à droite, je devais tourner à gauche pour revenir à la maison en courant. Je me suis avancée jusqu'à la salle de sport, mon sang n'a fait qu'un tour, mon cœur battait très fort mais semblait suspendu dans le vide. Comme si je n'étais plus que ce flux de sang interrompu.

Lui, il était déjà là, assis sur la rampe en béton. Lui aussi il serrait les mâchoires, je l'ai vu tout de suite. Son corps était sec, que des muscles sous la peau. Il avait deux petites fossettes de chaque côté de la bouche et quand je me suis approchée de lui, plusieurs odeurs me sont parvenues : une étrange odeur de tabac, une autre de ces déodorants pour homme très parfumés dont les publicités disaient qu'on avait du succès si on les utilisait, et aussi une petite odeur de transpiration malgré le déodorant. Douce, en fait. Et puis une odeur forte qui m'a donné aussitôt envie de vomir : l'odeur d'huile de moteur et d'essence. Plus tard, il m'a expliqué qu'il avait beau se laver, il n'y avait pas moyen de la faire partir. Qu'il y était habitué. Et il m'a dit : Toi aussi, tu t'y habitueras.

J'avais lu tant de choses sur le premier baiser, j'en avais tant rêvé en imaginant des rendez-vous avec mes amours platoniques. Ma collection de baisers idéaux avec des inconnus que je ne connaîtrais jamais était infinie. Tout était lent et tendre, et que je te regarde dans les yeux et que je te dise oui en silence. S'approcher peu à peu pour sentir l'autre avant le moment où les lèvres vont se toucher, sentir la chaleur de son haleine. Le baiser devait être la rencontre des corps mais pas seulement, le corps, c'était nous et nous nous unissions tout entiers, par la chair et par le sang, par la pensée et par notre être le plus profond. J'imaginais le rire de Sam si elle découvrait combien j'étais romantique, et toi qui me disais : Un baiser, c'est un baiser, ne cherche pas plus loin.

Je voudrais me souvenir de ce premier contact de nos lèvres, je voudrais retrouver cet instant précis mais je ne peux pas. Non que je ne veuille pas repenser à Jamal mais le moment où l'on attend, où l'on se rapproche lentement, où l'on retient sa respiration avant de franchir un pas aussi important, ce moment-là n'a jamais existé. Il n'y avait pas cinq minutes que nous nous étions salués qu'il me disait déjà qu'il m'avait remarquée depuis longtemps et que je ne le regardais même pas. Et moi : Ce n'est pas vrai, je ne t'ai jamais vu. Nous étions encore en train de dissiper ce malentendu quand, tout à coup et sans que j'aie eu le temps de réaliser, il a enfoncé sa langue au fond de ma bouche. Pâteuse et tiède avec un goût de tabac et de café amer et puis cette odeur d'essence. Moi je pensais à mon père dans sa fourgonnette, à ma mère dans sa cuisine, au garçon aux cheveux blonds qui s'en allait toujours sans moi car je fuyais précipitamment quand nous sortions ensemble du lycée parce que je ne voulais pas lui parler.

Ça s'est passé comme ça, je n'invente rien. Il m'a pénétrée avec sa langue et j'en suis restée paralysée. Je me disais : c'est ça, c'est ça que tu désires depuis si longtemps ? Si ça ne te plaît pas, supporte-le, tu l'as bien cherché. Tu l'as appelé, tu lui as donné rendez-vous, tu veux lui plaire. Ça te plaît de lui plaire et le résultat de ta vanité c'est cette langue qui se faufile dans ton corps par là où personne n'était jamais entré. N'était-ce pas ce que tu voulais ?

Non, certainement pas, mais à ce moment-là, je ne m'en rendais pas compte. Je me suis forcée à rester immobile en recevant cette langue tiède comme si j'attendais le dénouement d'une histoire. Et aussi parce que j'ai tout de suite ressenti l'excitation, le cheval qui s'emballe, les applaudissements du con, comme disait Sam, des applaudissements qui en réalité n'avaient rien à voir avec le fait qu'il me plaise ou non. Même si j'avais trouvé répugnants son contact et son odeur, mon corps ne voulait rien savoir de mes goûts, il semblait avoir une vie propre et une volonté totalement étrangère à la mienne. La lave, que depuis si longtemps je sentais sur le point d'entrer en éruption, jaillissait avec violence et soudain j'étais là, avec un inconnu, voulant le sucer partout, pénétrant moi aussi dans sa bouche, explorant la texture de sa chair, sentant certaines parties de mon corps réagir sous ses mains malhabiles. Tout ce que j'avais imaginé s'est brisé d'un coup. C'en était fini de mon enfance.

Il a voulu me faire un suçon dans le cou, ce premier jour. Tu te souviens ? Je te l'ai raconté. Et moi : Ah non ! ah non ! ils vont le voir à la maison. Alors lui : Ça va, ça va. Il avait son petit rire nerveux d'enfant espiègle mais un moment après, le voilà qui me suce le cou comme un vampire.

Aujourd'hui je te le raconte en étant consciente de ce qui s'est passé mais à ce moment-là c'était très confus dans ma tête : ce que j'entendais, ce que je ressentais dans mon corps, ce que je voulais vraiment, l'idée que sa langue m'étouffait, mille histoires s'accumulaient dans ma tête. L'excitation ne me permettait ni de penser ni de ressentir ou alors elle faisait naître des idées et des images dont je ne suis pas sûre qu'elles étaient vraiment miennes. C'était comme si j'étais en pièces détachées, entièrement démontée, et je me disais que cet imbroglio de morceaux épars qui ne s'emboîtaient pas, c'était mon désir. Je pensais à toi et à Saïd, qui connaissiez Jamal. Si tu me disais que c'était un brave garçon, ce devait être la vérité. Je n'ai pas voulu écouter la petite voix qui me soufflait qu'en réalité tu ne savais rien de lui et qu'en fait ton propre fiancé non plus, tu ne le connaissais pas vraiment.

Nous n'avions à notre disposition aucun autre moyen d'entrer en relation avec les hommes, nous ne pouvions pas choisir librement comme le faisaient les filles du lycée, sortir, aller dans des boums le week-end, dans le brouhaha de la musique techno des discothèques. Voilà pourquoi j'étais convaincue que c'était ce que je voulais : être jeune, libre et moderne. Inimaginable d'être coincée. Avoir la nausée parce qu'on t'enfonçait la langue dans la bouche alors que tu ne t'y attendais pas était sans doute la preuve d'une niaiserie pas très moderne, pas très cool.

Quand je t'ai raconté notre premier rendez-vous, j'étais exaltée, je te rapportais en détail tout ce qu'il m'avait dit qui confirmait que je lui plaisais. Je trouvais ça si bizarre, de plaire à quelqu'un, c'était comme si j'avais gagné à la loterie. Un garçon comme lui, beau et bien fait, sportif comme ne l'avaient jamais été nos parents, la peau plutôt claire. Je ne sais pas d'où j'avais sorti qu'il était plus difficile de plaire à un homme à la peau claire qu'à la peau sombre. Et l'esprit ouvert. Dès ce premier jour, il m'a dit qu'il n'était pas comme les autres, qu'il pensait que notre culture était rétrograde et qu'il était temps de changer les choses. Il avait un accent étrange. Pas celui de nos parents, qui confondaient tant de sons, les *es* et les *is*, les *us* et les *os*, mais il ne parlait pas comme nous non plus. De temps en temps il lui échappait quelques pointes d'accent arabe, mais seulement de temps en temps. Tu te souviens qu'avec toi et Sam nous riions en l'imitant ? Nous gesticulions avec exagération, nous imitions les sons fautifs et ses inflexions de phrases dans notre langue, et si quelquefois il y avait quelqu'un dans notre entourage qui ne connaissait pas le contexte, il était gêné. On nous disait que c'était un manque de respect, des plaisanteries un peu racistes, en fait. Alors Sam leur parlait en rifain.

Jamal m'a expliqué qu'il était arrivé à dix-huit ans, dix ans plus tôt, et qu'il avait vécu dans un tout petit village. À l'époque, je ne sais pas si tu t'en souviens, il n'avait pas de problème pour manger du porc et boire de l'alcool. Il disait qu'il fréquentait très peu les gens de notre race – il disait race lui aussi – tu sais bien comment ils sont… et qu'il avait des amis partout. Il m'a dit que son bar préféré était un vrai bar alternatif où allaient les élèves du lycée, toute la jeunesse de la ville y prenait un verre le vendredi après-midi.

Dès ce moment-là, il m'a fallu tenir cachés tous mes rendez-vous avec lui. Nous nous voyions à la salle de sport ou dans un local de fastfood un peu en retrait, en face de la bibliothèque. Il y avait là d'autres couples d'adolescents qui se bécotaient. J'entrais par une porte et lui par une autre et nous nous asseyions à la table du fond, sur des bancs de bois dans un coin, si durs qu'on avait le cul en compote. Nous avions choisi cet endroit parce qu'il était à l'abri des regards mais aussi parce qu'il n'y avait pas de musulmans. Nous étions devenues expertes en détection des endroits qu'ils fréquentaient, tu te souviens ? Ne pouvoir aller nulle part parce qu'ils y étaient, ne pas pouvoir entrer dans un quartier parce qu'ils y étaient, ne pouvoir parler tranquillement avec personne parce qu'ils étaient partout. Voilà pourquoi j'avais ce poids sur la poitrine. Parce que je ne pouvais pas me sentir libre parmi ceux dont on nous avait dit qu'ils étaient « les nôtres » et parce que parmi « les autres » j'étais complètement invisible. Nous avions toujours vécu ainsi : échappant au contrôle comme nous le pouvions et parfois en nous plaignant d'être surveillées en permanence par ceux qui étaient de la même origine que nous. Il paraissait normal à tout le monde que du seul fait d'être de la même origine et de la même religion, les hommes étaient autorisés à nous suivre dans la rue, à décider où nous avions le droit d'aller et avec qui nous pouvions parler ou pas.

Moi, tout m'était interdit par mon père, tu le sais. Mais toi et Sam, malgré vos familles bien plus compréhensives, vous étiez critiquées vous aussi si vous étiez aperçues en train de braver un interdit. Sortir de la maison, pour certains, c'était déjà une transgression. Quand ils nous rencontraient hors de chez nous : et vas-y que je scrute les habits que tu portes, ta façon de marcher et le bruit que tu pourrais faire avec tes chaussures à talons. Même prendre un café tranquillement, on ne le pouvait pas.

Tu te souviens du jour où Sam a bu une bière dans un bar du centre ? Elle faisait ce qu'elle voulait. Par chance ses parents et ses frères ne s'occupaient pas d'elle ni de ce que disaient les gens. Et le monde ne s'écroulait pas pour autant. En fait, les gens ne t'apportaient pas de la nourriture et ne t'aidaient pas à t'en sortir, ils voulaient seulement se mêler de la vie des autres pour ne pas avoir à s'occuper de la leur. Et ils voulaient nous freiner, bien sûr. À l'époque, nous n'en étions pas conscientes mais nous étions les premières à aller à l'école, à sortir de chez nous tous les jours, à travailler contre un salaire, à nous marier plus tard, à marcher dans les rues comme si nous avions les mêmes droits qu'eux et ça, ça les énervait beaucoup. Nous étions pliées de rire quand Sam nous a raconté le coup de la bière. Un garçon du quartier s'était approché d'elle et lui avait dit : Qu'est-ce que tu fais, tu iras tout droit en enfer ! Et elle : Ah oui ? Alors je t'y attendrai, mon beau. Et lui, furieux, l'avait menacée d'aller chercher son grand frère ou son père. Elle lui a demandé pourquoi il ne faisait pas la même chose avec les autres femmes présentes dans le bar, pourquoi il ne leur disait rien. Il a répondu que les autres n'étaient pas « à nous », qu'elles n'étaient pas musulmanes. Alors Sam s'est levée et l'a engueulé sans qu'il puisse en placer une : elle, elle n'était de personne et encore moins d'un chameau mort de faim comme lui, un si mauvais chameau qui s'empaffait de la drogue dont il faisait le trafic. Quelles leçons pouvait lui donner un délinquant comme lui. Ou bien il partait ou bien elle appelait la police et on verrait bien qui irait en enfer le premier.

Moi, je vous admirais et je vous enviais parce que vous leur teniez tête. Sans avoir lu comme moi tous ces livres féministes, sans toutes ces théories, vous étiez les femmes les plus féministes que j'aie connues. Pour vous, c'était simple, juste défendre votre propre liberté, votre droit à être dans ce monde sans avoir à donner d'explications, le droit de boire une bière dans un bar sans que vous tombe dessus un délinquant converti en policier islamique.

Je mourais d'envie de prendre un café ou un thé dans un endroit agréable, avec une musique de fond, dans cette brume de fumée qui rendait les bars accueillants. Lire, écrire ou discuter tranquillement avec des amis. Je n'aspirais à rien d'autre qu'à ces sortes de choses dont on pouvait se passer bien sûr, mais absolument nécessaires, banales, anodines. C'était déjà beaucoup de me rendre toutes les semaines chez des inconnus pour leur enseigner les règles de l'orthographe ou comment faire des commentaires de texte.

Aussi, quand nous étions à cet endroit où il enfonçait sa langue dans ma bouche, en plus de la nausée et de l'excitation, j'étais prise d'une espèce de nostalgie d'une vie que je n'avais jamais vécue. Une vie où l'on connaît le premier amour dans des conditions normales, en étant libre de ses mouvements, sans cette anxiété constante et cette sensation d'avancer toujours au bord du gouffre.

Mes premiers rendez-vous avec Jamal ont coïncidé avec les préparatifs de ta noce. Tu continuais, infatigable, toutes tes activités. Tu avais beaucoup maigri. Quelquefois, quand nous avions rendez-vous, je ne pouvais pas m'empêcher de regarder ta silhouette svelte, gracile, qui se déplaçait sans effort. Tes cheveux lisses et bruns jusqu'à la taille, tes chaussures à talons inimaginables pour moi.

Tu t'es mise à chercher un appartement avec Saïd. Loin du quartier, comme vous l'aviez décidé. J'étais atterrée à l'idée que tu t'en ailles, de ne plus t'avoir près de moi. Tu faisais des achats que tu rangeais dans ta chambre. Et ta mère : Ne dépense pas autant, as-tu besoin d'une maison équipée de tous ces appareils ménagers et d'un aspirateur dernier modèle, assez puissant pour nettoyer les tapis épais que tu feras porter du Maroc. Tu étais au courant de toutes les offres spéciales et vous aviez commandé les meubles avant même d'avoir l'appartement.

Nous nous voyions peu, à ce moment-là. Je devais absolument étudier, c'était la dernière année avant l'université. Et en plus, les cours particuliers. Et les rendez-vous en cachette avec Jamal. Et toujours l'angoisse de vivre avec la boule de pétanque sur la poitrine, les nausées et l'impression de manquer d'air.

Tout à coup, tu m'as regardée autrement quand je t'ai raconté ce dont nous discutions, l'ami de Saïd et moi, quand je t'ai dit que je ne pouvais plus attendre et que j'étais décidée. Je voulais me libérer de ce poids si lourd que j'avais entre les jambes et dont tout le monde nous disait que nous devions le garder ou le perdre pour toujours. Un jour je t'ai parlé de mon intention d'aller chez lui, et toi tu as pris ton air de celle qui sait mais ne veut rien dire. Alors moi : Quoi, qu'est-ce qu'il y a? Mais tu n'as pas voulu me répondre. Tu m'as dit qu'il valait mieux que j'en discute avec lui avant de faire quoi que ce soit. Qu'il y avait une chose importante que je devais savoir avant de rien décider. Mais que toi, tu ne pouvais pas me l'expliquer.

X

Je me suis habituée à lui, voilà ce qui s'est passé. Si tu pouvais me répondre, tu me rappellerais sans doute que ce n'était pas vrai puisque je te disais souvent que j'en étais très amoureuse. Que je n'avais jamais connu un homme comme lui. À la différence de mon père et de ses sermons assommants, de ses cris et de sa colère, Jamal parlait à voix basse et parfois j'avais même du mal à entendre ce qu'il disait. Je voyais en lui tout le contraire de ce qu'était mon père : il ne parlait jamais de religion, l'honneur et la réputation ne lui importaient pas. Même les détails les plus banals me séduisaient, quand il m'expliquait ce qu'il cuisinait par exemple, chose impossible chez les hommes de la génération de mon père. Ce n'étaient que des indices, rien de plus, des informations ponctuelles qui ne révélaient pas son véritable caractère mais moi ça me suffisait, je reliais tous ces points pour m'en faire un dessin idéal, en accord avec ce dont j'avais besoin à l'époque.

Dans un quartier où les garçons devenaient trafiquants dès la sortie de l'école primaire, lui, c'était une vraie perle. Lui et Saïd, ces sortes d'hommes qui ne causaient pas de problèmes, qui n'étaient jamais passés par la prison. Ils ne se droguaient pas, ils ne sortaient pas, ils ne suivaient pas les filles dans la rue, ils ne vendaient pas et ne volaient rien, ils ne s'embrouillaient pas avec ceux qui n'étaient pas arabes. Et ils ne voulaient ni nous contrôler ni nous soumettre. C'était ça la grande nouveauté et voilà pourquoi nous étions pleines d'illusions : nous étions de nouvelles femmes qui assistions à la naissance d'hommes nouveaux. Nous en étions convaincues, nous n'avions aucun doute : tout était possible, nous progressions vraiment et ce progrès serait irréversible. C'est nous qui réussirions à changer le monde en changeant nos destins, en rendant compatibles les coutumes de nos familles avec nos aspirations à la modernité. Pourquoi pas? Nous sommes tombées amoureuses de Saïd et de Jamal mais aussi de l'avenir que nous espérions construire avec eux.

Ce Noël-là, j'ai décidé de perdre ma virginité, je ne pouvais plus attendre. Mais je t'ai écoutée et j'en ai discuté avec lui, avant. Au fast-food, en reprenant mon souffle entre deux baisers, je l'ai regardé et, en tremblant intérieurement comme si je craignais de découvrir ce que je ne voulais pas savoir, je lui ai demandé s'il avait quelque chose à me dire. Non, rien, rien d'autre que ce que tu vois. Pourquoi ces questions? Tout à coup, son attitude a changé : il a cessé de sourire, son regard est devenu sombre, il a croisé les bras sur sa poitrine, la cigarette au bout des doigts et les mâchoires serrées. Tout à coup il n'était plus là. J'étais paniquée et me sentais coupable de l'avoir perturbé de cette façon, d'avoir provoqué la douleur qu'exprimait son visage. Je lui ai demandé de me pardonner, je l'ai supplié pendant un bon moment par peur qu'il me quitte mais aussi parce que s'il me quittait c'en était fini de notre serment de garder secrète notre relation, il pourrait raconter à tout le monde que nous étions sortis ensemble et ce serait la fin pour moi. Tu ne peux pas aimer dans la peur, tu ne peux pas aimer librement si tu prends tous les risques alors que l'autre ne risque rien.

Dans le fond, toi comme moi, nous croyions que Saïd et Jamal nous faisaient une faveur en nous choisissant. Moi, parce que j'étais convaincue que je n'étais pas digne d'être aimée. Toi parce que, malgré tous tes discours sur le mariage et les relations d'égal à égal, tu avais intégré l'idée que tu étais une femme de seconde main, une divorcée qui n'était plus vierge.

Pas moyen de lui faire dire quoi que ce soit. Nous nous sommes séparés et il ne m'a même pas regardée dans les yeux. Je me suis aperçue plus tard que c'était la façon la plus subtile de punir quelqu'un : le priver de son regard. Je vous ai retrouvés, toi et Saïd dans l'appartement que vous louiez dans le centre. Entièrement refait à neuf, avec une cuisine moderne qui n'exigerait pas trop de ménage, une cuisine intégrée. Avec le réfrigérateur ? Ou bien tu l'as acheté plus tard ? Je me souviens seulement du marbre de la cuisine, brillant avec une légère couche de poussière que tu nettoierais bientôt et des plafonds d'une hauteur normale qui permettaient enfin de respirer. Quand votre appartement serait aménagé, vous vous marieriez, m'as-tu dit. Mais avant, vous iriez au village pour les papiers et pour faire connaissance avec sa famille.

Et là, debout dans la cuisine, Saïd m'a demandé si j'avais discuté avec Jamal et toi tu lui as dit de ne pas s'en mêler, que c'étaient nos affaires. Et Saïd : Non, non, c'est un brave garçon mais il a parfois du mal à affronter la réalité et là, c'est le moment et s'il ne veut pas t'en parler, nous le ferons à sa place. Toi, tu es restée muette un bon moment. Demande-lui une seule chose, m'a dit Saïd, demande-lui s'il est célibataire, ou pas. Alors j'ai ressenti cette espèce de mal au cœur qui m'a brouillé la vue, qui m'a aveuglée. J'avais ce même malaise quand je restais longtemps sans manger : mal à la tête, la vue trouble et une nausée qui me donnait envie de vomir sans y parvenir. Je lui ai demandé de m'expliquer car je n'avais rien pu tirer de Jamal. Alors il l'a dit : Il ne voulait pas mais son père, qu'il le veuille ou non, l'avait marié. C'était au début de son arrivée ici et il était très jeune. Tu sais comment ça se passe à la campagne, ils veulent que tu te maries très vite. Lui ne voulait pas mais ses parents ont beaucoup insisté, sa mère pleurait sans arrêt et elle est tombée malade. Voyant que sa mère souffrait, très en colère, il a fini par céder. Mais il a dit que jamais de la vie elle ne serait sa femme : Je vous la laisse ici, moi je n'en veux surtout pas. Et c'est ce qu'il a fait. Il s'est marié et il a abandonné sa femme chez ses parents à lui, sans plus s'en soucier ni lui envoyer d'argent ni rien. En fait, il n'est jamais retourné au village et il y a des années qu'il ne les voit plus.

Quand nous sommes revenues vers le quartier dans ta voiture, tu m'as rapporté la partie de l'histoire que Saïd ne m'avait pas racontée : la nuit de noces, la mariée n'a pas saigné et Jamal a dit qu'en plus d'être une femme qu'il n'avait pas choisie, elle était abîmée et de seconde main. Et cette histoire, au village, tout le monde la connaît, tu m'as dit. Quand il a vu qu'elle n'était pas vierge, il a voulu le crier haut et fort et la renvoyer dans sa famille, comme il devait le faire, mais ce sont ses parents à lui qui ont essayé de le convaincre d'éviter le scandale : la pauvre fille, nous pouvons tous commettre une erreur et quel serait son destin s'il la répudiait. Jamal ne comprenait pas l'attitude de ses parents, leur indifférence quant à son honneur. Jusqu'à ce qu'un ami lui explique ce que tout le monde savait à part lui : la fille en question n'était pas vierge parce qu'elle avait été abîmée par son propre père, le père de Jamal, voilà pourquoi ils lui avaient joué la farce du mariage. Car si on découvrait que ce monsieur avait agressé la fille d'un autre, on pouvait le dénoncer et l'obliger à l'épouser. Et sa mère n'était pas disposée à accepter une seconde épouse. Donc, ils s'étaient dit que cette fille ferait l'affaire pour leur fils qui vivait à l'étranger. Quelle meilleure récompense pour une femme qui avait perdu l'honneur de cette façon-là, qui n'avait pas pris les précautions nécessaires pour se protéger des hommes ?

Tu m'expliquais tout ça tout en conduisant et moi, tout à coup, il m'a semblé que le paysage était de cire, décoloré et immobile. Je ressentais un élancement dans la tête, c'était comme si on me l'avait fendue avec une hache. Tu m'as dit : C'est un brave garçon mais il faudra qu'il règle ça.

J'ai sauté mes cours particuliers pour rendre visite à Jamal chez lui. J'ai pris mon sac à dos comme si j'allais au lycée. Je me souviens de tous les mensonges que j'ai dû raconter à ma mère. Plus je lui disais de mensonges, moins je m'autorisais de kilos, plus grandes devaient être les privations que je m'imposais et plus exténuantes les séances d'exercices dans ma chambre. Comme une punition ou une façon de purger toutes les transgressions. Les mannequins dans les revues nous disaient de boire beaucoup d'eau : l'eau était le secret pour éviter que s'étoffent leurs corps décharnés. Elles se trompaient, culpabiliser était plus efficace. Avoir un fiancé caché, tromper sa mère en profitant du fait qu'elle est analphabète et ne connaît guère le monde dans lequel elle vit car elle est toujours enfermée.

Je l'ai averti que j'irais le voir de bon matin. Quand j'ai été tout près de l'atelier, j'ai senti la bouffée d'essence et d'huile de moteur. Il me disait : Tu t'y habitueras, tu finiras par y être habituée et tu ne t'en apercevras plus. Il était en tenue de travail et quand je suis entrée il m'a dit de l'attendre un moment. Il est allé prendre une douche. La maison était entièrement en ciment, le sol et les murs sans plâtre, sans rien. L'humidité était visible le long des plinthes. Il m'a fait entrer dans une chambre où il y avait un poêle et un fin matelas en mousse posé sur le sol sous un tas de couvertures décorées de dessins divers. Dehors, il faisait un froid pénétrant qui m'obligeait de plus en plus à me recroqueviller. Le feu pétaradait avec un bruit qui tout à coup m'a paru assourdissant. Si je m'éloignais du poêle, j'avais froid et je sentais le mur humide dans mon dos qui me gelait les chairs, mais si je m'en approchais, je me brûlais les joues et les mains. Et mon dos était toujours glacé. Il m'a dit de m'asseoir et il m'a apporté un café au lait. Il le préparait comme ma mère : café, lait et sucre, tout mélangé. J'ai saisi le verre comme j'ai pu pour ne pas me brûler. C'était tellement sucré que j'ai eu la nausée, et aussitôt tout m'a semblé irréel, comme dans un rêve, ou dans un cauchemar.

J'étais là, j'avais osé, j'étais dans la maison d'un homme inconnu, je prenais le petit déjeuner sans façon, asphyxiée par l'odeur d'un déodorant attrape-fille et ma vie était enfermée dans un poing. Je me réveillerais et tout redeviendrait comme avant, quand j'étais petite, quand ce n'était pas un problème car ils m'aimaient comme j'étais, il n'était pas question de changer ni de réprimer des envies de quoi que ce soit, j'étais une fillette et pas une femme – comme c'est écœurant l'amour, et écœurant le fait de grandir, et cette chose répugnante qui ne s'en allait jamais, toujours là, à l'entrecuisse.

Je lui ai dit je sais tout, je sais ce qui t'est arrivé. Il a retrouvé son regard sombre, et je l'ai obligé à parler comme j'ai pu. Au lieu d'être en colère parce qu'il m'avait caché qu'il était marié, je me suis mise en colère contre moi-même parce que je lui avais demandé de me raconter. Comment se faisait-il que les choses soient inversées et que je finisse par me sentir coupable de ce qui m'arrivait. Vraiment coupable. Je ne me rendais pas compte, évidemment, à ce moment-là : je me trouvais horrible de vouloir qu'il me dise la vérité.

Pour me débarrasser de tout ça – la douceur écœurante du café, l'odeur d'essence et de déodorant, le crépitement des bûches et le froid qui paralysait la campagne à cette heure matinale –, pour tout oublier, poussée par une excitation insistante, je lui ai dit : Faisons-le. Aujourd'hui même, là, maintenant, faisons-le.

Je croyais sans doute que tout se déroulerait comme je le souhaitais cette fois, que nous commencerions lentement par de doux baisers et qu'ensuite nous monterions en intensité, au même rythme. Je ne sais pas pourquoi j'espérais qu'il serait comme il n'avait jamais été : attentionné, tendre et affectueux. Si je réfléchissais, je me disais en moi-même : Regarde comme tu es sotte, romantique, mielleuse jusqu'à l'écœurement, tellement vieux-jeu que tu crois que l'amour est comme dans les livres de poésie. Il me revenait des chansons de Paco Ibáñez chantant Neruda ou El Último de la

Fila parlant d'un soldat nommé Adrián. Un soldat à une époque où il n'y avait déjà plus de soldats qui écrivaient des lettres. Comment devait être la langue du soldat Adrián ? Tiède et humide, elle aussi ? Mais quelle bourrique ! Arrête tes bêtises et si tu le veux, vas-y !

Laisse-toi faire, laisse-toi faire et tout ira bien. Et l'agitation frénétique a commencé. Nous nous sommes embrassés et touchés comme à la salle omnisports et au fast-food. Mais cette fois-ci, il y avait un matelas par terre et il n'a pas tardé à m'y allonger. J'ai été surprise, comme je le serais toujours avec bien d'autres hommes, par cette attitude si résolue, cette façon de prendre les rênes de la situation. Il t'attrape, il te met dans une position telle que ton corps devient maniable entre ses mains. Qui leur a appris à se comporter ainsi ? Pourquoi ne demandait-il pas ce que je voulais, moi ? Et pourquoi ai-je aimé cette sensation d'abandon, de capitulation ? Mon ventre a frémi quand il a dégrafé les boutons de mon pantalon.

Ma propre odeur m'a semblé aussi écœurante que le sucre du café au lait, une odeur bien à moi dont je ne savais pas si je voulais qu'elle soit pour lui. Mais laisse-toi faire. Il me répétait : N'aie pas peur. Et tout à coup, il a été sur moi. Si rapidement que plus tard, seule dans mon lit, je n'arrivais pas à reconstituer l'enchaînement de ses mouvements. Comme un serpent qui se faufile si vite que tu ne peux pas le suivre. Et aussitôt je me suis souvenue d'un rêve récurrent que je faisais petite : j'étais dans un de ces fours de brique que possédait ma grand-mère, la porte se refermait et les brindilles pour allumer le feu n'étaient qu'un nœud de serpents.

Je lui avais dit je suis prête, c'est bon, mais quand il venait sur moi mes genoux se repliaient vers l'intérieur et je serrais si fort les cuisses que rien ne pouvait y pénétrer. Nous nous reposions avant de recommencer et il redemandait : C'est bon ? Et moi je serrais les cuisses une fois de plus comme si elles ne m'appartenaient pas, comme si mon corps avait sa vie propre. Jusqu'à ce qu'il dise : Allez, essayons autre chose.

Fais-moi confiance, tu verras. Il m'a retournée et il a appuyé ma tête sur l'oreiller. Il m'a écarté les jambes. N'aie pas peur, c'est vite passé.

Il m'a expliqué que son divorce serait une simple formalité, qu'il lui suffisait de se rendre au village et de régler les papiers. Après je reviendrai et je demanderai ta main. J'ai jeté un coup d'œil à la chambre et j'ai vu qu'à côté du poêle il y avait une paire de revues de mode avec des femmes à moitié nues en couverture. Des femmes minces comme je n'arriverais jamais à l'être.

Ce Noël-là est l'un des plus sombres dont je me souvienne. Je ne te l'ai pas raconté parce que ce genre de choses je ne les raconte à personne. Il faisait froid et il avait neigé, la neige avait gelé sur les trottoirs. Un jour où j'étais allée au centre acheter ce que ma mère m'avait commandé, je me suis promenée dans les rues et j'ai trouvé une boutique de vêtements d'occasion. Je suis entrée. L'employé était un Arabe. Il me regardait fixement dans les yeux et je ne savais pas si je devais baisser la tête ou pas. J'ai essayé une salopette en jean très serrée et quand il m'a vue sortir de la cabine il m'a dit : Tourne-toi. Je me suis retournée. Nous étions seuls dans la boutique. Avant d'aller vers les cabines, il avait fermé la porte et retourné la pancarte, les passants ne pouvaient plus y lire : « Ouvert ». Je ne comprenais pas ce qui se passait mais il m'enveloppait de son regard, il me faisait tourner et me regardait le cul en se mordant la lèvre inférieure tout en faisant ces bruits d'aspiration qu'ils font quand une femme leur plaît. Pendant un instant, il m'est passé par la tête que si je voulais je pouvais le faire, là, avec cet inconnu dont je ne connaissais même pas le nom. Sans aucun problème. J'avais perdu la seule chose qui m'empêchait de le faire avec qui je voulais, je n'avais plus rien à préserver, on m'avait étrennée. Il y avait là un canapé couvert de tissus imprimés, invisible de l'extérieur de la boutique. Tout dépendait de moi, je pouvais faire ce que je voulais. J'ai soutenu son regard comme je ne l'avais jamais fait avec aucun homme et il n'a pas baissé les yeux lui non plus. En souriant à moitié. En me frôlant parfois comme par hasard quand il me proposait un vêtement dont il pensait qu'il m'irait bien. Il a choisi une robe décolletée et il m'a dit : Non, il vaut mieux les jeans, et dans ses yeux je voyais son désir. Et le mien n'était rien d'autre qu'un miroir du sien.

Je ne l'ai pas fait. Je suis sortie, l'excitation m'étouffait. Je suis retournée chez moi aussi vite que j'ai pu. Au bout d'un moment, mon père est arrivé et aussitôt il s'est mis à crier. Nous n'étions plus surpris de l'entendre hurler de cette manière, mais c'était Noël et il faisait froid et la neige avait gelé. De ma chambre, j'ai entendu aussi une plainte étouffée, c'était la voix de ma mère disant : Arrête, allez, arrête, je n'ai rien fait. Ma mère, comme une gamine. J'ai passé la tête : il était en train de la frapper aux épaules avec ses poings fermés. Et elle se recroquevillait sur elle-même. Je me suis dit que toute cette chair à qui elle avait donné le jour au long des années lui faisait comme une cuirasse. Mais ce n'était pas pareil, les cuirasses ne sentent pas la douleur, le dos de ma mère, si. Je ne me suis pas tue comme les autres fois, je lui ai dit d'arrêter, d'arrêter, d'arrêter. Mes frères aussi ont crié, l'aîné et le second. Les petits avaient peur et se cachaient dans la chambre en se bouchant les oreilles. Et mon père a dit qu'on ne s'en mêle pas, que c'était une putain, qu'il l'avait trouvée en train de flirter avec un voisin.

Quand il a eu fini, il est parti et je ne savais pas comment regarder ma mère. Elle s'était mise aussitôt à ramasser le linge répandu dans la salle à manger car il avait jeté le panier à terre. La culpabilité, une fois de plus. Dieu me punissait pour tout ce que j'avais fait. Et nous, toutes les femmes, nous irions en enfer, mais l'enfer pouvait commencer dans cette vie. J'ai été prise d'une telle colère que je me suis mise à écrire. Mais au lieu d'écrire sur mon père qui criait et voyait partout des amants de sa femme, j'ai inventé une histoire d'amour d'une fille du village qui perdait sa virginité dans les pousses de menthe, sous la pluie, et le garçon de qui elle était amoureuse fuyait à l'étranger en l'abandonnant. Finalement, quand on la renvoyait parce qu'elle n'était pas vierge, son père lui flanquait une raclée et elle sentait un élancement dans sa tête comme si on la lui avait fendue avec une hache.

XI

Ce printemps-là, j'ai dû accompagner ma mère chez le médecin à plusieurs reprises. D'abord, des sortes de taches sont apparues sur ses épaules et dans son cou et elles ne partaient ni avec le savon pour les mycoses ni avec rien d'autre. On l'a dirigée vers le dermatologue qui lui a dit ne pas savoir d'où cela venait. Les causes pouvaient être multiples. Ma mère ne comprenait pas que des docteurs aussi savants en médecine ne devinent pas ce qui lui arrivait. Puis elle a eu un mal au dos qui ne disparaissait jamais et, encore une fois, sur les radiographies on ne voyait rien. Nous sommes rentrées à la maison mais quelques jours plus tard ma mère m'a demandé de reprendre rendez-vous car elle ne pouvait plus ni dormir ni rester assise ni rester debout, ce n'était pas une vie. Décontenancée en voyant que les médecins ne trouvaient rien, je me suis sentie moi-même coupable de ne pas pouvoir la soulager. Après maintes visites chez la doctoresse de la famille, celle-ci a fini par lui dire un jour que son poids ne l'aidait pas et elle l'a fait monter sur la bascule. Je ne sais pas si c'était la première fois qu'elle se pesait mais quand la doctoresse nous a dit le chiffre, ma mère est restée silencieuse un moment, ruminant au sujet de sa corpulence. Et tout à coup, l'air effrayé, elle a lâché : Presque un quintal ! Je pèse presque un quintal ! Comme un de ces sacs de grains impossibles à soulever !

Elle était affolée et j'ai compati car pour la première fois elle se rendait compte que son poids était excessif. Elle se trouvait grosse, tout à coup. Cela m'a fait l'effet d'une enfant perdant son innocence. Si la doctoresse ne l'avait pas pesée, ma mère ne se serait jamais trouvée grosse car, même si ses chairs étaient abondantes, elle ne s'était jamais collé une telle étiquette. Et personne dans ses relations ne l'avait fait. Bien au contraire : quand elle envoyait des photos à sa famille et qu'ils voyaient son visage bien rond, ils lui répondaient, enregistré sur une cassette, que Dieu lui garde de si belles formes. On voyait bien que l'étranger lui avait réussi, que l'abondance soit toujours avec elle. Ils ne le savaient pas, là-bas, qu'il y a des graisses qui ne sont pas dues au bonheur et au bien-être mais au fait de vivre dans un petit appartement bas de plafond dont on ne sort jamais, de ne pas s'arrêter de toute la journée parce que tu as six enfants, de ne jamais t'asseoir pour manger tranquillement, d'avaler des madeleines enveloppées dans du plastique et surtout parce que tu te fabriques une cuirasse pour encaisser les coups.

J'ai d'abord été désolée que ma mère découvre ses dimensions réelles mais quand elle était debout sur la bascule et que la doctoresse déplaçait les poids de métal, je sentais ma mère se rapprocher de moi. Elle entrait dans mon monde et c'était comme si je pouvais la sauver en l'accueillant dans mon quotidien de restrictions et de contrôle de la nourriture. Je me suis dit que si elle pouvait maigrir, elle serait plus agile, plus svelte, plus moderne et il lui serait plus facile de se sortir de là. Je ne sais pas d'où m'est venue cette idée mais quand la doctoresse lui a demandé si elle voulait faire un régime pour maigrir, j'ai senti tout à coup que ma mère pourrait me comprendre, elle pourrait enfin rejoindre ma révolution silencieuse. À ce moment-là, j'étais persuadée que les régimes nous sauveraient de tous nos malheurs, qu'ils nous permettraient d'accéder à une vie plus facile et plus saine.

Sur le chemin du retour à la maison, je ressentais une sorte de bonheur étrange. Je lui ai demandé si elle voulait que je lui programme un régime. Lundi. Je lui ai dit : Lundi nous commencerons. Je lui ai établi un planning très restrictif :

seulement des protéines et des tas de légumes verts bouillis, de ceux que nos mères ne mangeaient jamais car elles les trouvaient insipides. Pas d'épices, pas de ragoûts, pas de légumes secs. Le lundi après-midi, elle m'a dit qu'elle avait très mal à la tête, qu'elle n'allait pas bien, est-ce que j'étais sûre que c'était la bonne solution ? Et moi : Mais si, mais si, dès que tu seras habituée tu n'auras plus mal à la tête. Je ne sais pas pourquoi j'ai été si cruelle et si implacable. Elle me regardait d'un œil à demi fermé par la douleur et moi : Mais si, mais si, tu vas voir. Et c'était un peu comme si j'étais la mère et elle la fille.

Quand la semaine suivante l'infirmière l'a pesée, il s'est avéré qu'elle n'avait rien perdu. Alors, dis-lui que j'ai eu encore plus faim que quand j'étais petite, au village, m'a dit ma mère. Quand j'ai expliqué à l'infirmière le régime que je lui avais préparé, elle a hoché la tête : Ces régimes des revues ne valent rien. Elle lui a dit de manger de nouveau comme avant et que nous devions tout noter pendant une semaine. Quand nous y sommes retournées, elle lui a donné plein d'indications pour adapter son alimentation. Du pain, mais sans le tremper dans la sauce car c'est là qu'il y a le plus de gras. Et ma mère m'a dit dans notre langue : Quelle triste vie, ne pas pouvoir saucer son pain. L'infirmière l'a compris et elle lui a dit d'y aller petit à petit mais qu'elle devait fournir un effort, elle savait bien que nous ne pouvions pas vivre sans pain, nous autres. Du lait écrémé et du thé sans sucre ou avec cet édulcorant très léger dont ils ont arrêté la vente quelques années après quand ils ont découvert qu'il provoquait le cancer. J'ai dit à l'infirmière que moi aussi je voulais faire le régime et ma mère m'a regardée sans rien dire mais en fronçant les sourcils. Mais toi tu ne dois pas perdre autant de poids que ta mère. C'est tout ce qu'elle m'a dit, même si j'étais déjà très mince car j'avais plusieurs années de lundi, lundi, lundi. Je lui ai expliqué mon grand problème : je mincissais seulement de la taille et au-dessus, mais je n'arrivais pas à rétrécir le derrière. Alors frotte-toi comme ça, elle m'a dit, en se passant les mains autour des fesses dans un mouvement circulaire.

Je ne savais pas que ce printemps-là était le dernier que je passais avec ma mère, mais c'était comme si soudain je m'étais rapprochée d'elle après être restée éloignée pendant tant d'années. Bien que nous vivions ensemble dans le même petit appartement. Toutes les semaines, nous marchions en silence pendant les trois quarts d'heure de route jusqu'au dispensaire. L'infirmière la traitait comme une femme adulte. Et si ma mère disait qu'elle ne la comprenait pas, elle lui répondait : Tu fais semblant de ne pas comprendre mais tu es plus intelligente que tu ne crois. Et ma mère riait, c'était comme si on avait découvert une chose qu'elle cachait : même si elle était une femme d'intérieur qui n'arrêtait jamais de faire le ménage, de ranger et de cuisiner, elle classait aussi les reçus de mon père et elle retenait de tête les comptes de l'entreprise. Et tout ça sans savoir ni lire ni écrire et sans comprendre la langue de ce pays. Ma mère a minci assez vite et son dos a commencé à aller mieux, mais je ne sais pas si c'était dû au régime, à l'infirmière qui était si aimable avec elle ou bien aux trois quarts d'heure de marche. De temps en temps, nous en profitions pour nous arrêter dans une boutique et ma mère s'enhardissait toujours un peu plus. Elle me disait : Allons à cet endroit où Machine m'a dit qu'ils faisaient un prix sur les serviettes. Elle regardait les publicités dans notre boîte aux lettres et quand quelque chose l'intéressait elle me demandait le prix et elle le mémorisait, comme elle mémorisait, quand je les lui indiquais, le nom de la boutique et son emplacement.

J'ai sauté pas mal de cours pour aller chez Jamal. Je ne pensais à rien d'autre qu'à revivre cette sensation de capitulation absolue, d'abandon total. Quand il appuyait ma tête contre l'oreiller, je cessais de penser, j'oubliais toutes mes angoisses et mes appréhensions et je me permettais de jouir car ce n'était pas moi qui décidais de ressentir du plaisir, c'était lui qui m'y obligeait. Comme les putes, je me disais parfois, les putes ne pratiquent pas le sexe parce qu'elles le veulent, elles le font parce qu'on les y oblige en les payant et elles se moquent bien de détails tels que l'odeur de graisse de moteur ou le fait que le client leur plaise ou non. Jamal ne me payait pas mais dans sa façon de me manipuler comme si j'étais un jouet, il me faisait sentir que rien ne dépendait de ma propre volonté.

Il a fini par sauter le pas et il est parti au Maroc pour divorcer. Il est revenu en se plaignant du fonctionnement du pays. Il m'a montré des photographies de ses parents et d'une maison en brique qui semblait d'un autre monde. Il m'a dit : Nous serons bientôt ensemble, ensemble pour toujours. Il l'avait expliqué à demi-mot à sa mère. J'ai eu un coup au cœur : si sa famille apprenait que nous étions ensemble, la nouvelle ne tarderait pas à arriver dans notre quartier. Je te jure que je ne leur ai pas dit qui tu étais, mais ils sont très heureux de savoir que bientôt je ne serais plus tout seul.

Alors il s'est mis à compter les avantages du mariage avec les doigts de la main. Nous nous aiderions l'un l'autre, nous nous soutiendrions. Il travaillerait pendant que j'étudierais. Il ne comprenait pas ces couples où chacun allait de son côté. Si l'on ne partageait pas tout, ce n'était pas un mariage, ce n'était rien. Vous, par exemple. Être à moitié comme des amis, c'était la preuve que ça ne marchait pas vraiment, qu'on n'avait pas assez confiance. Quand tu aimes quelqu'un, tu partages tout. Moi, je me souvenais de ce que tu m'avais dit sur l'indépendance et je ne savais pas comment je pourrais être d'accord avec toi et avec lui en même temps. Nous connaissions beaucoup de femmes qui, si elles partageaient tout avec leurs maris, finissaient par se retrouver sans rien car il y avait toujours de nouvelles dépenses ou bien il fallait envoyer de l'argent aux beaux-parents, ou bien il fallait construire une maison au village pour pouvoir y revenir un mois chaque été.

Je ressentais un cric-cric étrange à l'intérieur quand il critiquait les autres de cette manière, comme s'il n'était pas vraiment celui qu'il semblait être, comme s'il était un peu plus du quartier qu'il ne le disait. Mais un gars du quartier n'aurait jamais laissé sa femme aller à Barcelone pour ses études. Malgré tout, le cric-cric persistait : il parlait mal de vous, il répétait des rumeurs sans fondement ou bien il disait que Sam était folle de lui, et même qu'elle était venue le voir un jour pour se donner à lui. La façon dont il parlait de Sam et des autres femmes à la réputation de filles faciles était violente et pleine de mépris.

Et puis vous vous êtes mariés, Saïd et toi. Vous aviez rendu visite à sa famille et rempli les papiers, là-bas. Maintenant il ne manquait plus que la fête. Tu lui as dit que tu souhaitais que la cérémonie ait lieu seulement ici car tu ne voulais pas inviter la moitié du pays. Cela revenait moins cher de se marier dans le quartier plutôt qu'au village de nos parents où par politesse tu devrais financer l'invitation de toute la famille proche. La nuit du henné a eu lieu le vendredi, le samedi tu as invité toutes les femmes et le dimanche vous n'étiez plus que quelques-uns. Saïd s'est réuni avec ses amis et ton père dans l'appartement que vous aviez aménagé pour la nuit du samedi. Tu te souviens de ma colère quand ma mère m'a dit que je ne pourrais pas rester dormir la nuit du henné ? Même les parents les plus sévères laissaient leurs filles coucher chez la mariée cette nuit-là, mais ma mère m'a dit : À minuit, à la maison. Comme Cendrillon.

Vous avez diffusé toutes sortes de musiques : pour Sam celle où elle dansait comme une Noire et puis nos musiques à nous, anciennes et modernes. Ta mère elle-même s'y est mise et elle a plaisanté en brandissant le tambourin : Les filles, regardez comment il faut danser. J'ai enduit de henné tes mains et tes pieds et j'ai fait en sorte que tu ne manques de rien. Le petit foulard blanc sur ta tête et les deux tresses traditionnelles encadraient tes yeux noirs.

Ta mère avait invité la mienne à la fête mais elle n'est pas venue. Elle n'allait jamais à aucune fête, à aucune célébration. Le dimanche, je n'ai pas pu voir Saïd venant à ta rencontre ni ta sortie de la maison de tes parents pour aller vivre dans la tienne. Je t'ai imaginée dans ta robe blanche sans manches. Unie, sans ces dentelles et ces fioritures qui plaisent tant aux Arabes. Le lendemain, je suis montée voir ta mère, elle avait un air triste que je ne lui avais pas vu souvent. Elle avait cuisiné toute la journée pour vous envoyer le repas. La coutume voulait que ce soit la famille du marié qui nourrisse le couple la première semaine, pendant laquelle il était interdit à la mariée de cuisiner et de faire le ménage, mais notre condition d'immigrants nous obligeait à reconsidérer même les traditions les plus anciennes.

Quand Sam et moi avons frappé à la porte en apportant le repas, tu as tardé à nous ouvrir et au bout d'un moment Saïd est sorti, une serviette autour de la taille. Nous nous sommes mises à rire, et Sam a dit : Tu vois ça, ces amoureux qui se douchent ensemble. Tu n'es pas restée chez toi une semaine entière. Et lui non plus. Dès le lendemain, vous étiez retournés au travail et tu avais repris ton rythme de folie. Tu étais sur le point de terminer ton cours d'esthéticienne. Tu m'as dit qu'un très bon salon de coiffure du centre s'intéressait à toi et que tu négociais avec eux ta nouvelle affectation.

C'est à ce moment-là que les rumeurs ont commencé, sur moi et sur toi. Me concernant, il s'agissait de Jamal. La Parabole est venue un jour à la maison et elle a raconté à ma mère qu'un garçon disait qu'il se marierait bientôt avec moi. Le fils d'on ne savait trop qui. Alors ma mère a égrené un chapelet de parentés et de réputations, une information très importante pour elle mais qui me faisait l'effet d'un argot incompréhensible. J'ai cru comprendre que la famille de Jamal était quasiment diabolique. Mais qui ignore encore qui il est? Et elle m'a cité le surnom donné au père de Jamal pour me montrer combien il était terrible. C'était la première fois que j'entendais ce mot. Elle m'a demandé de lui jurer au nom de Dieu que ces rumeurs étaient fausses. Et moi : Non, non, je ne savais pas de quoi elle me parlait. Quelques jours plus tard, c'est une autre voisine qui a quasiment félicité ma mère, car il était temps qu'elle donne sa fille. Et ma mère mourait de honte. Puis La Parabole a dit qu'elle savait de source sûre que nous nous voyions, Jamal et moi, qu'Untel avait vu une photographie de moi accrochée sur un mur chez lui et que sa mère le racontait partout, tant elle était fière que son fils ait tiré le gros lot avec la fille de Moh.

Quand je l'ai revu, à la bibliothèque cette fois, se cachant entre les étagères et prenant un maximum de précautions, il m'a juré ses grands dieux qu'il n'avait rien dit et qu'il n'avait jamais montré à personne la photographie que je lui avais offerte. Et il s'est vexé. Comment pouvais-je imaginer que sa mère était capable d'une chose aussi méprisable ? Il en a conclu, comme d'habitude, que si je voulais rompre avec lui, je le dise clairement, et voilà tout.

Ensuite sont venues les rumeurs te concernant. Comme habilleuse de mariées tu avais beaucoup de succès : quasiment chaque fin de semaine, tu étais appelée pour un mariage. Tu remplissais ta voiture de vêtements, tu prenais ta valise de maquillage et tu parcourais des kilomètres et des kilomètres pour te rendre chez la mariée. Tout le monde était content de leur style : elles étaient jolies tout en restant naturelles, dans un mélange parfait de tradition et de modernité qui impressionnait les invitées. Tu proposais même des gâteaux que tu présentais de manière exquise. Tu t'occupais de tout et tout le monde était ravi, mais quelqu'un a insinué inopinément que tu n'étais pas très claire. Deux ou trois mariées que tu avais habillées avaient divorcé peu après et quelqu'un s'est dit que l'unique explication, la seule chose qu'elles avaient en commun, c'était toi. Il n'était pas normal qu'une femme soit si perturbée, qu'elle décide tout à coup de tout envoyer promener en ayant à peine entamé sa vie d'heureuse épouse. Quelqu'un a même juré ses grands dieux qu'il t'avait vue faire des choses étranges en cachette, avec je ne sais quoi. Je trouvais tout cela tellement absurde et impossible à croire. Les divorces étaient plus fréquents parce que beaucoup de couples se mariaient uniquement pour obtenir des papiers pour des hommes de là-bas qui découvraient en arrivant que leur mentalité était trop différente de celle des filles qui avaient grandi ici. Beaucoup d'entre elles travaillaient déjà et n'étaient pas disposées à tout supporter comme leurs mères. Tu te souviens de cette affreuse cassette d'un comique ridiculisant dans notre langue les femmes de l'étranger ? Il disait qu'elles servaient une seule chose : des pizzas et du Coca-Cola, tous les jours !

Cet humour machiste les faisait tous se tordre de rire, Jamal y compris. Ta mère est la seule à avoir dit que c'était indigne, un manque total de respect et que ça ne l'amusait pas du tout. Nous ne voyions pas, à cette époque-là, que s'ils nous caricaturaient de cette façon, c'était parce que nous ne correspondions déjà plus à ce qu'étaient nos mères et nos grands-mères. Voilà pourquoi ils ont commencé à dire que des femmes femmes, des vraies, des femmes comme celles d'autrefois, il n'y en avait plus. Et ça aussi, Jamal le disait.

XII

Tu as dû cesser d'habiller les mariées. Les rumeurs avaient atteint même les gens qui habitaient loin du quartier, ils craignaient que tu leur jettes un sort. Moi, je me demandais comment ils pouvaient être aussi arriérés et si les racistes n'avaient pas raison quand ils nous rejetaient précisément pour ce genre d'attitude. Mais toi tu ne renonçais jamais et tu n'as pas tardé à te lancer dans le commerce de gourmandises. Je ne sais pas où tu as trouvé le temps pour assister au cours organisé par la mairie. Tu m'as montré comment on calculait le coût des ingrédients et toutes les dépenses. Ton idée était d'impliquer dans une sorte de coopérative plusieurs femmes du quartier qui n'avaient aucun revenu. Tu les as réunies et tu le leur as expliqué. Tu leur as parlé de la cuisine communautaire que l'on vous cédait et qui appartenait à je ne sais quel organisme. L'espoir se lisait dans ton regard étincelant. Tu leur as dit que si ça marchait il y aurait la possibilité d'ouvrir une boutique et de leur donner un emploi plus stable.

Au début, elles semblaient toutes d'accord et pour démarrer tu as mis beaucoup d'argent dans l'achat des ingrédients. Et des tabliers et des bonnets pour les cheveux, tout le nécessaire. Dans un premier temps, vous y consacreriez le lundi, jour de fermeture de ton salon de coiffure, ensuite tu avais prévu que ta mère te donnerait un coup de main. Les premières commandes ont très bien fonctionné. Les gâteaux étaient de petite taille et, même s'ils demandaient plus de temps de préparation, tu parvenais à réduire les coûts et à ce qu'ils ne soient pas écœurants pour des palais qui n'étaient pas habitués à un goût aussi sucré. Quand tu m'as rapporté les premiers contretemps que tu avais connus, je ne voulais pas y croire : une des femmes n'était pas venue parce qu'elle devait préparer à temps le repas pour son mari. C'était clair : la maison avant tout.

Ce type d'absentéisme n'a pas cessé de se reproduire et il a fini par se généraliser quand les femmes ont dit que tu payais certaines plus que d'autres ou que tu gardais pour toi une bonne partie des gains. Moi, je te donnais un coup de main le dimanche. Nous nous retrouvions seules dans cette immense cuisine, avec un tas d'amandes et de sésame, dans l'odeur de la fleur d'oranger, de l'anis et de la cannelle. Le travail de tes mains créait sous mes yeux dans un envol incroyablement rapide des douceurs exquises qui semblaient venues d'un autre monde. Un monde plus propre, plus élégant, moins asphyxiant que le nôtre. Parfois je te regardais fixement sans que tu t'en aperçoives et si tu t'en rendais compte tu me souriais tout en continuant à travailler. Comment faisais-tu pour ne pas tomber au fond du puits, comme il m'arrivait si souvent ?

Un jour, j'avais de la farine sur le visage, alors tu t'es approchée de moi et tu as passé le dos de ta main sur ma joue. J'ai failli te poser des questions sur tes relations avec Saïd, comment était le sexe avec lui. Toi aussi, il t'enfonçait la tête dans l'oreiller ? Non, c'était impossible, quelqu'un avec ton assurance, ton indépendance et ta détermination n'aurait jamais joui dans une telle soumission. Quand je pensais à vous deux, je t'imaginais au-dessus de Saïd, redressée, resplendissante, le chevauchant comme une amazone. Pour ne pas te décevoir, je ne t'ai jamais raconté que je ne pouvais jouir sexuellement que de cette manière, en me soumettant entièrement.

Tu as laissé tomber les femmes du quartier, tu as considéré que cette génération était perdue. L'éducation qu'elles avaient reçue et les mauvais traitements qu'elles avaient subis toute leur vie les avaient démolies à un point tel qu'elles étaient incapables d'imaginer une autre existence où il ne serait plus nécessaire de quémander de la nourriture auprès de Caritas. Ton plan en leur faveur était ambitieux, il comprenait des cours d'alphabétisation, d'apprentissage de la langue et de connaissance du milieu dans lequel elles vivaient. Un beau projet, plein d'espérance. Il est triste de constater que parfois, avec la meilleure volonté possible, il y a des choses qui ne peuvent être changées. Les Arabes seront toujours des Arabes, m'as-tu dit un jour tout en rassemblant les restes de la cuisine communautaire. La jalousie, le fait d'être toujours à l'affût de ce que font les autres, peut empêcher quelqu'un du quartier de se mettre en avant. Nous sommes plus gênés par le succès de l'un d'entre nous, quel que soit ce succès, que par le triomphe de ceux qui sont nés avec tous les atouts pour réussir.

Il y avait aussi les prédicateurs qui leur bourraient le crâne sur les chaînes du satellite. À ce moment-là, elles avaient toutes la télévision. Sois la reine de la maison, leur disaient-ils, ne fais rien de mal, ne te prostitue pas en montrant tes cheveux ou en acceptant un travail indigne d'une reine.

La Parabole s'en est réjouie, de tes échecs, même si ensuite elle a encouragé sa fille à copier ton idée. Elle s'est aussi acharnée à critiquer ma nouvelle d'une manière féroce, bien qu'elle ne l'ait pas lue, étant analphabète. C'est ce printemps-là que j'ai présenté le récit de la fille perdant sa virginité à un prix et que je l'ai gagné, ce qui a provoqué une réaction à laquelle je ne m'attendais pas. Ce n'était qu'un concours de lycée mais tout le monde s'est mis à donner son avis sur un sujet qui jusque-là était resté personnel, intime. Mes professeurs s'en sont réjouis et mes camarades se sont intéressés à moi pour la première fois. Je le vivais bien, pensant que le prix faisait partie du monde fermé et protégé du lycée, mais la nouvelle est sortie et elle a voyagé jusqu'à notre quartier. J'ignore comment. Mon sentiment du danger était dû à cela : ne pas savoir en quels lieux je pouvais être en sécurité. Il était de plus en plus évident qu'il n'y avait aucun endroit où je pourrais être moi-même sans être soumise à une surveillance et à un contrôle. Sans parler de mes rendez-vous avec Jamal, toujours en train de vérifier que personne ne m'avait suivie, que personne sur le chemin ne m'avait vue rentrer chez lui.

J'aurais aimé vivre avec joie et enthousiasme cette expérience : partager mon premier écrit, fêter tout simplement cette petite réussite mais la peur ne cessait pas de me torturer. Dans ma nouvelle, je décrivais en détail la rencontre entre mon héroïne et son amant. Je m'étais sentie libre en l'écrivant, ce n'était pas tout à fait un fantasme, cela ressemblait plutôt à l'expression de mon désir, sans la crainte d'être punie. Savoir que j'avais écrit cette scène me tourmentait presque plus que la perte de ma virginité.

Ensuite, il y a eu des réactions qui n'avaient rien à voir avec le texte. Certains interprétaient le prix comme une preuve de mon intégration dans la société, d'autres me donnaient des tapes dans le dos. Ils étaient surpris que quelqu'un comme moi ait pu écrire une nouvelle comme celle-là. Comme tu le sais, ils croyaient que nous savions à peine parler, alors comment aurions-nous su écrire ? Il y a aussi celui qui un jour m'a collée contre le mur dans un couloir en me disant que je ne méritais pas de gagner, qu'il s'était présenté lui aussi et qu'il était impossible que je puisse maîtriser sa langue – il a dit « ma » langue – mieux que lui. Ils m'avaient sûrement donné le prix parce que j'étais arabe… Vous, les Arabes, on vous donne tout. Mais ne crois pas que ça signifie que tu es d'ici, tu resteras toujours une étrangère et ce cadeau qu'ils t'ont fait c'est tout ce que tu réussiras à obtenir. Je sentais son haleine sur mon visage. Je suis restée immobile jusqu'à ce qu'il ait fini de se soulager. Après ça, chaque fois que je prenais un cahier et un stylo, je me souvenais de lui et je ne pouvais m'empêcher de me sentir comme une intruse.

Les Arabes eux aussi pensaient la même chose. Mon père m'a avertie du danger de me croire l'une d'entre « eux ». Même s'ils te traitent assez bien ils te considéreront toujours comme une étrangère. Et souviens-toi, La Parabole a dit que j'avais fait honte à tous les musulmans, que je les avais représentés comme des sauvages arriérés et que cela allait provoquer encore plus de racisme.

Tu m'as engueulée quand je te l'ai dit. Qu'est-ce que tu racontes ? Ils sont jaloux, ignore-les. La langue n'a rien à voir avec le sang et tu n'es pas responsable de ce que pensent les racistes. Il ne manquerait plus que ça. Écris ce qui te fait envie et celui à qui ça ne plaît pas, ce n'est pas compliqué, qu'il ne te lise pas.

Jamal m'a dit qu'il était fier de moi et que c'était bien dommage qu'il ne puisse dire à personne que je serais bientôt sa femme, ils en mourraient tous de jalousie. Il était toujours question de jalousie avec lui, un peu comme avec mon père mais pour des motifs différents.

Quand j'ai remporté ce prix, ils m'ont demandé d'aller en parler. Dans un lycée, au cours d'une rencontre à la mairie, dans une association pour le vivre-ensemble. À cette époque, des incidents racistes avaient eu lieu dans des quartiers comme le nôtre, des skinheads avaient agressé de jeunes Arabes et l'information était parvenue jusqu'aux médias. Des parents s'étaient organisés pour retirer leurs enfants des écoles comme celle de notre quartier. Il était question de conflits, alors ils ont organisé ces sortes de rencontres, tables-rondes et débats où ils ont invité « les autres » pour que tout le monde comprenne que nous étions de vraies personnes. Je me demande bien pourquoi j'ai accepté d'y participer. C'était beaucoup plus risqué pour moi que ce que les organisateurs imaginaient. Et je ne savais jamais ce que je devais dire. Ils ne m'invitaient pas pour parler de la nouvelle que j'avais écrite, ni de livres comme je l'aurais souhaité. Partout, ils me demandaient la même chose : Raconte-nous ton histoire. D'où es-tu ?

Comment est ton pays ? Y a-t-il aussi des feux rouges là-bas ? Mon histoire personnelle s'était déroulée exclusivement dans le quartier mais le public voulait quelque chose d'un peu plus exotique, ils ne voulaient rien savoir d'une pauvreté si proche d'eux, ils étaient fascinés par celle qui venait du désert.

Toi aussi ils t'ont invitée quelques fois mais tu as répondu qu'il n'en était pas question, que tu n'étais pas disposée à jouer l'animal de foire. Et que si tu voulais raconter quelque chose de toi, tu le ferais de ta propre initiative. Mais moi je n'ai pas su dire non et me voilà en train de raconter toujours la même histoire, de répondre aux mêmes questions, de chercher les différences entre l'une et l'autre culture. Ou pire encore : parler de l'islam, comme si nous étions des imams ou des théologiens, comme si nous étions des prédicateurs des chaînes du satellite. Ils n'ont pas tardé à s'apercevoir que je ne savais pas, que j'étais incapable d'expliquer quoi que ce soit d'intéressant. Et comme rien ne ressemble plus à une Arabe qu'une autre Arabe, ils sont allés chercher la fille de La Parabole. Elle au moins, elle leur a donné ce qu'ils voulaient : son émerveillement face à la civilisation occidentale quand elle avait appuyé pour la première fois sur un interrupteur et que la lumière s'était allumée. Elle s'employait aussi à répéter ce que disaient les charlatans de la télévision : que la femme dans l'islam était mieux protégée, plus respectée parce qu'on obligeait le mari à la prendre en charge et tout un tas de niaiseries que tu connais par cœur. Et tous la croyaient car en réalité c'était ce qu'ils voulaient entendre.

Tout ça me permettait d'être toujours occupée et me faisait oublier mes angoisses quotidiennes qui n'avaient rien à voir avec les discours et les théories. Je sentais approcher la fin d'une époque et ma culpabilité s'était changée en un énorme rocher que je portais sur mes épaules. Je m'accrochais désespérément à toi, je te cherchais dès que j'avais un moment de libre, je te répétais sans cesse que je n'en pouvais plus de devoir me cacher et de mentir, et je crois que tu en avais un peu marre de m'entendre toujours répéter la même chose. Tu me disais : Parle à tes parents, tout ira bien, ils devront accepter ta décision. Mais je n'étais pas aussi courageuse que toi et ma lâcheté finissait par dévorer le peu de chair qui me restait sur les os. Je m'étais si bien habituée à avoir l'estomac vide que je ne ressentais même plus la faim. J'avais fini par la tuer.

XIII

Je suis arrivée aux épreuves du bac dans un état de grande agitation, quasiment aux portes de la folie. J'ai étudié sans répit de jour comme de nuit, étudié et rien d'autre. Mais je n'ai pu éviter de m'échapper pour aller voir Jamal. À tout moment, je voulais me retrouver couchée sur le matelas pour y enfouir toute ma volonté. Parfois, quand nous prenions le café, je voyais sa mine détendue et son sourire et je me demandais comment il était possible que quelqu'un d'aussi aimable et aussi cordial soit capable de forcer mon corps de façon aussi décidée. Comme si habitait en lui un animal différent de l'homme affectueux qui ensuite me murmurait des mots d'amour et imaginait un avenir pour nous deux.

J'ai été reçue à l'examen avec de bonnes notes, alors j'ai commencé à regarder autour de moi. J'ai tiré un trait sur ces journées faites de prises de notes, de résumés et de mémorisation et la première personne que j'ai rencontrée, c'est Sam. J'ai eu du mal à la reconnaître, on aurait dit que quelqu'un lui avait raboté le visage, elle était maigre à faire pitié. Comme si elle était mourante ou comme un bébé que sa mère n'aurait pas alimenté et qui aurait poussé tout seul, vaille que vaille. Mais ma compassion a été de courte durée et j'ai vite été jalouse. Jalouse qu'elle ait réussi et moi non. Et si elle finissait par me prendre Jamal ? Et si elle gagnait notre course à la maigreur extrême ?

Un jour, Sam m'a téléphoné de son travail et elle m'a dit qu'elle avait très peur, qu'elle ne savait pas ce qui lui arrivait.

J'ai eu du mal à la comprendre, elle était en larmes, mais elle a fini par m'avouer qu'elle s'était fait vomir et qu'elle ne pouvait plus s'arrêter. D'habitude, elle se sentait bien après avoir rendu ce qu'elle avait mangé mais maintenant elle ne pouvait pas s'en empêcher, elle revenait sans arrêt aux toilettes et elle avait la gorge en feu. Elle s'est mise à crier : Je veux arrêter mais je ne peux pas. Elle pleurait comme si elle appelait à l'aide du fond d'un puits très profond dans lequel personne ne savait qu'elle était tombée. Sam, toujours de bonne humeur, si vivante, était en train de se laisser prendre à son propre piège. Je n'ai pas su l'aider, je lui ai simplement dit d'arrêter car elle pouvait se faire du mal. J'étais moi-même tellement préoccupée que je n'ai même pas su lui conseiller de demander l'aide d'une personne compétente. À cette époque, à la télévision et dans les journaux on parlait beaucoup de ce genre de problèmes, mais en réalité il y avait beaucoup plus de conseils pour maigrir que pour prévenir les troubles alimentaires.

Ce n'est que plusieurs années après que Sam m'a avoué d'où venaient ses vomissements. Ce n'était pas qu'elle voulait maigrir. Une nuit où elle revenait du travail, un des garçons qui la poursuivait l'avait guettée et avant qu'elle atteigne la place, il l'avait violée. Étant donné sa réputation, elle ne l'avait pas dénoncé. Si elle l'avait fait, tout le quartier aurait dit que c'était elle la coupable. Alors son corps l'a dégoûtée comme jamais auparavant. Elle vomissait pour expulser son violeur de l'intérieur mais ça ne fonctionnait pas, c'était elle-même qu'elle expulsait de l'intérieur, à chaque haut-le-cœur, elle se vomissait dans la cuvette des w-c.

Ma mère avait maigri progressivement et je l'imaginais perdant continûment du poids, jusqu'à être mince comme sur les rares photographies en noir et blanc du temps où elle était jeune. Je me disais : si elle maigrit, elle se sentira à nouveau jeune, belle et mince, mon père l'aimera et il la traitera décemment. Au lieu de penser qu'il pourrait changer sa façon de se conduire avec elle, j'étais convaincue que c'était ma mère qui devait devenir une autre. À cette époque-là, je ne la voyais que comme une victime et je la rendais un peu responsable de sa situation. J'ai mis longtemps à la voir comme la femme qu'elle était vraiment : intelligente, travailleuse, résistante et tellement abîmée par la violence de mon père qu'elle n'avait pas d'autre issue que de se soumettre à lui. Sa soumission, je n'en étais pas consciente alors, était la conséquence du pouvoir que mon père exerçait sur elle et non de sa volonté à elle.

Même si Sam et moi étions très minces désormais, nous nous employions à courir les pharmacies pour demander des échantillons gratuits de crèmes anticellulite que je ne pouvais pas me payer car j'épargnais pour l'université et Sam parce que tout son salaire passait dans les dépenses domestiques. Aussi bien son père que ses frères étaient depuis longtemps au chômage. Tu te souviens de son grand frère, comme il nous dégoûtait ? Quand il te regardait, il fermait un œil, il faisait la moue et sa voix devenait nasillarde. Il n'avait jamais travaillé. Il traversait la place avec ce balancement étrange, à la John Travolta. Tu te souviens qu'il nous draguait chaque fois que nous le rencontrions ? Je crois même qu'il a fait courir le bruit qu'il voulait demander ma main et mon père, en l'apprenant, a demandé s'il le croyait assez fou pour donner sa fille à une sous-merde comme lui. Un dealer ! Et des dealers, on n'en manquait pas dans le quartier. Le frère du milieu, en revanche, était doux et agréable. Il était toujours à moitié aphone à force de fumer. Il ne nous disait jamais rien. Une fois seulement, je suis allée à l'école de coiffure (nous allions à l'école parce que c'était moins cher et si tu apportais ton shampoing et ta serviette, ils te faisaient une réduction) et je me suis fait lisser les cheveux qui m'arrivaient au-dessous de la taille. Il m'a dit en plaisantant : Marie-toi avec moi, s'il te plaît, marie-toi avec moi. Il était bon et affectueux mais il semblait un peu perdu, peut-être aussi perdu que nous mais lui, il n'a jamais cessé de manger et il ne s'est pas imposé de longues séances d'exercice. Il était encore un enfant quand il a trouvé dans les drogues une consolation mortifère. Quelques années plus tard, en feuilletant le journal, je suis tombée sur son nom dans un entrefilet relatant la mort suspecte d'un jeune, probablement par overdose. Et le mort, c'était lui.

XIV

Je me suis mise à tout observer comme si j'étais sur le point de quitter ce monde. La fin approchait. J'ai dit à Jamal que je ne pouvais pas attendre plus longtemps. Mon père m'avait clairement dit qu'il n'était pas question qu'il m'autorise à aller à Barcelone comme une fille de rien. Après avoir réussi l'examen d'entrée à l'université, je n'avais plus d'excuse pour sortir de chez moi. Un nouvel été étouffant a commencé alors et j'ai su que je ne pourrais pas le supporter. Les dernières fois où j'ai accompagné ma mère au dispensaire, je l'ai observée avec attention. Ses gestes, sa façon de parler, son calme apparent. Je voulais la garder en mémoire au cas où mes plans de mariage avec Jamal ne fonctionneraient pas et que je sois obligée de partir, carrément. Je m'étais habituée à la trahir. J'imaginais sa déception si elle découvrait tout ce que j'avais fait alors que je lui avais juré, y compris au nom de Dieu, que je n'avais enfreint aucune règle et n'avais jamais fréquenté le fils de cette famille de si mauvaise réputation.

Mon père était de plus en plus musulman. Il ne manquait aucun sermon et il s'est acheté un réveil horrible qui appelait à la prière toutes les cinq minutes. Il a rempli l'appartement de cadres avec des sourates du Coran et parfois il nous obligeait à regarder des bandes vidéo où les prédicateurs parlaient dans notre langue pour que nous puissions comprendre ce qui nous attendait en enfer si nous nous éloignions du droit chemin.

Avant que Jamal vienne demander ma main, des bruits étaient parvenus jusqu'à lui. Je ne sais toujours pas pourquoi ils avaient tardé si longtemps. Sans doute le hasard : la balle tirée par les commérages ne l'avait pas atteint de plein fouet, curieusement. Ou alors mon père était craint par tellement de gens que personne n'osait lui parler ouvertement de « la famille », l'expression employée par les hommes pour désigner les épouses et les filles respectables. Si le nom d'une femme courait de bouche en bouche sans aucune pudeur, c'est qu'il s'agissait d'une fille perdue ou d'une fille quelconque, ce qui voulait dire à peu près la même chose.

Le jour où il est arrivé à la maison en criant, j'étais dans ma chambre et je l'ai su tout de suite, j'ai su que cette fois-ci c'était pour moi. J'ai d'abord senti un spasme dans mon ventre comme si quelqu'un avait fait un nœud avec mes tripes et était en train de le resserrer. Puis mon pouls s'est mis à battre et à s'emballer tandis que je percevais le bruit assourdissant que faisait mon cœur. Alors j'ai eu une envie folle de sortir en courant, de foncer, de fuir, fuir, avant qu'il puisse me toucher. Mon père ne m'avait pas souvent battue mais je savais de quoi il était capable à cause des râclées qu'il avait flanquées à ma mère et à mes frères pendant toutes ces années. C'était sa façon d'éduquer. Quelque chose, soit dit en passant, qui n'attirait guère l'attention dans notre quartier. Il n'y avait jamais une telle violence chez toi et j'avais du mal à t'en parler, mais à la vérité les coups reçus par les autres je les ressentais aussi dans mon corps et ils me faisaient aussi mal que ceux que je recevais. Et même plus mal, car dans la douleur des autres il y avait l'impuissance de ne pouvoir rien faire pour qu'ils y échappent.

Quand je l'ai entendu crier, je me suis dit que c'était arrivé, que cette fois-ci j'allais recevoir ce que je méritais. Qu'il entrerait et ôterait sa ceinture même si je n'avais plus l'âge d'être corrigée de cette façon. Il a failli défoncer la porte en hurlant et postillonnant, des hurlements qui explosaient dans ma tête comme dans un cauchemar. J'avais décidé que je ne fuirais pas. S'il se mettait à me frapper, je ne résisterais pas, je le laisserais faire pour qu'il en finisse le plus vite possible. J'étais soudain devenue comme ma mère. Pas de coups pourtant, seulement des cris et des sermons et des jure-moi que c'est un mensonge et que tu es toujours comme ta mère t'a mise au monde. Et moi morte de peur mais aussi de honte parce que son principal souci était de savoir si j'avais perdu ma virginité. Il y avait des moments où j'avais l'impression qu'il écarterait lui-même mes jambes pour m'examiner. Je suis restée immobile, complètement soumise et l'espace d'un instant j'ai compris tout le pouvoir d'une telle attitude. La soumission complète et absolue, la résistance passive comme seule arme pour survivre – une arme subversive : si rien ne me faisait mal, si tout glissait sur ma peau, sa violence n'avait plus aucun effet. Il était complètement désarmé.

Mais il ne m'a pas déshabillée, il m'a menacée de m'emmener chez un médecin pour qu'il m'examine. C'était complètement absurde, aucun gynécologue n'aurait accepté une chose pareille.

Imagine ma mère : Vous me tuerez, à force vous allez en finir avec ce qui reste de moi. Rien que des mots aussi gros que tuer, crever, exploser. Et elle parlait au pluriel à cause de mes frères, des deux qui venaient après moi et qui s'étaient disputés eux aussi avec mon père. Ils rentraient tard le vendredi et le samedi, si tard qu'il dormait déjà, et même si c'étaient des garçons, mon père voulait qu'ils soient rentrés plus tôt, pour qu'ils ne s'éloignent pas du droit chemin, comme il disait. Ou parce qu'il avait découvert que l'un d'eux fumait ou parce qu'il avait entendu des rumeurs sur le second qui fréquenterait une fille chrétienne.

Entre autres choses, ce jour-là, il m'a dit que je l'avais déçu. Non, il a dit que je l'avais trompé, parce qu'il avait confiance en moi, dans la fillette qui paraissait si bien. Et il le disait comme si j'étais sa femme et que j'étais partie avec un autre.

Je ne sais pas comment j'ai pu résister pendant tous ces jours-là. Il m'a enfermée dans ma chambre, sans rien et sans que je puisse aller vous voir, ni toi ni Sam. La trahison, trahir le père, méritait tous les châtiments. Je ne savais pas comment faire pour dire à Jamal qu'il vienne demander ma main maintenant que tout était découvert. Après plusieurs jours d'enfermement, je n'étais même pas sûre que le monde d'avant ait existé. Le lycée, les professeurs, le garçon blond à la queue de cheval, le prix littéraire, et tous les rendez-vous clandestins avec Jamal. Et si j'avais rêvé ?

Mon estomac a fini par se refermer complètement, j'ai fondu peu à peu sous mon plafond bas et le fait d'abandonner, de perdre mon être, me procurait un doux soulagement. Je me transformerais en sainte Thérèse de Jésus, je m'évaporerais dans un souffle sublime en abandonnant dans le monde physique cette chose répugnante qui n'était rien d'autre qu'un fardeau, j'obtiendrais enfin que cet embrouillamini de chairs, d'os et de peau qu'était mon corps cesse pour toujours de me persécuter.

J'ai dormi tout le temps où il n'était pas à la maison en train de crier. Il s'en allait et il revenait, il s'en allait et revenait, et chaque fois avec du nouveau. Il demandait à d'autres personnes de lui confirmer la rumeur, il s'informait sur Jamal, et finalement il m'a dit : C'est un dealer qui se drogue. Sa voix était toujours plus lointaine alors même qu'il criait de plus en plus fort. J'ai perdu la notion du temps et de l'espace. J'étais fatiguée de résister, de fournir un effort pour tout, de me cacher derrière tant de masques. Je me préparais, sans aucune réticence, à mourir dans mon sommeil.

J'ai passé de nombreux jours ainsi. Ma mère essayait de m'apporter à manger mais je disais toujours non. Elle s'affairait d'un bout à l'autre de l'appartement, machinalement, l'air triste et en soupirant souvent, comme si elle m'avait rejointe dans l'état de somnolence dans lequel je me trouvais. Elle avait dit à mon père : Écoute, fais ce que tu voudras, fatiguée qu'elle était de supporter les cris et les sermons.

C'est mon frère le second qui a donné l'alarme. Il est entré dans la chambre pour m'apporter de la soupe et il s'est aperçu que je respirais très faiblement. Plus tard, il m'a raconté qu'il avait posé deux doigts sur mon cou et il avait senti que mon pouls était très bas. C'est lui qui a appelé l'ambulance, lui qui m'a sauvé la vie.

XV

J'ai été hospitalisée pendant plusieurs semaines. Je partageais ma chambre avec une autre fille, très maigre elle aussi, qui n'arrêtait pas de dessiner et de broder au point de croix. J'ai dit au psychiatre que dans mon cas ils se trompaient, que je n'avais pas cette maladie-là, que je m'étais laissée aller, que je n'avais pas eu d'autre solution. Vivre était trop compliqué, épuisant, et j'avais décidé de démissionner. Il a souri quand il m'a entendue employer cette expression : démissionner de la vie. La première chose que je lui ai demandée : les gynécologues pouvaient-ils faire des tests de virginité ? Il m'a dit que non. Puis je me suis mise à parler, à parler sans arrêt comme si s'étaient ouvertes les vannes d'un barrage souterrain qui était en train de me dévorer. Il a regardé l'un de mes cahiers : l'écriture était minuscule, on pouvait à peine la déchiffrer. Elle était allée en diminuant dans les derniers temps, comme si je voulais la cacher, comme si je voulais empêcher que quiconque puisse la lire. Je n'écrivais pas vraiment : je dressais des listes et encore des listes.

Tu es venue quelquefois à l'hôpital, bien que tu sois très occupée par ton travail. En réalité, nous nous sommes très peu vues. Ma mère aussi est venue me voir, elle ne savait pas quelle attitude adopter. Je l'ai trouvée vieillie tout à coup. Mon père l'accompagnait, il était beaucoup plus serein que lors de notre dernière rencontre. Il a dit : C'est bon, c'est bon, marie-toi avec lui. Je voulais quelqu'un de mieux pour toi, un homme au-dessus de tous les autres, mais il n'y a plus rien à faire, tu es abîmée et tu dois te contenter de ce dealer.

Je ne sais pas comment j'ai fait pour me lever ou pour me doucher et m'habiller à nouveau. J'attendais avec impatience le moment où le psychiatre entrerait dans la chambre. Lui seul semblait comprendre ce que je lui disais. Plus je parlais avec lui et moins je laissais de nourriture dans l'assiette. On m'a retiré la sonde et pour la première fois depuis bien longtemps je me suis mise à écrire, et pas seulement à remplir mon cahier de listes. J'ai commencé par voir des instantanés, des images que je me suis efforcée de traduire en mots. Et petit à petit mon écriture a grandi jusqu'à atteindre une taille normale.

Quand je suis sortie, je ne pouvais pas m'arrêter de pleurer. J'étais triste de savoir que j'avais été capable de choisir la mort. Ma vie aurait pu s'achever cet été-là. Et tout ça parce que je n'avais pas été capable de défendre mon droit à exister, tout simplement. Je craignais aussi de retomber dans le puits ou bien qu'une fois le danger écarté, mon père en revienne à sa fureur habituelle. Les voisins qui avaient contribué à notre asphyxie en propageant toutes sortes de rumeurs, semblaient totalement indifférents à mon hospitalisation. Pourquoi se seraient-ils sentis concernés puisqu'ils n'avaient fait qu'une seule chose : parler? Ma maladie est devenue un commérage de plus, une nouvelle qui les a occupés durant quelques soirées d'ennui.

La demande a mis tout le monde mal à l'aise. Je me suis assise à l'extrémité d'un des divans du salon. Je suis restée les yeux baissés. De Jamal je ne voyais que les pieds et je pouvais quasiment entendre mon père serrer les mâchoires et contracter sans arrêt ses muscles. Je ne sais pas comment nous sommes parvenus à dîner. Ni comment ils sont arrivés à parler entre eux. J'osais à peine respirer. Voilà qui est fait, pas d'autre solution, a lâché mon père l'air dégoûté, et il est allé se coucher en laissant l'invité tout seul.

Une semaine plus tard, nous étions dans la fourgonnette de mon père, Jamal, un de mes frères et moi, en route pour l'ambassade. Nous avons voyagé pendant des heures et des heures, quasiment sans un mot. J'étais à côté du conducteur car il était hors de question que mon père me permette de m'asseoir à l'arrière avec Jamal. Quand l'envie de parler le prenait, il faisait des sermons interminables sur les hommes décents, pas des lavettes qui se laissent diriger par les femmes et aussi sur les femmes décentes : les uns doivent commander et les autres obéir si vous voulez garder un minimum de dignité. Et que nous n'imaginions pas qu'ensuite nous serions libres d'abandonner tous les bons principes qu'il m'avait appris. Moi, je riais intérieurement parce que ce qu'il nous avait enseigné ce n'étaient que des cris et des râclées mais je ne disais rien et je pensais : Parle, parle, ça rentre par une oreille et ça sort par l'autre.

À l'ambassade, ils nous ont donné un papier pour que je le lise : un contrat de mariage. J'ai dit que je ne comprenais pas l'arabe alors, la mine contrariée, le fonctionnaire m'a donné une traduction. Il était dit que j'apportais un certificat d'après lequel j'étais saine et apte pour le mariage. Du mari on ne disait pas s'il était sain et apte pour le mariage. Il y était précisé aussi que je déclarais avoir reçu la dot correspondante. Et ce n'était pas vrai, car Jamal n'avait pas cet argent et pour moi c'était une humiliation d'avoir à accepter un paiement en échange de mon mariage avec lui. Je me suis dit que c'était quasiment comme si je me prostituais. Ma mère savait que Jamal n'avait pas d'argent et il lui semblait que c'était un mauvais départ. Elle m'a dit : La dot c'est une sorte d'assurance, si demain il te plante là, tu auras de quoi survivre. Mais j'étais bien décidée à survivre par moi-même, grâce à mon travail, et devant le fonctionnaire j'ai dit : Oui, j'ai reçu la dot. Le jour du mariage je portais les bijoux de ma mère.

Dans le quartier et au village, on en était arrivé à payer des sommes astronomiques pour certaines femmes, les plus appréciées, les plus belles, celles qui avaient la meilleure réputation, les filles de bonne famille. Plus elles étaient demandées, plus leur valeur augmentait et plus élevé était le prix que devait payer le prétendant. J'ai même connu une fille pour laquelle on avait payé le triple de ce qui était habituel à l'époque et je l'ai regardée avec curiosité, en essayant de comprendre si elle valait autant qu'on le disait. J'avais surtout très envie de lui demander comment elle se sentait en étant vendue à un prix aussi élevé, car c'était une femme belle et intelligente qui avait même fait des études à l'université. Pour toi comme pour moi, personne n'a rien payé parce que nous n'avons pas voulu entrer dans ce jeu humiliant mais malgré tout, quand je me suis retrouvée devant cette fille au prix aussi élevé, je n'ai pas pu m'empêcher de penser que pour moi personne ne paierait jamais rien.

Tu te souviens du mariage? C'est toi qui m'as habillée. Quand j'ai pleuré, la nuit du samedi, dans la maison pleine de femmes, tu m'as grondée, tu m'as dit que j'allais abîmer mon maquillage, un maquillage doux et parfumé que tu avais réalisé avec délicatesse sur mon visage. Nous avons dansé ensemble devant les invitées. Je bougeais peu à cause de la lourde tiare que je portais et toi tu tenais ma main teinte au henné. Le lendemain, quand le marié est venu me chercher, tu as dû ajuster ma robe blanche car elle était trop ample à la taille. Je sentais ton souffle tout près de moi quand tu as mis le voile sur mon visage. Tu m'as regardée et je t'ai souri.

Ma mère pleurait, mon père pleurait, tout le monde pleurait dans le petit salon des invités où Jamal est venu me chercher. Mes frères l'ont accompagné parce que mon père ne voulait laisser entrer chez nous aucun homme, excepté ceux de la famille. Tout paraissait petit, les youyous des femmes inondaient les escaliers et s'élevaient vers là-haut, tout là-haut au milieu des trois tours. Moi j'étais là mais comme dans un rêve je sentais que je ne comptais pour rien. Tu te souviens que de temps en temps tu me disais : Souris! et tu me répétais : Allez, souris! quand on nous prenait en photo. Jamal avait toujours le regard fixe, les yeux baissés. Il portait un costume noir, une chemise blanche et un nœud papillon.

Et il transpirait, transpirait en permanence parce qu'il était entouré de toutes ces femmes qu'il ne connaissait pas. Sur les photos développées quelques jours plus tard on sentait une atmosphère de tristesse. Elles semblaient toutes ratées et il n'y avait aucune trace de la gaieté habituelle dans ce genre de cérémonie.

Je suis partie de la maison et je l'ai fait correctement, légalement, de la seule façon possible pour nous. Au moins, avait dit mon père à ma mère dans un moment de calme, au moins ce n'est pas un chrétien et elle ne s'est pas enfuie comme d'autres. Ils pouvaient être satisfaits car maintenant ils me savaient chez moi, dans ma chambre à moi et ils pouvaient cesser de souffrir à cause de cette chose visqueuse qu'est l'honneur.

Quand nous sommes arrivées dans la maison de Jamal – il l'avait un peu arrangée pour le mariage, il avait acheté un lit d'occasion et une armoire en formica – tu m'as dit : Toi, tu vas rester là un moment, tant que tu le voudras. C'était étrange de penser que j'allais vivre là. La salle de bains se résumait à un bac de douche, sans paravent, la cuisine à un plan de travail en ciment avec des rideaux pour cacher les deux bouteilles de gaz butane. Je me suis tout de suite sentie agressée par leur couleur orange.

Je voulais que vous restiez avec moi, Sam et toi, cette première nuit. Même si ce ne serait pas la première fois que je me retrouvais seule avec Jamal, dormir avec lui c'était différent. C'était la première fois que je dormirais loin de ma mère et de mes frères. J'avais le vertige et le sol se dérobait sous mes pieds.

Le lendemain, nous avons dû envoyer un bout de tissu avec un peu de sang à mon père pour lui démontrer que j'étais telle que ma mère m'avait mise au monde. Mais il ne l'a pas cru, il a dit que le sang pouvait venir de n'importe où. Quoi qu'il en soit, nous avons accompli le rituel pour faire taire les rumeurs, même si c'était humiliant. Je me suis sentie hypocrite et je n'ai pas su voir que cette première concession en entraînerait beaucoup d'autres. Le lendemain du mariage je me suis levée pour la première fois sans serrer les poings comme c'était le cas depuis des années. Et sans avoir les jambes raides. Quand j'ai ouvert les yeux, je ne savais pas si c'était un rêve ou non : j'ai été réveillée par des odeurs différentes de celles de la maison, un silence étrange et la chaleur d'un corps qui respirait à mes côtés. Jamal m'a dit que j'avais pleuré toute la nuit, que je sanglotais, sanglotais, et qu'il se demandait s'il m'avait fait mal. Et qu'ensuite je m'étais accrochée à lui et ne l'avais pas lâché de la nuit. Ce matin-là il m'a dit : Ne t'en fais pas, à partir de maintenant tout sera différent, nous serons heureux, je m'occuperai de toi, nous serons comme les doigts de la main. Je venais d'avoir dix-huit ans et j'étais une femme mariée – déjà.

SECONDE PARTIE

I

C'était comme sortir pour la première fois dans la lumière du monde. J'observais tout avec un enthousiasme enfantin. Les couleurs me semblaient plus vives, la lumière plus éclatante. À l'intérieur, j'écoutais des chansons au rythme trépidant et j'avais envie de danser. J'aurais dansé au milieu de la rue. Ce n'étaient plus des chansons d'amour tristes que je ressassais dans ma tête, c'étaient des mélodies électrisantes, des bandes sonores d'un temps à venir, d'un temps à vivre. C'était la même ville de banlieue, entourée des mêmes immeubles, le même affreux paysage et des visages anonymes que j'avais croisés des milliers de fois mais rien n'était plus pareil. Tous ces gens, est-ce qu'ils voyaient ma métamorphose ? Mon corps libéré de toutes les entraves ? Est-ce qu'ils percevaient sur mon visage la joie de celle qui a échappé à une surveillance permanente, à la menace constante de la punition ?

Non, bien sûr que non. Pour les personnes que je croisais, je n'étais qu'une jeune fille marchant dans la rue, une parmi tant d'autres. Avec une couleur de peau, des cheveux et un visage qui signalaient une origine lointaine mais rien de plus.

Jamal et moi, nous sommes sortis main dans la main le lendemain de notre mariage. J'ai glissé ma main dans la poche arrière de son jean et je me suis sentie adolescente. Une adolescente mariée. Nos pas sont devenus synchrones et j'ai levé les yeux au ciel, comme s'il n'y avait aucun obstacle au monde, comme si entre l'infini, l'éternité et moi il n'y avait aucune barrière, aucune frontière. Notre relation était sortie de la clandestinité, elle était légale et j'allais enfin savoir ce que c'était d'être à chaque instant avec Jamal. Dormir avec lui, m'ennuyer avec lui. Cette vie conjugale dont se plaignaient tant les écrivains, je n'arrivais pas à comprendre pourquoi. Ne voyaient-ils pas que jouir de la compagnie de la personne aimée était un privilège ? J'étais impatiente de découvrir cette monotonie dont ils parlaient toujours.

Je pouvais disposer de mon temps comme je le souhaitais, je pouvais faire ce dont j'avais envie. C'était exactement ça : je pouvais faire ce dont j'avais envie. Tout ou rien. Avec Jamal à mes côtés. Et toi plus proche que jamais, car je n'avais plus à demander la permission pour aller te voir. Après la première promenade au bras de mon mari flambant neuf, ma deuxième action a été de te rendre visite au salon de coiffure où tu travaillais. Ton énième salon. Tu étais très bonne coiffeuse. Il suffisait d'observer tes mains si agiles et si rapides sur la tête des clientes pour s'en apercevoir, tu avais un talent naturel. Mais toutes les fois où tu étais restée assez longtemps pour avoir droit à un contrat fixe, ils t'avaient licenciée. C'était désespérant. Tu me disais : C'est la loi. Tôt ou tard il me faudra ouvrir mon propre salon. Pour cela il te fallait épargner mais tu ne savais pas et tu ne pouvais pas. Ta mère te reprochait souvent d'acheter des objets inutiles comme de belles boîtes pour ranger les vêtements de la saison passée ou toutes ces plantes qui donnaient au salon de ton appartement un air d'oasis. Robes, chaussures, maquillage. Quel âge avais-tu ? Vingt et un ou vingt-deux ans ?

Je t'ai rendu visite et j'ai attendu que tu aies terminé avec une cliente. Je t'ai embrassée comme j'avais désiré le faire pendant si longtemps et j'ai senti tes cheveux soyeux frôler mes joues. Tu as laissé échapper un de tes cris perçants si contagieux que la patronne du salon m'a regardée d'un air contrarié. Tu as balayé les cheveux sur le sol, tu t'es changée et nous sommes sorties. Chez toi, tout était prêt pour ma métamorphose. Je serais enfin telle que je voulais être. En attendant que le produit lissant agisse, ma tête enveloppée dans un film de papier, tes doigts tachés de teinture, nous avons bu des rafraîchissements et mangé des patates frites. Nous n'étions plus au régime, ce n'était plus nécessaire. Nous pouvions manger ce qui nous faisait envie.

Tu es sûre? Oui, coupe, coupe, et aussitôt les trois quarts de ma longue chevelure sont tombés par terre. Le miroir m'a renvoyé l'image d'une inconnue. J'étais prête pour la recherche d'un travail.

Je voulais t'imiter en tout. Parfois, j'avais envie d'être avec toi plutôt qu'avec Jamal. Avec lui je ne pouvais pas encore être moi-même. À tes côtés, je n'avais à m'inquiéter de rien. Avec mon mari, même si nous étions amoureux, tout était nouveau, j'avais l'impression que je m'adaptais à lui petit à petit mais je devais y aller doucement. Il y avait une distance entre nous dont j'ignorais la raison mais j'étais sûre qu'avec le temps elle se réduirait, que nous finirions par nous connaître et que je pourrais être aussi à l'aise avec lui que je l'étais avec toi. Je profitais de tous mes moments disponibles pour te rendre visite. C'était possible, j'étais libre.

J'ai dû aller seule à l'université, pour m'inscrire. Seule au monde, enfin. Loin de tout. J'ai traversé les voies, attrapé un train de bonne heure le matin avant d'en changer et de prendre le métro. L'esprit confus, et à toute vitesse. Et si je me perdais? Tu m'as dit : Que tu es sotte, tu n'es pas comme ta mère, tu n'es pas une analphabète qui ne comprend pas la langue et ne sait pas lire les plans. Est-ce que les filles des analphabètes peuvent aller à l'université? Et si je me trompais, et si je ne comprenais rien aux cours? Et si j'étais incapable de passer les examens et s'il était démontré que les Arabes des quartiers ne pouvaient pas aller aussi loin et entrer dans des lieux où aucune Arabe de quartier n'était jamais entrée? Mes camarades et mes professeurs se rendraient-ils compte que je venais d'où je venais? Exigeraient-ils plus de moi pour cette raison ou me donneraient-ils des tapes condescendantes dans le dos ?

Tu m'as dit : Qu'est-ce que tu charries comme bêtises ! Toi, tu es toi. Tu n'es ni du quartier ni du village ni ta mère ni ton père. Je te connais et je te sais capable de tout ce que tu te proposes. Personne ne se demandera si tu es la première ou la dernière Arabe.

En effet. Dans ces salles centenaires, les élèves allaient d'un endroit à l'autre et quand je m'asseyais quelque part j'avais à chaque fois des voisins différents. Des dizaines d'étudiants dont beaucoup avaient mon âge et quelques-uns étaient plus âgés. Ils me saluaient, se présentaient, me parlaient et je ne fuyais pas leurs regards, je ne partais pas en courant à la fin des cours. Nous nous attardions pour discuter ensemble et nos conversations étaient stimulantes concernant le contenu de l'enseignement, la réputation des professeurs, l'actualité ou la politique. Je me suis détendue peu à peu, d'abord très intimidée, puis en confiance. Je n'avais pas honte d'intervenir en cours et je n'ai pas tardé à intégrer un groupe. Devoir reprendre le métro, un train puis un autre train, traverser la voie et rentrer dans la petite maison aux murs sans plâtre de Jamal, c'était comme remonter une pente après l'avoir descendue joyeusement en écartant les bras, le souffle du vent sur le visage. Mais il m'avait promis que nous trouverions bientôt un autre logement. Pas à Barcelone, où il nous était impossible de payer un loyer, plutôt au centre de notre ville de banlieue.

Je me suis mise à la recherche d'un travail. Avec ordre et assiduité. Je photocopiais à l'université des curriculums avec une photo où il n'y avait plus aucune trace de mes cheveux bouclés. Propre, lisse, tout en ordre. J'essayais de paraître aussi peu arabe que possible. C'était mon état d'esprit à cette époque-là, t'en souviens-tu ? Pour trouver du travail il fallait dissimuler tout ce qui me signalait comme étrangère. Je n'avais pas d'accent, évidemment, et quand j'étais au téléphone personne ne devinait mon origine. Jusqu'à ce que je dise mon nom. J'en suis même arrivée à mentir. Une fois j'ai dit que je m'appelais Anna. J'ai fait appel à mes contacts, aux personnes que j'avais connues quand ma nouvelle avait remporté un prix, mais le téléphone sonnait rarement en retour. On te rappellera, oui, on te rappellera.

Je ne désespérais pas, j'étais devenue un peu comme toi. Je courais les rues sans arrêt, attentive aux annonces d'offres d'emplois. Tôt ou tard, je trouverais bien quelque chose. N'avais-je pas un dossier scolaire impeccable ? N'allais-je pas à l'université ? Il y avait des milliers, des millions de femmes travailleuses qui parvenaient à tout mener de front. Peut-être les avons-nous un peu idéalisées, les situations de nos voisines non musulmanes, peut-être n'étaient-elles pas toutes aussi indépendantes qu'elles semblaient l'être, vues de l'extérieur, mais cette idéalisation nous a servi pour avancer vers une liberté que nous découvrions à mesure que nous la conquérions. Petit à petit, pas à pas. Il n'y avait pas d'autre voie, nous ne pouvions pas regarder en arrière.

Emmène-moi voir la mer. Je t'ai dit : Emmène-moi à la mer. C'est à toi que je l'ai demandé, pas à Jamal. Allons à la plage. Le lundi tu ne travaillais pas et moi j'ai séché les cours. Nous sommes arrivées dans un petit village qui conservait le charme des anciennes maisonnettes de pêcheurs, et pas un seul immeuble. Je suis restée muette. Je ne pouvais pas parler, il n'y avait pas de mots pour décrire ce que je voyais : cette immense étendue d'eau qui touchait le ciel, l'horizon infini, le bruit sourd des vagues. Tu as dit : Aujourd'hui, tout est calme. Et c'est beau ainsi, l'eau comme un miroir. Mais j'ai déjà vu la mer un jour de tempête et je crois que tu l'aimerais encore plus.

Je suis restée un moment comme en suspens, respirant à peine. Et tu te moquais de moi. Comment se fait-il que tu ne m'aies pas montré une chose pareille plus tôt ? Si tu savais qu'une telle beauté existait, comment se fait-il que tu ne m'aies pas emmenée la voir ? Nous nous sommes assises sur le sable pour manger les sandwichs à l'omelette française que tu avais préparés. Le pain croustillant et l'intérieur fondant. J'aurais voulu rester ainsi pour toujours, toi et moi enveloppées dans ce silence que les vagues nous imposaient.

II

Quand ma mère m'a vue entrer dans l'appartement les cheveux courts, les jeans serrés et les lèvres peintes en rouge, elle m'a regardée comme si elle voyait un monstre. Elle s'est mise à pousser tous ces *aiiaws* en allongeant les voyelles, à invoquer les saints, à repousser le démon, et elle m'a attrapée par le bras pour me flanquer dans ce qui avait été ma chambre. S'il te voit comme ça, il te tuera. Et après il me tuera, moi. Mais, je lui ai dit, je suis une femme mariée et le seul qui peut me faire des reproches, c'est mon mari. Je ne l'ai pas convaincue. Elle m'a obligée à me démaquiller, elle est allée chercher une longue chemise pour me couvrir entièrement et elle m'a mis un foulard sur la tête. Et elle a ajouté : Si tu veux continuer à me voir, c'est comme ça que tu dois t'habiller.

Ensuite elle m'a raconté les potins qui couraient dans le quartier. C'est un scandale qu'une femme mariée se promène dans la rue avec une allure pareille. J'ai retenu ma respiration pour étouffer le cri qui m'oppressait la poitrine. Je ne serai pas comme toi, je ne me couvrirai pas, je ne m'enfermerai pas et je ne renoncerai à rien. Je ne le lui ai pas dit, je ne voulais pas la blesser car elle ne pouvait pas sortir de cet appartement bas de plafond, mais j'ai compris que dorénavant je la verrais de moins en moins.

Je l'ai raconté à Jamal en rentrant chez nous. Et il a dit : C'est normal, c'est normal que tu attires l'attention. Mais c'est moi qui ai le droit de me plaindre, et pas ton père. Tout à coup, les murs non crépis m'ont semblé du papier de verre qui m'écorchait la peau. J'ai pensé au froid qui allait venir, aux taches d'humidité dans la pièce qui était à la fois la chambre, la salle à manger et tout le reste. J'ai pensé au bac de douche blanc avec l'eau qui débordait chaque fois qu'on l'utilisait. Et là non plus je n'ai rien dit.

Jamal faisait de longs discours sur le mariage. Tu connais ça : comme les doigts de la main, unir nos forces, nous entraider… Mais après il laissait traîner la salopette du travail pleine de graisse dans un coin et il fumait dans l'appartement. Il fumait sans arrêt. Toi, tu avais habitué Saïd à laisser ses chaussures dehors, à fumer sur le balcon et tu lui demandais de t'aider pour le ménage. Ta mère disait qu'il fallait éduquer les hommes dès le début : Vous devez être très strictes avec eux dès le premier jour.

Moi, je n'ai pas été stricte, j'ai cru toutes les belles paroles que Jamal me servait, des phrases, toujours des phrases qui tombaient par terre comme la cendre de ses cigarettes, des mots qui ne se traduisaient jamais par des faits. Même pas quand j'avais un examen ou un travail à rendre. Il m'entretenait, c'est vrai, je devais en être contente et reconnaissante, il m'accueillait entre ces quatre murs horribles adossés à l'atelier de mécanique. Mais rien de plus. Les premiers jours, nous sortions souvent ensemble, quand je n'étais pas avec toi ou à l'université ou en train de chercher du travail, j'étais avec lui. Ce n'étaient que des premières fois : la première sortie de nuit, aller prendre un café, aller au ciné. Nous avons même réussi à aller manger dehors, dans un de ces restaurants chinois qui proposent un menu. Et c'était comme s'élever d'un coup, faire partie d'une autre classe sociale, même si c'était en s'offrant un menu bon marché. Toujours main dans la main. Jusqu'à ce qu'un jour nous rencontrions un de ses amis du quartier et tout à coup il a lâché ma main. Ils parlaient entre eux comme si je n'étais pas là. Je crois que c'est à partir de ce moment-là qu'il ne m'a plus donné la main, qu'il a cessé d'entrelacer ses doigts avec les miens quand nous étions hors de la maison et j'ai pensé que c'était peut-être de cela dont parlaient les écrivains qui s'ennuient, de l'amour qui soudain semble rétrécir. Et si tout simplement il n'existait pas, l'amour ?

La nuit, dans notre lit d'occasion, il ne m'enfonçait plus la tête dans l'oreiller et il ne m'écartait plus les jambes avec l'un de ses genoux. Souvent, quand il était sur moi, je m'amusais à regarder les toiles d'araignées ou je pensais à une liste. Quand il n'était pas à la maison, j'en profitais pour retourner à mes fantasmes, mais sans plus retenir ma main. Je me suis dit que si Jamal se montrait moins passionné avec moi, c'était que j'avais déjà servi, que j'étais déjà abîmée. Je m'imaginais qu'il m'avait élargie chaque fois qu'il m'avait pénétrée et donc qu'il n'éprouvait plus de plaisir.

Ensuite, il a pris l'habitude de partir, de sortir sans dire où il allait. La première fois je n'ai rien compris à ce qui se passait. Il a pris les clés et il a dit : Je reviens. Alors j'ai revu mon père qui sortait sans dire adieu. Et j'ai entendu la voix de tous ceux qui répétaient qu'un homme n'a pas à donner d'explication. C'était ce qui faisait d'eux des hommes.

Je te l'ai raconté et tu m'as dit qu'il t'était arrivé la même chose avec Saïd, qu'après plusieurs disputes tu avais décidé d'abandonner le combat. Ils vont dans des bars où il n'y a que des hommes, voilà ce qu'ils font. Et donc il n'allait plus dans le bar alternatif des étudiants contestataires. Nous n'obtiendrons pas qu'ils changent du jour au lendemain, il y aura des choses que nous devrons accepter. Tu m'as dit : Crois-moi, il vaut mieux garder nos forces pour ce qui en vaut la peine. Et qu'importe s'ils sortent sans rien dire, puisqu'ils nous aiment et qu'ils sont bien mieux que les autres hommes du quartier.

Je devais me charger des tâches domestiques parce qu'il travaillait toute la journée et rentrait fatigué et puis c'est vrai qu'il m'entretenait. Mais parfois je me plongeais dans un livre et j'oubliais tout. La lecture, alors que j'étais mariée, me servait encore à me protéger de la vie, une vie que je pensais avoir choisie librement mais qui en réalité ressemblait bien peu à celle que j'avais imaginée. Les murs non crépis, le froid de l'hiver qui m'obligeait à porter trois paires de chaussettes et je ne sais combien de couches de vêtements et à me faufiler sous une montagne de couvertures, l'odeur dégoûtante d'essence et d'huile de moteur, l'odeur de Jamal, le paysage gris qui entourait cet habitacle que nous appelions notre foyer, délabré et insipide, tout cela disparaissait quand je me concentrais sur un texte. Les voix de tant de personnages, inventés ou réels, m'étaient plus proches et familières que mon mari. La beauté des mots, la sensibilité, la compréhension du sens le plus profond de l'existence que j'y trouvais me réconfortaient comme l'amour d'une mère. Plongée dans la lecture, j'oubliais Jamal et tout le reste, comme c'était le cas quand j'étais chez mes parents. Grâce à cela, je renvoyais à plus tard la vie qui se déroulait en temps réel, remplacée par la littérature, qui ne puait jamais la zone industrielle, elle. Et voilà pourquoi le ragoût brûlait, le lait débordait, le riz était trop cuit.

Je devais m'occuper des lessives, les étendre, faire les courses, mais je restais à parler avec mes camarades à l'université et c'était tout juste si je ne manquais pas le train. Ils étaient très différents des gens du quartier. Je n'imaginais aucun d'entre eux sortant de chez lui sans dire à sa femme où il allait. Je ne le voyais pas jeter sa salopette pleine de graisse dans un coin.

Puis j'ai découvert cette histoire de joints. Jamal sortait parfois pour fumer. Quand il rentrait il avait les yeux mi-clos, la mâchoire tombante et il dégageait une odeur différente. Il a toujours nié, il disait que le tabac à rouler avait cette odeur-là et si j'insistais trop son expression changeait, son regard devenait sombre une fois de plus, il exagérait tout, il m'accusait de ne pas avoir confiance en lui, de le soumettre à un interrogatoire. Maintenant que tu m'as, avec tout ce que j'ai enduré pour me marier avec toi, maintenant tu veux me quitter. C'était absurde mais il arrivait toujours à me convaincre qu'il était parfait et moi une sorcière qui voulait le contrôler.

Je continuais à chercher du travail. Tout ce que je gagnais grâce aux cours particuliers je le dépensais en transports, et bien souvent je courais le monde sans un centime en poche. Si j'avais besoin de quelque chose, je devais demander de l'argent à Jamal. C'était humiliant pour moi, rien à voir avec la liberté et l'indépendance. Je consultais les pages jaunes et je téléphonais aux entreprises en demandant s'ils recherchaient quelqu'un. J'avais l'intention de m'inscrire auprès de toutes les sociétés de travail temporaire mais quand je suis entrée pour la première fois dans l'une d'elles, on m'a dit que mon permis de résidence n'était pas valide.

Je ne m'étais jamais aperçue que ma carte n'était qu'une carte de séjour. Je me suis souvenue des paroles de ma mère : si dégourdie pour les livres et si empotée pour certaines choses de la vie. Je n'avais besoin d'aucun permis spécial pour lire ou écrire, les seules choses qui m'avaient préoccupée jusque-là. Dans le quartier, même les femmes totalement analphabètes étaient mieux informées que moi sur les démarches à faire et les papiers, les aides et les permis. C'est à ce moment-là seulement que j'ai découvert qu'en tant que fille d'un immigrant venue par regroupement familial, je n'avais pas le droit de travailler. Je dépendais de mon père. Ce même père que j'avais trahi.

Je devais faire le nécessaire pour mon changement de situation mais la procédure durerait environ deux ans. Et donc pas de contrat ni de droit du travail ni rien de toutes ces choses que l'on nous enseignait à l'école. J'ai trouvé un emploi dans un bar à côté de mon lycée, du jeudi au dimanche. Le patron était toujours de mauvaise humeur, c'est à peine s'il me parlait. Un peu comme mon père mais différemment. Quand nous étions seuls lui et moi, je ressentais une sorte de malaise étrange. Quand arrivait sa femme, beaucoup plus sympathique, je me sentais soulagée. Je m'efforçais de faire tout ce qu'il me demandait, et aussi ce qu'il ne me demandait pas. Ce que je ne supportais pas, c'était de nettoyer les toilettes, les éclaboussures d'urine me donnaient la nausée.

Au début, Jamal s'y est opposé, à ce travail dans le bar, mais je l'ai convaincu qu'un seul salaire, ce n'était pas suffisant pour nous. Maintenant qu'il avait renoué avec ses parents, il me disait qu'il ne pouvait pas les imaginer vivant dans la misère et nous dans l'opulence. Quand nous nous sommes mariés il a décidé que le moment était venu d'être plus responsable, qu'il devait envoyer de l'argent à ses géniteurs – Que Dieu maudisse ceux qui ne respectent pas leurs géniteurs ! Tout à coup, il a utilisé des mots que je n'avais jamais entendus dans sa bouche : Dieu et géniteurs.

J'ai essayé d'intégrer tout ce que je voyais, de mémoriser les noms des boissons et les prix, de ne pas attendre qu'on me dise ce que je devais faire. J'étais à nouveau enthousiaste. Je parviendrais à épargner, nous changerions d'appartement, je m'achèterais un ordinateur. Quand le patron s'énervait parce que je n'arrivais pas à ouvrir une bouteille de vin, il s'adressait aux clients comme si je n'étais pas là, il leur disait : Vous voyez comment est le personnel, ils ne savent même pas ouvrir une bouteille. Je ne pouvais pas lui dire que c'était la première fois pour moi, je ne pouvais pas lui rappeler que j'étais une Arabe, que je ne buvais pas d'alcool et que je ne mangeais pas de porc. Je paniquais quand il s'énervait, je m'imaginais qu'il me renvoyait et qu'il me fallait tout reprendre à zéro avec les pages jaunes.

C'était inutile. Un jour mon père m'a suivie à mon insu et il a découvert que je travaillais dans un bar. Il a menacé le patron et celui-ci a pris peur. Il m'a dit qu'il le regrettait vraiment mais qu'il ne voulait pas de problème. Et le problème c'était moi.

C'est alors que l'histoire du foulard a commencé. Chaque fois que mon père me voyait nue dans la rue, il disait nue parce que j'étais tête nue, il courait à la maison pour engueuler ma mère. Elle m'appelait en pleurant, en me suppliant. Ensuite Jamal se montrait très compréhensif avec eux et moi je me remettais à dresser des listes, à penser à lundi ! lundi ! lundi !

comme si en effet je pouvais faire quelque chose pour m'adapter à ce qu'ils voulaient tous. Je suis devenue l'une de ces filles qui se couvrent et se découvrent chaque fois qu'elles traversent la voie ferrée ou la rivière, qui se dédoublent et s'adaptent à chaque milieu différent à leur demande. La sorte de filles que nous haïssions parce que nous les trouvions hypocrites, complices du pouvoir de ceux qui voulaient nous soumettre. Des filles que les gens ne comprenaient pas car elles portaient des vêtements en lycra très moulants qui montraient tout et, en même temps, se couvraient la tête et maquillaient outrageusement leur visage entouré d'un tissu sombre. Elles se faisaient teindre les cheveux au salon et alors qu'elles étaient superbes, la coiffeuse les regardait sans comprendre se couvrir à nouveau la tête avant de sortir. C'étaient des filles qui ne pouvaient être elles-mêmes avec personne, car à force d'être telles que les autres les voulaient elles finissaient par ne plus savoir qui elles étaient. Ou bien elles vivaient en permanence comme si leur existence était une imposture.

III

J'avais horreur de l'expression « appartenir à deux mondes ». Nous étions du quartier, tout simplement, pas de deux foutus mondes. Mais j'ai dû très vite m'habituer à être moi-même quand j'étais en ville et ensuite me rendre invisible quand je retournais chez moi ou quand j'allais voir ma mère. Nous voulions que personne ne nous voie, nous revivions l'histoire de nos mères. Elles, ils pouvaient leur interdire de sortir mais nous, ils ne pouvaient pas nous freiner, nous avions grandi trop librement, arpentant le monde du dehors comme si nous en avions le droit. Voilà pourquoi ils sont devenus aussi pénibles avec le foulard, ils le faisaient passer pour une obligation religieuse. Ils nous ont parlé de l'origine des temps, de Mahomet et des femmes, et du Coran. J'ai bien essayé de découvrir ce qu'il y avait de vrai dans tout ça mais je n'ai rien trouvé. « Cachez vos ornements », disait un passage du livre sacré traitant de la façon dont les femmes devaient s'habiller. Elles étaient loin ces premières femmes arrivées dans le quartier qui avaient mis des jupes au-dessous du genou et montré leurs chignons. Même ta mère a fini par se couvrir.

À l'université, nous étions toute une bande. Raquel s'est assise à côté de moi dès le premier jour en théorie de la littérature et nous avons discuté. Ensuite, elle m'a présenté Alex. Elle était blonde, mince, toujours l'air ironique, comme si à propos de n'importe quoi, de n'importe quelle question, elle avait des connaissances qu'ignoraient ceux qui l'entouraient. Elle souriait même en se roulant une cigarette. Quand elle parlait, elle le faisait avec l'assurance de celle qui connaît la marche du monde, une attitude que j'attribuais au fait d'avoir grandi dans un quartier normal, dans une famille normale, avec des parents qui achetaient des disques et des livres, étaient végétariens et possédaient une résidence secondaire où ils passaient l'été. Alex était grande, brune, elle avait environ quarante ans. Quand elle me saluait, elle m'appelait toujours ma Reine maure. Ou ma chère. Ou ma chère Reine maure. Même si, quand je traversais la voie ferrée pour retourner chez moi je devais me camoufler, à l'université ça m'était égal qu'Alex me parle ainsi. Là-bas, je ne me repliais pas sur moi-même et je participais aux débats théoriques les plus enflammés qui n'avaient rien à voir avec les murs non crépis et l'odeur d'essence. Nous nous asseyions sur les bancs de pierre dans la cour des orangers, nous parlions sans arrêt et moi je perdais la notion du temps.

Nous passions aussi du temps au bar dans un bain de fumée protectrice, nous rapprochant les uns des autres pour nous entendre dans le brouhaha de la salle autour de nous. Raquel voulait toujours m'inviter mais je refusais son offre car je savais que je ne pourrais pas lui rendre la pareille. Je l'enviais car elle se permettait de petits luxes impossibles pour moi : un café noisette, quelquefois même une assiette garnie. Elle partageait un appartement dans une ruelle du Raval et elle était engagée dans toutes sortes de mouvements. Quelques semaines après notre rencontre, elle s'est rasé le crâne parce qu'un garçon lui avait dit que sa chevelure blonde était un symbole de féminité. Alors elle m'a dit : Hors d'ici, hors d'ici les stéréotypes de genre ! Elle avait un petit brillant sur le nez que je ne pouvais m'empêcher de regarder et je crois que c'est la première personne de mon âge avec qui j'ai pu parler de littérature. Quelquefois, après les cours de Javier, l'un des professeurs que nous aimions le plus, nous restions pour discuter avec lui. Il racontait en détail et avec enthousiasme le mythe d'Œdipe, ensuite celui de Faust. Je te l'ai expliqué à ce moment-là. Tu m'as dit : Des histoires, oui, des inventions, ce ne sont rien d'autre que des inventions. Il était cultivé, raffiné et sensible. Je m'asseyais au premier rang et j'essayais d'intervenir souvent. Quand mes questions lui semblaient intéressantes ou bien s'il me félicitait pour mes observations, j'éprouvais un bonheur presque enfantin. Imbécile. Je me disais plus tard : Quelle imbécile! À l'aller, dans le train, je suivais toujours le même rituel : j'enlevais mon foulard et je le mettais dans mon sac à dos, je détachais mes cheveux, je quittais ma longue chemise et gardais le tee-shirt décolleté et près du corps que je portais en dessous. Je mettais du rouge à lèvres. Je le faisais pour moi mais aussi pour lui. Je me regardais dans le miroir des toilettes et j'essayais des expressions, des attitudes.

Souvent, nous allions tous les quatre prendre un pot en dehors de la faculté. Javi était l'un d'entre nous, si ce n'est qu'il nous éclairait de sa rhétorique et de ses connaissances. Je pensais alors : tant de limites et tant de règles dans le quartier et ici tout s'efface, ici même les professeurs prennent un café avec les élèves. Et nous parlions de tout, de sexe aussi. Quasiment toute la littérature parlait de sexe pour Javi. Y a-t-il autre chose? Et il disait cela en me regardant droit dans les yeux.

Pour nous donner à lire des textes complémentaires, il nous a demandé de monter dans son bureau. Au bout d'un moment, Raquel et Alex sont parties et nous nous sommes retrouvés seuls. La voix de mon père me harcelait : Quand un homme et une femme sont seuls dans une pièce, le démon est présent lui aussi. Je voyais bien le regard de Javi sur mon visage, sur mes lèvres, mais j'attribuais tout à mon esprit tordu, sali par tant d'années de « tous les hommes sont pareils », « ils n'ont qu'une chose en tête ». Dans un monde normal, mais pas dans le monde obscur d'où nous venions, il n'y avait rien de bizarre dans le fait qu'un professeur parle avec une élève dans son bureau, ni qu'il la regarde fixement, ni qu'il lui prenne le bras et s'approche d'elle pour lui expliquer le vers d'un poème, si près qu'elle pouvait sentir son souffle dans son cou.

Quand je te l'ai raconté tu n'as pas voulu me croire. Ce n'est pas possible d'être aussi naïve, surtout de nos jours. Mais moi je n'étais pas comme toi, je n'étais pas habituée à traiter avec des hommes. Comment savoir si on leur plaît? Eh bien ça se voit, ça se remarque, tout simplement. Et je t'ai reposé la question : Tu crois vraiment que je pourrais lui plaire? Moi? Telle que je suis? Et quelle importance? Tu es une femme mariée.

Dans l'obscurité de la nuit, ma tête contre le mur de ciment, je pensais à lui. À ses gestes, aux rayons de lumière qui parfois effleuraient son visage et illuminaient ses yeux couleur miel, à son souffle chaud dans mon cou. C'était comment, baiser une autre bouche? Quel goût avait-elle? Comment était-il dans l'intimité?

Je t'ai parlé des deux romans que j'avais lus sur des femmes qui trompaient leurs maris, l'une était française et l'autre russe, et je t'ai raconté leur fin tragique à toutes les deux. Ta réponse a été pragmatique et tranchante : Et ceux qui ont écrit ces livres, c'étaient des hommes ou des femmes? Des hommes, deux des écrivains les plus importants de l'histoire de la littérature, et toi : Bien sûr, bien sûr, très importants et tout ce que tu voudras mais c'étaient des machos de première. Je te le dis pour que tu saches ce que tu fais, pas pour que tu finisses sous un train.

Après le cours suivant, Javi m'a invitée chez lui, il m'a dit qu'il habitait tout près. Il m'a offert une bière et je l'ai refusée. Il m'a demandé de l'accompagner dans sa bibliothèque, une pièce remplie de livres qui menaçaient de nous tomber dessus à tout moment. Il voulait me prêter une anthologie des contes des *Mille et Une Nuits*. Autrefois, les familles gardaient ce livre sous clé. C'est un peu cochon, a dit Javi. Il m'en a lu quelques passages à voix haute et à la fin nous sommes restés silencieux. J'étais très calme et je le regardais dans les yeux, je regardais ses lèvres, je me demandais s'il percevait le son que mon corps émettait, s'il remarquait que mes chairs tressaillaient. J'ai de nouveau fixé mon regard sur ses pupilles en essayant d'y lire un message clair. Quoi ? Que voulait-il ? Qu'espérait-il ? Il n'a rien fait, il s'est assis à sa table pour me montrer quelque chose sur son ordinateur. Je n'ai rien vu. J'étais plantée là à côté de lui quand avec la main il a frôlé l'arrière de mes genoux et il est monté plus haut. Au lieu de me faire face à nouveau, il m'a retournée et il s'est collé contre moi par derrière. Il m'a embrassée dans le cou pendant que ses mains glissaient sans me donner le temps de contrôler la réaction qu'elles provoquaient en moi. Tout à coup, j'ai été prise de la nausée que je ressens juste avant de vomir. Je suis partie en courant.

Je suis rentrée tard à la maison et Jamal était furieux. Je croyais qu'il t'était arrivé quelque chose. Tu ne penses qu'à toi. Il est resté plusieurs jours sans me regarder, sans me parler, et je me suis demandé s'il savait ce qui s'était passé. Jusqu'au samedi soir où nous nous sommes assis en silence après dîner pour regarder un spectacle horrible à la télévision. La présentatrice avait une taille si mince qu'on aurait dit qu'elle allait se partager en deux. Nous étions assis sur le canapé bleu défraîchi, il a pris ma main sans dire un mot et je me suis mise à pleurer.

IV

J'ai décidé d'être une fille bien, de bien me comporter. C'était donc pour ça que je voulais la liberté? Pour faire porter les cornes à mon mari ? Et qu'est-ce qui viendrait après ? Jusqu'où serais-je capable d'aller si je ne me retenais pas et me mettais à faire tout ce dont j'avais réellement envie? La seule personne à qui j'ai raconté ce qui s'était passé, c'est toi. D'abord tu as souri. Bon, ce sont des choses qui arrivent. Eh bien non, j'ai dit, je suis horrible. Traître, ingrate. Tu m'as répondu : N'exagère pas, il faut que tu te comprennes toi-même, que tu saches ce que tu veux en réalité. Je veux tout. Je veux être avec Jamal et vivre autre chose, essayer autre chose surtout. Mais ça ne marche pas comme ça, on ne peut pas tout avoir. Non, on ne peut pas.

J'ai décidé de devenir une bonne maîtresse de maison. J'ai passé tout l'été à nettoyer : le sol, les murs de la cuisine et les joints du carrelage dans la salle de bains. J'inventais des routines et des travaux qui m'occupaient une bonne partie de la journée. De ne jamais rien repasser je suis passée à tout repasser, jusqu'aux caleçons de Jamal et les torchons de la cuisine.

Je sortais peu de la maison. Nous avions fini les examens et Raquel partait tout l'été dans un chantier en Tunisie. Comme je ne devais pas aller à Barcelone je portais le foulard presque toute la journée. Je me suis obligée à suivre un parcours fixe pour aller au supermarché ou pour te voir ou pour voir ma mère. La chose la plus osée cet été-là a été de m'arrêter devant les vitrines des sociétés de travail temporaire, en me disant qu'un jour je pourrais prétendre aux emplois fabuleux qu'elles offraient : employée, agent d'administration, réceptionniste, hôtesse. J'étais comme Audrey Hepburn devant Tiffany's, mais moi je ne regardais pas des diamants : mon rêve était de trouver un travail rémunéré.

À ce moment-là, tu étais déjà enceinte. Je m'en suis aperçue, tu te souviens ? Cela faisait des semaines que tu avais changé, que tu avais l'air ailleurs. Tu n'as pas tardé à grossir et toutes nos conversations tournaient autour des changements que tu étais en train de vivre. Et soudain je me suis demandé si je voulais des enfants ou pas. Je l'avais toujours voulu, tu le sais, depuis toute petite quand j'aidais ma mère à s'occuper de mes petits frères, mais je voulais attendre d'avoir fini mes études, bien sûr, d'avoir un travail stable et peut-être un appartement un petit peu plus grand. C'est ce que faisaient les femmes indépendantes que nous admirions. Toi, tu n'as pas attendu. Attendre quoi ? C'est mon meilleur moment, je suis jeune, pleine de force et d'envie. Mais le travail ? Ne valait-il pas mieux avoir un emploi fixe ? Alors tu t'es mise à rire. Ce serait comme gagner à la loterie.

Tu donnais le sentiment d'une plénitude nouvelle et tu continuais à travailler. Tu répétais : Je ne suis pas malade, je ne suis qu'enceinte. Tu as repeint toi-même la chambre de la petite, tu disais que ce serait une fille, et tu as refait la décoration de tout l'appartement. Vous vous disputiez souvent avec Saïd à cause de ça, il considérait que toutes ces dépenses n'étaient pas nécessaires, des caprices de qui veut vivre au-dessus de ses moyens. De sorte qu'entre la maison et la nourriture, tu dépensais une bonne partie de ton salaire.

Quelle chance, un enfant, a dit Jamal quand il a su que tu étais enceinte. Il n'y a rien que je désire plus au monde que d'avoir une fille. Une qui te ressemble, avec des bouclettes pour faire des couettes. Au début, ça m'a fait rire. Un enfant maintenant ? Impossible. Regarde où on habite et puis je n'ai même pas fait un an d'études et je n'ai pas de travail. Lui, il disait : D'accord, d'accord, mais après, quand il était en moi, il me pénétrait avec toujours plus de force et juste à ce moment-là il me regardait dans les yeux au lieu de m'enfoncer le visage dans l'oreiller, comme il l'avait toujours fait, et il disait : Je meurs d'envie de te faire un enfant.

J'avais à peine entamé la nouvelle année que j'étais déjà enceinte. Toi, tu étais énorme, sur le point d'accoucher. Tu mettais ces robes tellement larges qu'on aurait dit des rideaux. Tu as dû acheter un tas de choses, presque toutes très chères. Peu importe, après je te les passerai. Je te garderai les habits de la petite. Tu me donnais tes vêtements de grossesse quand ils ne t'allaient plus. Tout était cher mais nous aurions des enfants à qui il ne manquerait rien, un ou deux tout au plus pour être en mesure de satisfaire leurs besoins. Les vrais et ceux qu'inventaient les entreprises de produits de puériculture pour nous rendre la vie plus facile. Nos mères n'avaient besoin que de tissus et d'huile d'olive pour élever leurs bébés mais nous nous étions modernes, alors il nous fallait un tas de choses : le couffin, le petit lit, la commode avec table à langer, l'armoire et autres meubles assortis. Des crèmes de toute sorte, des couches, des soutiens-gorge d'allaitement, des protège-mamelons, des biberons. Shampoing spécial, savon spécial, éponge spéciale. Tout dans cette liste infinie de produits que nous devions acheter devait être très spécial.

Finalement nous avons pu déménager et nous sommes allés habiter dans le centre. Même si c'était à un troisième étage sans ascenseur qui donnait seulement sur une cour intérieure, avec une baignoire portative, mais là au moins les murs étaient crépis et peints, la cuisine carrelée et il y avait des placards en formica. C'était la condition que j'avais posée à Jamal : nous devions déménager. Il m'a juré au nom de ses parents, de Dieu et je ne sais quoi d'autre encore qu'il m'aiderait pour élever l'enfant, que je pourrais retourner à l'université après un an de repos pour m'occuper du petit.

Une fondation de l'université m'a payé l'inscription en deuxième année. Raquel m'a convaincue d'accepter cette aide car je ne pouvais pas demander une bourse, n'ayant pas la nationalité. Je ne pouvais pas non plus demander les aides existantes pour les étudiants étrangers, étant résidente. Je n'étais ni ici ni ailleurs, j'étais en terre inconnue. Je t'ai expliqué que demander de l'aide me mettait mal à l'aise. Je voulais démontrer à tous ceux qui disaient que nous accaparions toutes les aides que je n'en avais pas besoin, que je pouvais me débrouiller toute seule. Mais tu m'as dit c'est ce qu'ils veulent, que nous renoncions aux droits dont ils peuvent profiter eux aussi, pour nous empêcher de relever la tête.

J'avais le sentiment d'une imposture à cause de ma grossesse. J'étais convaincue que s'ils l'avaient su à la fondation ils ne m'auraient pas accordé la bourse, ils m'auraient vue comme une Samira qui renonçait aux études pour accoucher de bébés, l'un après l'autre.

J'ai dit à Raquel que j'étais enceinte et j'avais un peu honte en pensant qu'elle me reprocherait d'avoir pris une décision aussi risquée à mon âge. Elle m'a dit : C'est très bien, tout en expirant la fumée de sa cigarette. C'est notre meilleur âge pour avoir des enfants, en pleine capacité reproductive. De fait, c'est sûr que nous ne trouverons pas un travail d'enfer avec ces études qui ne servent à rien, donc bravo. Avoir un enfant lui semblait fantastique, subversif même. Elle m'a dit : Nos mères se sont trompées, ils les ont escroquées en leur vendant le mythe de la superwoman. S'occuper d'un enfant, n'est-ce pas la chose la plus importante au monde ? Les féministes les ont convaincues qu'il valait mieux être caissière dans un supermarché que de rester à la maison avec son bébé.

Mes notes ont un peu baissé parce que je n'avais plus l'alarme interne du lundi, lundi, lundi. J'étais sereine, sans toutes ces idées qui tournaient sans cesse dans ma tête. J'ai rencontré Javi un jour et nous avons discuté comme si rien ne s'était passé chez lui. Il m'a félicitée pour ma grossesse. Je l'ai regardé en me souvenant de son souffle dans mon cou et je me suis dit : C'est bon, maintenant je suis protégée avec cette bedaine, ces cuisses et un bébé à l'intérieur ça ne se reproduira plus, les hommes ne me regarderont plus comme il m'a regardée.

Tu avais tellement grossi qu'on a dû mettre en place un suivi spécial. Puis ils t'ont licenciée. C'était risqué de renouveler ton contrat dans ton état. Nous nous donnions souvent rendez-vous chez ta mère, je te rejoignais là-bas. J'aimais sa pastilla, la tourte de poulet aux amandes avec de la cannelle, et la manière affectueuse dont elle s'adressait à moi, toujours attentive à mes désirs de femme enceinte.

J'étais dégoûtée par plein d'odeurs. Surtout celles de Jamal, je ne les supportais pas. Je lui ai demandé d'arrêter d'utiliser son déodorant attrape-fille, de changer de shampoing et de gel de douche. Depuis plusieurs jours il me semblait que tout avait une odeur d'œuf cru. Tout l'appartement, une fois le ménage fait, dégageait cette odeur qui me donnait la nausée. Il me disait que c'était mon imagination mais moi je frottais et frottais encore pour l'éliminer, j'essayais de nouveaux produits avec de nouveaux parfums. Rien à faire.

Dans ton salon, tu m'as raconté les violentes disputes entre toi et Saïd : des questions d'argent, presque toujours des questions d'argent. Du fait que tu n'avais plus de travail, tu lui avais demandé de prendre en charge plus de la moitié des dépenses mais il n'y était pas disposé. C'était le pacte que vous aviez fait dès le début : la moitié chacun. Que tu n'aies pas eu de congé maternité ou que ce soit ton corps à toi qui porte l'enfant, il ne semblait pas en tenir compte.

Je me souviens, quand nous étions ensemble chez toi, tu mélangeais du lait très froid avec un petit-suisse à la fraise et nous le buvions assises sur le divan du petit salon pendant qu'à la télévision Britney Spears prenait ses mines de collégienne innocente avec sa mini-jupe et ses deux couettes. Parfois nous posions nos verres sur nos ventres dans un concours pour voir qui maintenait le sien le plus longtemps. Nous dansions en nous déplaçant lentement, ou bien nous soulevions nos tee-shirts pour que nos ventres se touchent et que les petits se parlent. Nous imaginions que nos enfants grandiraient heureux ensemble et quand ils seraient plus grands nous leur raconterions qu'ils se connaissaient déjà avant leur naissance. Nous nous sentions en sécurité malgré l'incertitude.

Tu as eu une fille aux cheveux bruns après une césarienne pratiquée en urgence. Je suis allée te voir à l'hôpital. Elle était si jolie ! Quand tu la regardais, je voyais dans tes yeux, à ce moment-là déjà, une ombre qui m'a rappelé cette autre ombre que j'avais devinée le jour où je t'ai rencontrée. Quand tu m'as laissée la prendre dans mes bras, tu m'as dit : Elle est magnifique, pas vrai ? Mais derrière ces mots j'ai senti une certaine tristesse. Je n'étais pas encore passée par cette expérience, je ne pouvais pas me mettre à ta place. Peut-être étais-tu fatiguée, peut-être les points te faisaient-ils souffrir. Quand nous nous sommes retrouvées un moment toutes seules, tu t'es mise à pleurer. Ne fais pas attention, ce sont les hormones.

Tu n'as pas eu le temps de récupérer après avoir accouché. C'était un privilège à la portée de peu d'entre nous, encore moins d'une coiffeuse de quartier arabe à qui personne n'avait voulu établir un contrat fixe. Il fallait élever l'enfant avec affection, créer des liens, disait l'un des livres que j'avais lus. Mais comment faire quand juste après avoir accouché on te téléphone et on t'offre un travail que tu ne peux pas refuser ? Ta mère t'a dit que tu étais tombée dans un piège en organisant ton mariage de cette façon, que les hommes et les femmes ne sont pas égaux et que partager en deux toutes les dépenses finit par être injuste. Surtout quand on a des enfants. Que tu méritais de te reposer et de récupérer, que mettre au monde n'est pas un événement passager.

Tu as dû surmonter l'inconfort d'un corps qui n'avait pas encore retrouvé sa forme normale et d'une peau distendue. Tu as dû prendre un cachet pour arrêter le lait, t'engoncer dans des pantalons noirs, te maquiller et t'en aller gagner ta vie. Il n'y avait pas d'autre solution. Tu disais : Ce n'est rien, j'économiserai, j'ouvrirai mon propre commerce et je serai plus indépendante que maintenant. Mais ton nouveau salon avait des horaires beaucoup plus étendus que les autres et souvent tu devais faire des heures supplémentaires ou participer à des séances spéciales les fins de semaine. Réellement, c'était un bon travail. Tu apprenais beaucoup, tu avançais en tant que professionnelle. Mais voilà, il te restait juste le temps d'amener la petite chez ta mère et de la ramener le soir. La nuit, elle ne dormait pas et toi tu te traînais avec peine.

Alors, ta mère t'a proposé de garder la petite la nuit aussi. Tu ne m'as pas parlé de la chambre que tu avais eu tant de plaisir à décorer et qui était presque toujours vide. Ni de ce que cela représentait pour toi de devoir renoncer à voir ta fille grandir. Le premier sourire, le premier pas, le premier mot. Aussi, elle appelait ta mère *imma* au lieu de grand-mère et toi elle t'appelait par ton prénom. Avec toi elle parlerait une langue et avec ta mère une autre. Et son père, en réalité, ne l'avait jamais voulue, tu me l'as dit bien des années plus tard. Toi tu l'avais vraiment désirée mais jamais personne ne t'a appelée maman.

V

Pendant que Raquel traversait l'Europe par Interrail et m'envoyait des cartes postales, moi je lisais autant de livres que je pouvais sur la maternité et j'assistais aux cours de préparation à l'accouchement, où j'étais la seule Arabe. Les autres mères me regardaient pour cette raison mais aussi parce qu'elles avaient toutes plus de trente-cinq ans et moi j'étais très jeune. La sage-femme nous apprenait à respirer et elle nous faisait faire des exercices pour maintenir les seins en place, elle disait : En place ! quand elle contractait les pectoraux.

Je faisais très attention à tout ce qui se passait dans mon corps. Je suivais désormais son évolution sans avoir le moindre pouvoir sur lui. Une chose étrange, mais libératrice aussi, après toutes ces années passées à essayer de le contrôler.

Plus je lisais de livres sur la grossesse et l'allaitement, plus j'étais perdue. Les uns disaient une chose et les autres le contraire. D'après ma mère, de tous temps nous avons eu des enfants, nous les femmes et nous n'avons pas eu besoin qu'un livre nous explique la marche à suivre.

J'avais vingt ans quand les douleurs ont commencé. J'avais vingt ans et j'étais morte de peur. Je pensais à toutes les filles de notre village qui accouchaient plus jeunes encore, sans péridurale, sans assistance médicale d'aucune sorte. Même si j'avais tout ce qu'il fallait pour me sentir en sécurité, en vérité c'est devenu très clair pour moi : au commencement de toute vie il y a la possibilité de la mort. Cela m'est venu d'un coup, comme ça, comme une vérité révélée et ancestrale, une information à notre seule disposition, à nous qui avons mis au monde. Que le corps se fende et s'ouvre jusqu'à acquérir des dimensions incroyables et qu'il le fasse juste au moment où l'être qui grandit en toi est prêt pour la vie, cela me semblait un miracle. J'étais courageuse en apparence parce que j'avais lu et j'avais compris ce qu'il fallait comprendre. J'étais une femme du vingt et unième siècle dans un pays du vingt et unième siècle mais à la vérité j'avais vingt ans et j'aurais voulu ne pas accoucher. Mais je n'avais pas le choix, je ne pouvais pas ne pas mettre au monde, je ne pouvais pas dé-vivre la vie, aller en sens contraire, effacer le chemin que j'avais parcouru jusque-là. Et même si j'étais morte de peur, personne ne pourrait accoucher à ma place. La peur est devenue si énorme qu'elle a atteint ses limites. Alors, j'ai tout oublié et je me suis dit : Vas-y, saute, plonge dans le néant et tout sera fini.

Cela a duré un jour entier, et toute la nuit. Un jour à me dilater petit à petit, un jour de douleur et d'épuisement, de sommeil et de vomissements. Pousser quand je ne pouvais même plus respirer, puiser des forces venues de nulle part pour faire émerger de sous le drap turquoise une boule rose : un nouvel être humain. Une personne qui croîtrait pour devenir adulte, aimerait et souffrirait et jouirait et pleurerait. Quelqu'un dont je devrais dès maintenant m'occuper chaque jour, tous les jours, toutes les heures, quelqu'un à qui importeraient peu mes marottes et mes traumas, quelqu'un qui m'inciterait à m'accrocher à la vie et qui me donnerait des raisons de résister et d'aller de l'avant, des raisons que je n'avais peut-être plus me concernant.

À la clinique, ils ont voulu me donner une chambre avec une autre femme marocaine, nous savions d'après d'autres mères qu'ils appliquaient cette politique. Non pas pour que les femmes accouchent avec d'autres femmes semblables à elles mais pour ne pas gêner les non-Arabes, qui sont plus propres, ne dégagent pas des odeurs bizarres et sont visitées par peu de membres de leur famille. J'ai refusé d'accepter cette répartition selon l'origine qui ne s'appliquait qu'à nous.

Ma mère m'a apporté un bouillon de jeune poule et un pain moelleux. Je l'ai englouti comme si je revenais de la guerre, comme si je m'étais consumée tout entière. Moi qui ne supportais pas que les gens apportent de la nourriture à l'hôpital, j'ai apprécié ce bouillon épicé et nourrissant. Pendant des mois, je n'ai fait que manger du *sellu*, et allaiter, changer des couches et allaiter, voler quelques minutes de sommeil et allaiter.

Alors que Raquel m'envoyait des cartes de Paris, où elle était en échange Erasmus, j'essayais de déchiffrer les pleurs du bébé. Bien que ce soit épuisant, c'était un moment réconfortant. J'avais quelque chose de très important à faire, quelque chose dont dépendait la survie de cette petite personne que je tenais dans mes bras. Quelquefois, quand il pleurait sans arrêt pendant des heures, je le berçais constamment en lui chantant des berceuses apprises de ma mère et que je croyais avoir oubliées. Parfois, quand ma voix essayait de couvrir ses pleurs, je craquais et nous étions deux à pleurer, le petit et moi.

Je me faisais tellement d'illusions avant d'accoucher, j'étais convaincue que pendant cette année sabbatique je pourrais écrire. Le petit dormirait et moi je lirais et j'écrirais. Une image idyllique de la maternité venue de tous ces livres et revues qui n'avaient rien à voir avec la réalité. Pas de belles scènes couleur pastel, pas de nuages duveteux ni de musique céleste, le summum du bonheur féminin représenté par la publicité n'existait pas. Ou s'il existait, il n'avait pas pénétré dans cet appartement sombre et dégoûtant avec du linge éparpillé dans le salon, le dîner à préparer et une lessive à étendre. Étrangement, j'avais oublié ce que j'avais vu chez nous et combien les naissances avaient été épuisantes et accablantes pour ma mère.

Mes seins étaient gonflés de lait et me faisaient mal. Mon corps, mon corps de femme, avait disparu sous ces deux ballons énormes et durs qui m'empêchaient de trouver la bonne position pour dormir, et puis la peau du ventre s'étirait encore autour de l'enfant qui n'était plus là. Tout à coup la grossesse me manquait. Même si, arrivée au troisième trimestre je n'avais eu qu'une envie, qu'on en finisse. Ce vide dans le ventre provoquait en moi comme une angoisse de mort. Je pensais : La mort est là, dans ces replis, et j'avais la nostalgie du temps où je sentais l'enfant bouger, où je pouvais caresser ses pieds ou les doigts de sa main à travers ma peau.

Si je me regardais dans une glace, je ne me reconnaissais pas, c'était une femme différente que me renvoyait le miroir. Une femme au visage gonflé et plein de taches noires, déformé, étrange, jeune et vieux à la fois. Je ne voulais voir personne. Même pas toi. Une fois où nous avions rendez-vous, sortir dans la rue m'a demandé un effort énorme.

Le petit était mignon mais bien différent de ce que j'avais imaginé, comme s'il était l'enfant d'une autre. Je ne lui ai pas peint les yeux avec du khôl comme le faisaient nos mères et je n'ai pas posé un rosaire près de sa tête quand il dormait.

Jamal a perdu son travail juste à ce moment-là. Je ne sais pas très bien ce qui s'est passé, il était depuis longtemps dans cet atelier mais il me disait que les problèmes du travail devaient rester au travail. Comme si je ne pouvais pas comprendre. Il s'est retrouvé au chômage mais il a dit qu'il ne s'inquiétait pas, qu'il en avait, au minimum, pour deux ans. Nous avions tout juste assez d'argent quand il travaillait. Son salaire payait le loyer et la vie plutôt austère que nous menions, mais il arrivait souvent que l'argent disparaisse du compte et je n'arrivais pas à savoir où il était parti. Il me disait que c'était pour ses affaires mais c'était plutôt ce que coûtaient le tabac ou les cafés du bar. Quand j'insistais il me reprochait mes dépenses de coiffure et de maquillage ou il m'accusait de laisser la nourriture se gâter, ce qui portait malheur. Si tu jettes la Baraka que Dieu te donne, la Baraka t'abandonne.

Il ne s'occupait pas beaucoup de l'enfant, tout au plus le prenait-il un moment quand il était calme. Quelquefois, il lui chantait une chanson et s'amusait avec lui. Quand il pleurait la nuit, il ne l'entendait jamais. Même s'il était à la maison à ne rien faire, il ne se chargeait d'aucune tâche domestique. Il disait parfois : Bon, allez, je t'aide, dis-moi ce que je dois faire. Alors là j'explosais. Je criais, criais, pourquoi promettre qu'il s'occuperait de notre enfant, si ce n'était pas vrai. Et quand il ouvrait la porte et partait, je le détestais encore plus.

Et puis ça lui a pris : il est allé à la mosquée, pour prier et pour parler de religion. Il s'est acheté une djellaba blanche qu'il mettait quand il restait à la maison. Il disait : Maintenant je suis père, je dois être un exemple pour mon fils. Et j'avais droit à ses sermons. J'étais épuisée, je voulais une seule chose, fermer les yeux, me doucher sans être accaparée par les pleurs du bébé, avoir un moment pour moi toute seule, et lui, il m'expliquait que dans le Coran il y avait les découvertes scientifiques les plus pointues. Ou bien il essayait de me convaincre de la bonté de notre religion vis-à-vis des femmes. Nous ne sommes pas égaux, cette idée est une grave erreur, elle n'appartient pas à notre tradition. L'islam reconnaît les différences mais il vaut mieux parler de complémentarité. Et tout ça, je devais l'écouter avec une couche sale dans les mains. Il fallait qu'il soit le chef de famille, le guide spirituel. Je lui ai rappelé qu'à peine deux jours avant il se prenait sa petite bière au bar.

Un jour, j'étais seule chez moi. Je n'avais pas fermé l'œil de la nuit. Le petit dormait dans son couffin et je me suis approchée pour vérifier qu'il respirait. Je le faisais souvent, tu te souviens ? Je suis allée à la salle de bains et je me suis regardée. Mes cheveux étaient emmêlés, ramassés en queue de cheval. Je portais une de ces chemises horribles du marché, un cadeau de ma mère pour la clinique, le polyester m'électrisait la peau. J'ai vu des hanches élargies, un ventre bombé et flasque. Celle qui me regardait de l'autre côté du miroir, c'était ma mère, moi je n'y étais pas. Ni mes rêves ni mes désirs ni mon indépendance ni ma liberté. Ni lire ni étudier ni écrire. Alors j'ai ouvert la bouche et j'ai dit : Ça suffit. D'abord en hésitant, puis avec de plus en plus de force : Ça suffit ! ça suffit ! ça suffit !

Le lendemain, j'ai reçu le nouveau permis de séjour et peu de temps après, nous travaillions ensemble.

VI

J'avais dit : seulement les week-ends. Parce que l'enfant était trop petit, il tétait encore, et j'espérais que Jamal retrouverait vite du travail. Voilà pourquoi toi et moi nous ne nous retrouvions que les lundis et les vendredis dans cette auberge. Le grand bâtiment était un ancien internat pour étudiants qu'ils étaient en train de réformer par tranches. Il y avait de très longs couloirs. J'aimais l'odeur du spray de nettoyage. Quand je m'en servais pour la serpillière, je regardais tomber les gouttes minuscules. Tu m'as appris comment ne pas laisser de traces, l'ordre et le sens du passage déterminant le résultat. Avec toi, nettoyer c'était presque une science. En enchaînant correctement les étapes, tout était propre en un minimum de temps.

Le premier jour, même si ce n'était qu'un essai, j'avais un nœud à l'estomac tellement j'étais nerveuse. Nous avions des contrats de quelques jours, de quelques heures même. S'ils étaient contents de nous, ils nous appelleraient pour nous donner plus de travail. Les contrats temporaires des salons de coiffure semblaient un luxe, comparés à l'attente d'un appel de l'agence de travail temporaire pour le lendemain et quelquefois pour le jour même.

Ça m'était égal, il m'était impossible de penser que je pouvais avoir un travail en toute légalité. Je n'avais rien trouvé en dehors du nettoyage, mais peu importait. Après avoir tant pratiqué à la maison, c'était quelque chose que je pouvais faire. Mes illusions s'étaient évaporées, je ne serais ni l'une de ces élégantes réceptionnistes en uniforme ni l'employée d'une boutique de vêtements très classe.

Peu importait, il fallait continuer, nous devions surmonter ce racisme qui consistait à ne nous proposer qu'un emploi de femmes de ménage. Je me suis efforcée de faire de mon mieux, j'ai appris de toi à épousseter au plumeau avec grâce, à faire glisser la serpillière en continu, à frotter les robinets, à rincer les torchons de cuisine. Je pensais au salaire, à ce que j'épargnerais, à ce que coûtait mon inscription pour l'année suivante.

Comme le petit tétait encore, j'ai suivi les conseils donnés par les livres sur l'allaitement. J'ai acheté une de ces machines à traire les femmes et quand je sentais mes seins sur le point de couler je courais aux toilettes. Ils coulaient toujours, tu te souviens ? Cette abondance me surprenait, un flux involontaire capable de nourrir un bébé et de le faire grandir. Là aussi, j'ai contredit mes lectures féministes d'après lesquelles donner le sein était une servitude, un esclavage. À vrai dire, à ce moment-là, je ne me souvenais plus de ce que j'avais lu. Je savais une seule chose, donner le sein était pratique, je n'avais pas besoin d'ustensiles ni de me lever en pleine nuit pour préparer le biberon. Et c'était un plaisir, un plaisir nouveau et inconnu.

Toi, tu ne t'es même pas demandé si tu donnerais le sein à ta fille. Des comprimés pour arrêter le lait, un biberon et ouste, au travail ! Au lieu de te plaindre parce que tu n'avais pas d'autre solution, on t'a critiquée dans le quartier. Une mère est une mère et son devoir est de rester auprès de ses enfants. On t'a accusée d'être dénaturée, d'être froide et insensible à cause de notre nouvelle façon de vivre. Vous voulez être modernes en faisant *rmuncar*, a déclaré La Parabole, priver un enfant qui vient de naître de sa mère est un péché grave que l'on finit par payer. Dans cette vie ou dans l'autre. Tu dédaignais ce genre de commentaires mais tôt ou tard ils finissaient par t'affecter, même si nous n'en étions pas conscientes. Comme quand ils disaient que tu étais une seconde main parce que tu avais divorcé.

Me traire, c'était horrible. Même si la sage-femme avait tout expliqué avec enthousiasme, en réalité c'était la barbe ! Si tu veux tu peux, répétait-elle quand nous lui exprimions nos doutes sur l'allaitement. Ce n'est qu'une question de volonté. Tu gardes ton petit lait dans un petit pot, tu le mets dans ton petit frigo et tu l'emportes dans ta petite maison. Elle employait toujours des diminutifs en assurant que donner le meilleur à nos enfants ne dépendait que de nous.

Le supplice des bouillies et des purées n'a pas tardé à arriver. Tout peser, tout triturer pour que finalement, content de lui, le petit recrache tout ! Comment les bébés humains avaient-ils pu survivre jusqu'à nos jours sans les mixeurs de la dernière génération ? Ma mère m'avait raconté qu'au village elles retiraient du ragoût des patates et des carottes pour les écraser. Mais les mères de notre village ne savaient rien de cette science qu'est la puériculture et elles ne pouvaient pas en tenir compte. J'ai commencé à donner le biberon au petit et il l'a pris sans problème. Quelle tristesse ! Avec quelle facilité il m'avait remplacée par ce succédané de mère, ce simulacre de téton que mon fils suçait exactement de la même manière qu'il avait sucé le mien pendant si longtemps.

Malgré le passage au biberon, il continuait à se réveiller la nuit. Comme il y avait des mois que je ne dormais pas plus de cinq heures d'affilée, j'ai essayé une méthode très célèbre à l'époque. Elle consistait à laisser l'enfant pleurer, à ne pas intervenir. La théorie, une fois de plus, je l'ai apprise par cœur. Y aller au bout de tant de minutes, lui dire quelques mots pour le calmer sans le prendre dans mes bras, m'en aller et revenir au bout de quelques minutes. Cela pouvait durer toute la nuit. L'enfant debout dans le berceau, en pleurs, inconsolable, et moi qui le regarde sans réagir. Lui désespérant que je le prenne et moi désespérant de le prendre. Résistant jusqu'à ce que je pleure en le voyant pleurer et finisse par céder. J'étais devenue moi aussi une de ces mères du village, analphabète et ignorante, une mère qui ne pouvait pas travailler car elle était incapable de suivre correctement la méthode. Finalement, j'ai trouvé une solution : je lisais près du berceau jusqu'à ce qu'il s'endorme. Je lui lisais à voix haute ce qui me tombait sous la main, des romans surtout. Et lui, il m'écoutait en silence.

Ils nous ont donné de plus en plus de travail. Dans des écoles, des bureaux, des restaurants et des boutiques. Nous avancions à un rythme frénétique, ce à quoi tu étais habituée. Nous disions oui à tous les travaux qu'ils nous proposaient. Les horaires changeaient en permanence mais ça nous était égal. Moi, tout m'était égal, pourvu que tu sois à mes côtés.

Je languissais d'embrasser le petit et il me semblait qu'il était un peu moins à moi, je passais tant d'heures loin de lui. Tu me disais : Quelle ânerie, une mère est une mère, ça ne dépend pas des heures que tu passes avec ton enfant. Comment veux-tu faire? Tu me rappelais toujours pourquoi j'étais là : Tu veux rester les bras croisés à regarder ton rejeton? Je n'arrivais pas à croire que tu ne sois pas plus émue d'être séparée de ta petite. Et puisque nous n'avions pas le choix, à quoi servait la culpabilité? Disons que tout va bien et allons de l'avant! Et puis, certains experts que j'avais lus disaient que le plus important ce n'était pas le temps que nous passions avec nos enfants mais la qualité de la relation. Malgré tout je ne m'habituais pas à rester si longtemps sans le bébé qui jusqu'alors dépendait exclusivement de moi pour survivre.

Puis il y a eu ce travail à l'hôtel, tu te souviens? Il nous plaisait beaucoup, surtout l'horaire, car les matinées passaient d'une traite et nous avancions toujours ensemble, synchrones. La patronne, à la voix rauque de buveuse, la cigarette à moitié fumée, chronométrait le temps que nous devions consacrer à chaque chambre. Un poil, disait-elle, un poil qui se colle dans l'œil du client et il n'en partira jamais plus. Quand nous avions fini dans les étages, nous descendions à la buanderie et le parfum d'adoucissant nous enveloppait, tout moelleux, pendant que nous repassions et pliions les draps. Et puis, sans explication, l'agence d'intérim nous a dit que nous ne pouvions plus y revenir. Même si j'essayais toujours de me cacher et de passer inaperçue quand je mettais le foulard pour retourner dans le quartier voir ma mère, un jour j'avais croisé la patronne de l'hôtel. Elle m'avait regardée mais elle ne m'avait pas saluée. Elle avait fait comme si elle ne me connaissait pas.

Au début, je travaillais en me cachant de mon père, bien sûr. Que Jamal soit au chômage l'indignait : a-t-on jamais vu un homme rester à la maison au lieu d'aller gagner le pain de sa famille, a-t-on jamais vu un fainéant pareil ? Je ne faisais pas attention à ses critiques contre mon mari, mais il est vrai que nous nous disputions de plus en plus souvent, Jamal et moi. Je rentrais épuisée du travail et la maison était un désastre, le petit avait des couches qui pendaient tant elles étaient pleines de pisse et Jamal n'avait rien préparé pour le repas. Alors je me souvenais de ma mère disant que les hommes sont incapables de s'occuper d'un bébé, qu'ils ne savent pas, car ils ne sont pas des femmes. Pourtant ce n'était pas si compliqué, avant de partir je lui disais ce qu'il fallait faire. Quand j'arrivais à la maison, le salon était plein de fumée, il y avait des jouets dans tous les coins, la vaisselle n'était pas lavée et le linge n'était pas étendu, alors je me mettais à crier, crier et le petit prenait peur et pleurait, et si je voulais le prendre dans mes bras il me repoussait et me fuyait. Alors Jamal faisait comme à son habitude : il sortait sans dire un mot.

Au lieu d'être triste, de rage je me mettais à ranger et parfois je parlais toute seule avec le petit qui me regardait, assis par terre. Marre, j'en ai marre des mégots, de la nourriture bon marché, de ce ciel gris, de ces murs. Marre de toute cette merde. Et je continuais à passer l'aspirateur, la lavette, la serpillière mais même en nettoyant sans cesse, c'était toujours sale partout.

Et le lundi ! lundi ! lundi ! a de nouveau battu tambour ! Plus constant, plus persistant, toute la journée sur un rythme martial et je me disais que ce n'était pas ainsi que je m'en sortirais. Maintenant j'avais un enfant à nourrir et des études à terminer. Et j'étais de nouveau au régime car j'avais beaucoup grossi. Tous les lundis j'en commençais un nouveau. De telles restrictions n'étaient pas supportables pour des corps qui n'arrêtaient jamais, toujours en mouvement. Je me souvenais de la force de ma volonté avant de me marier. Pourquoi ne pouvais-je pas agir comme en ce temps-là ?

Finalement, nous nous sommes remises à courir. À cette époque-là, Sam avait quitté la ville. Elle avait trouvé du travail dans un hôtel de luxe sur la côte. J'ai su par toi qu'elle avait fini par se marier avec un Noir, comme elle l'avait toujours souhaité et qu'elle avait un beau bébé. De temps en temps, je regrettais ses blagues, cette joie contagieuse dont j'avais profité pendant les années les plus sombres dans le quartier. Je n'ai pas été surprise qu'elle soit partie. Pour que personne ne nous voie, nous prenions ta voiture et nous partions loin en empruntant cette route si belle bordée d'arbres des deux côtés. Je te sentais près de moi, j'entendais ta respiration et de nouveau, avec toi, j'étais convaincue que tout était possible. Même si à ce moment-là toi aussi tu étais désespérée quand tu te rendais compte qu'il était improbable que Saïd change. Tu me disais : Je ne peux plus le voir, quand je m'approche de lui son odeur me donne la nausée. C'était donc ça, le désenchantement dont parlaient les écrivains ? Mais nous n'avons pas lâché prise, nous ne pouvions pas nous le permettre.

Un jour, nous revenions de courir toutes les deux, la peau luisante de sueur, heureuses de nous sentir vivantes et libres loin de tout et de tous. Alors, l'air de rien, tu m'as posé la question : Pourquoi tu n'écris pas ? Je t'ai regardée, surprise : Moi ? Je ne suis pas écrivaine. Je suis mère, pauvre, immigrante. Femme de ménage. Où as-tu vu qu'une femme de ménage écrive ? En disant cela, j'ai senti une vive douleur, en un point très profond, très ancien, très lointain, juste au-dessous de l'estomac. C'était la douleur du renoncement.

VII

Je n'écrivais pas parce qu'il me fallait vivre et puis, après l'expérience de ma première nouvelle, j'étais persuadée que la seule chose qui intéressait les lecteurs, me concernant, c'était que je sois arabe, exotique et lointaine, que je leur parle de cette réalité occulte et mystérieuse, chargée d'une violence primitive qui les fascinait et qui correspondait parfaitement à tous les stéréotypes sur nous qui venions du Sud. Beaucoup de ceux qui m'avaient lue n'avaient-ils pas reçu en héritage un imaginaire venu des guerres d'Afrique, du Protectorat et des Maures assassins et sanguinaires que Franco avait ramenés jusque dans des petites villes comme la nôtre ? Quelques vieilles ne se souvenaient-elles pas des récits effrayants sur nos ancêtres ? N'étaient-ils pas tous persuadés de vivre enfin dans un pays civilisé où l'on était arrivé à l'égalité pleine et entière entre les hommes et les femmes et où les machistes, c'étaient les autres, désormais ?

Des excuses. Tu me disais : Ce sont des excuses pour ne pas réaliser ce que tu souhaites. Peut-être avais-tu raison. J'étais persuadée d'être dans l'imposture, d'avoir trompé tout le monde avec quatre paroles bien senties et que tôt ou tard tout serait découvert. Si je recommençais à écrire, il serait évident que tout était faux. Ce garçon dont je me souvenais si bien, celui qui s'était présenté au prix et ne l'avait pas eu, était donc dans le vrai. Et aussi La Parabole qui rappelait sans cesse que j'avais trahi les miens en leur faisant honte devant les chrétiens. Et toi, indignée : Oui, bien sûr, La Parabole, elle s'y connaît, elle, en littérature !

En faisant des lits, en nettoyant des toilettes et en maniant le plumeau, je me sentais plus sûre de moi. Toi aussi, tu te sentais bien mieux de ne pas avoir à démontrer tes talents de coiffeuse, un travail qui ne convenait pas non plus à une Arabe. Et malgré tout, après cette conversation sur la route bordée d'arbres, les mots et les phrases sont revenus, des textes entiers qui se formaient dans mon esprit pendant que je lustrais des sols et des robinets.

Après l'hôtel, l'entreprise nous a proposé un travail qui nous a donné l'impression d'avoir gagné le gros lot : intégrer la brigade de nettoyage d'une usine. Quarante heures fixes par semaine et un contrat de trois mois qui serait prolongé d'abord jusqu'à six mois et ensuite un an pour déboucher sur une embauche définitive, tôt ou tard. Tôt ou tard, a dit le gérant. Seules les meilleures obtiendraient la place.

Nous avons décidé d'épargner. Après en avoir beaucoup discuté, nous sommes arrivées à la conclusion que le milieu où nous vivions était la cause des disputes avec nos maris, que ce n'était pas eux le problème. Avons-nous été naïves ? Avons-nous mérité ce qui nous est arrivé à cause de notre naïveté ? Nous avons eu confiance, voilà notre faute, nous leur avons fait confiance. Toi, tu as évoqué le mauvais œil. Il était impossible qu'après avoir été aussi amoureux – Saïd avait tout quitté pour vivre avec toi et Jamal avait affronté mon père – il était impossible que ces histoires d'amour si belles se soient transformées subitement de notre côté en une telle sensation de dégoût. Je t'ai dit que je ne croyais pas aux mauvais sorts, mais moi aussi j'ai exempté Jamal de ses responsabilités : Ce sont les autres, les autres les ont transformés.

N'allait-il pas de plus en plus souvent à la mosquée, mon mari ? Ne me rapportait-il pas tous les bruits qui couraient sur les femmes des autres ? Ne rentrait-il pas souvent en se plaignant des hommes qui parlaient de moi ? Saïd refusait de faire ce que tu lui demandais, il disait qu'un vrai homme ne reçoit pas d'ordre de sa femme. Et il ne voulait pas s'occuper de la petite qui était toujours avec ta mère. Nous nous disputions avec eux sans arrêt, on avait l'impression que la rupture allait survenir d'un moment à l'autre. Mais nos mères nous conseillaient de ne pas faire *rmuncar*, ne pas faire de mal à des innocents, sinon c'étaient nos enfants que nous privions de leur père. Alors, la culpabilité nous a fait chercher d'autres raisons et ensemble nous en sommes arrivées à la conclusion que la solution, c'était de quitter les lieux, d'aller vivre à Barcelone, loin des commérages et du contrôle des gens, ainsi ils redeviendraient ceux qu'ils avaient été et nous, nous serions heureuses.

Nous avons donc accepté de travailler de nuit à l'usine, pour la prime. Nous épargnerions autant que nous pourrions pour payer les premiers mois de loyer de notre nouvelle vie. C'est l'espoir qui nous a permis de tenir sans dormir, en nous fatiguant jusqu'à l'épuisement, en agrippant fermement le tuyau à pression. Un tuyau qui, s'il nous échappait, nous avait-on dit pendant le stage de prévention des risques au travail, pouvait nous tuer. Ainsi, nous pouvions rester avec nos enfants pendant la journée. Ce que nous n'avions pas prévu, c'est qu'il nous fallait aussi dormir.

Elle t'allait si bien, la salopette bleue avec les bottes de caoutchouc jusqu'aux genoux. Nous marchions sur la pointe ferrée de nos chaussures et nous disions ça ne fait pas mal, ça ne fait pas mal du tout, elle est en fer. Tu te maquillais, même pour ce travail. Quand nous nous changions dans les vestiaires, tu enlevais tes pantalons et tu laissais à découvert ton cul splendide partagé en deux par un string. Parfois je le regardais quand tu ne me voyais pas et je me disais : quel mal y a-t-il à ça? Qu'y a-t-il de mal dans toutes ces chairs rebondies qui donnent envie de les pétrir? Pourquoi elles dérangent à ce point mon père? Pourquoi les revues de mode disent-elles que nous devons les réduire à leur plus simple expression? Subitement, tout ce gras bien ferme m'est devenu agréable à regarder, je m'imaginais comment cela devait être au toucher. Pourquoi devions-nous nous en débarrasser?

C'était un travail beaucoup plus dur que de nettoyer les bureaux, mais nous nous sentions fortes. La première semaine nous étions éreintées, tu te souviens ? Nous avions des courbatures comme si nous avions passé des heures au gymnase. L'odeur de savon et de désinfectant nous imprégnait tellement profondément que nous la sentions encore quand nous ne travaillions pas. L'eau jaillissait du tuyau avec une force terrible. Le tenir et ne pas le lâcher, c'était une question de vie ou de mort. C'était une arme, notre arme de destruction de la saleté.

Nous étions dix ou douze, hommes et femmes, presque tous des étrangers. Nous étions les seuls « venus d'ailleurs » car les opératrices des chaînes de production étaient toutes « d'ici ». Je ne comprenais pas bien ce que signifiait « d'ici ». Notre quartier était-il ou n'était-il pas « d'ici » ? Et toi tu me disais : Oh ! là ! là ! arrête de parler et nettoie. Qu'ils disent ce qu'ils veulent. Il n'y avait pas d'opérateurs hommes, ni d'ici ni d'ailleurs, eux ils étaient tous contremaîtres. Aucune femme, ni d'ici ni d'ailleurs, n'était contremaître. Là au moins, les hiérarchies étaient claires, elles ne se camouflaient pas derrière une égalité et une non-discrimination qui n'étaient que des mots.

Je partais immédiatement après le dîner et le petit pleurait, il s'accrochait à mes jambes et je devais détacher ses doigts un à un. Nos enfants seront heureux, avions-nous dit avant leur naissance mais nous ne tenions compte ni des pleurs que notre absence provoquerait, ni du fait que nous ne pourrions pas rester auprès d'eux. C'était différent entre toi et ta fille et je ne sais pas si je t'enviais pour ça. Pourquoi nous en voulaient-ils autant, à nous les mères, pourquoi nous en voulaient-ils plus à nous qu'à leurs pères ? Pourquoi aucune des féministes que j'avais lues ne m'avait parlé de ces pleurs ? Je partais en courant, laissant la voix du petit derrière moi, persuadée que cette sensation d'être partagée en deux ressentie tous les soirs n'avait pas de solution. Certains spécialistes conseillaient d'ignorer les demandes des petits enfants, ils s'habitueraient, comme ils disaient. D'autres affirmaient que le devoir des femmes était de rester à la maison pour s'occuper d'eux jusqu'à ce qu'ils aient grandi. Ces spécialistes devaient avoir le frigo bien plein et les factures payées. Comme tant d'autres mères, nous avons fait ce que nous avons pu et nous avons vu se déchirer définitivement l'image idyllique que nous avions des non-Arabes, celles qui réussissaient en tout avec leur formidable capacité à concilier la vie familiale et la vie professionnelle.

VIII

La rage que nous avions accumulée était un moteur qui nous propulsait vers le futur. Une rage souterraine, comme un fleuve de lave sous les plaques tectoniques de nos tempéraments, patients et calmes en apparence. Ce fleuve incandescent s'était formé quand nous avions vu la réalité de notre situation, quand nous avions établi des liens entre tout et compris que nous était attribuée une place où tout le monde profitait de nos efforts. Des efforts dont nous étions persuadées qu'ils nous conduiraient vers une vie nouvelle. Mais nous ne recevions en échange qu'une faible compensation.

Les maris qui ne s'occupaient pas de la maison, les chefs qui essayaient de nous payer le moins possible, les boutiques qui nous vendaient des vêtements qui ne résistaient pas au premier lavage, les propriétaires des appartements qui nous augmentaient le loyer et la publicité qui créait des besoins que nous n'avions pas, tous profitaient de nos efforts. Nous travaillions sans répit, nous faisions des heures supplémentaires, nous ne renoncions pas, convaincues que bientôt nous pourrions quitter cette vie-là. Souvent, en partageant notre repas dans les vestiaires, avec les chaînes de production en bruit de fond, nous étions prises d'un désespoir soudain. Parce qu'était arrivée une facture d'électricité au montant astronomique qui engouffrait une bonne part de notre épargne, parce que la machine à laver tombait en panne, parce qu'augmentait l'assurance de la voiture ou le panier des commissions. Nous étions fatiguées de tant planifier l'avenir et nous nous disions :

et puis merde ! Et puis merde, et nous faisions un achat bien au-dessus de nos moyens. Des chaussures. Toi, les chaussures et les sacs te rendaient folles. Moi, les produits les plus chers pour les cheveux. Des masques, des shampoings.

Encore heureux que nous soyons là l'une pour l'autre. Pour supporter les critiques qui continuaient à nous arriver du quartier – a-t-on jamais vu qu'une femme mariée passe la nuit dehors ? Pour ignorer les commentaires sur les Arabes que nous entendions à l'usine, pour oublier toutes les étiquettes que tout le monde nous collait. Oui, finalement nous avons vu le monde exactement tel qu'il est et nous avons cessé de croire à un idéal. Cet atterrissage dans la réalité m'a été plus supportable grâce à toi. C'est pourquoi ensuite il m'a été si difficile de ne plus t'avoir près de moi, tu étais la seule personne qui pouvait comprendre tout ce qui nous contraignait : le machisme, le racisme, le fait de venir d'un quartier comme le nôtre, les multiples pressions qui tenaillaient nos corps et nos vies. À toi, je n'avais besoin de rien expliquer. Avec toi je pouvais être, sans avoir à me définir.

La rage ne se voyait pas, nous ne faisions que la ressentir comme un élan venu des profondeurs, un ressort qui nous propulsait vers l'avant. De temps en temps, nous ne parvenions pas à l'étouffer, elle éclatait tout à coup à la surprise des personnes présentes qui nous croyaient des filles au bon caractère.

Tu te souviens de la chef de la brigade de nettoyage ? Elle nous a pris en grippe dès le début. Ce qui l'embêtait le plus, c'était que je lui pose des questions. Elle me disait : Ne demande pas, fais-le, un point c'est tout. Elle était d'un despotisme primitif, comme un contremaître de plantation. Un jour je le lui ai dit. Ouh là ! dans quel état elle s'est mise ! Mais je n'ai pas pu m'en empêcher. Elle était venue de Cuba pour se marier avec un homme de la ville mais elle se croyait au-dessus de tous les membres de la brigade. Un jour, elle a dit : « Vous, les immigrants, vous profitez de toutes les aides. »

C'est ce jour-là que j'en ai eu assez de son bavardage. Elle se vantait sans arrêt de sa maison avec jardin, du téléviseur dans la chambre du petit, de ses vêtements de prix, du mari riche, des vacances dans des hôtels de luxe. Toi, tu me disais : Ne fais pas attention, laisse-la, qu'elle dise ce qu'elle veut. Quand elle a sorti son truc sur les immigrants et les aides je n'ai pas pu me taire. Je lui ai dit que je comprenais pourquoi elle était partie de Cuba, parce qu'on ne la laissait pas devenir contremaître dans une plantation. Tu ne t'es jamais regardée dans une glace ? Tu ne vois pas que toi aussi tu es une immigrante ?

J'ai cru que je serais renvoyée mais le gérant s'est contenté de me faire un petit laïus. Je t'ai raconté qu'il avait été très aimable et toi tu m'as mise en garde : Ne t'y fie pas, il s'entend très bien avec la Cubaine. Et tu avais raison. Quelques jours plus tard, ceux du syndicat sont venus. Apparemment nous avions droit à notre propre délégué car nous étions sous contrat avec un entreprise différente de l'usine. Ce sont les camarades qui m'ont convaincue de me présenter. Tu le sais, ce travail est le plus dur que j'aie jamais fait, je crois que c'est vrai pour toi aussi. Il ne s'agissait pas seulement de l'effort physique du nettoyage industriel, c'était l'horaire nocturne, la ségrégation aussi radicale entre nous qui ramassions la merde et ceux qui étaient sous contrat avec la fabrique, la chef de brigade, bien sûr et le tout cumulé je me sentais plus exclue que jamais. Là-bas j'ai pris conscience de la place qui m'était attribuée dans le monde et malgré tout j'ai rencontré une solidarité que je n'avais vue nulle part ailleurs. Nous nous entraidions, je me souviens que quand quelqu'un était en retard sur une chaîne, tout le monde lui donnait un coup de main. Nous organisions des tours pour les repas dans les vestiaires préfabriqués à l'extérieur du bâtiment mais le vendredi, quand la production s'arrêtait et que nous restions seuls, nous nous vengions de cette discrimination en dînant dans le réfectoire. Bien au chaud, bien éclairés, nous nous servions des micro-ondes réservés à « ceux d'ici ». Je me souviens que nous partagions nos repas et si la chef nous surprenait elle disait : Au lieu de manger chacun son repas, ils mettent tout en commun. Et elle riait.

Cette camaraderie de l'usine m'a toujours manqué, même si je n'y retournerais pour rien au monde. Tout n'était pas que solidarité et entraide. Tu te souviens sûrement de ce garçon qui m'a coincée dans les toilettes jusqu'à ce que je crie, et de tous les hommes qui nous poursuivaient, même s'ils étaient autant discriminés que nous. Malgré tout, ils m'ont encouragée à me présenter comme déléguée syndicale. Je m'étais déjà fait le film où je me transformais en combattante pour nos droits quand le gérant est arrivé à l'improviste et m'a prise à part. Comme j'avais un contrat à durée déterminée, si je me présentais comme déléguée, ils ne me le renouvelleraient pas. Et ma grande aventure syndicaliste s'est arrêtée net. J'avais un enfant à nourrir. J'avais eu tant de difficultés à obtenir cet emploi, je ne pouvais pas prendre de risque.

Le lundi était devenu notre jour de la semaine préféré. C'était le jour où nous avions pu dormir toute la nuit, nous n'avions pas sommeil et n'étions pas fatiguées. Nous prenions les enfants, nous les flanquions dans ta voiture et nous allions à Barcelone, la musique à fond, dansant et riant avec eux. Ou à la plage si c'était l'été, ou patiner sur la glace, au parc d'attractions. Nous entrions dans toutes les boutiques, nous essayions des robes qui coûtaient un mois de salaire, nous nous prenions en photo et nous les rendions en soupirant, en pensant au jour où nous pourrions en emporter une à la maison. Nous nous maquillions avec les produits de démonstration pendant que les enfants touchaient à tout jusqu'à ce que les employées finissent par nous faire des remontrances. Bras dessus bras dessous, nous faisions les coquettes avec les hommes qui nous interpellaient dans la rue. Nous nous empiffrions de hamburgers, de glaces et de gâteaux, nous buvions une bière. Ensuite nous mâchions des tas de chewing-gums pour ne pas sentir l'alcool en rentrant chez nous.

Jamal et Saïd n'appréciaient pas du tout nos sorties. Nos plans pour déménager afin de sauver nos couples existaient toujours. Malgré nos dépenses, nous avions réussi à épargner pas mal d'argent. Notre contrat à l'usine se terminerait bientôt. Nous nous sommes mises à chercher du travail et un appartement à Barcelone. Nous tenions à ce projet et nous n'avons pas voulu voir que les disputes étaient de plus en plus fréquentes, que nous passions des journées entières sans parler à nos maris. Je ne permettais pas que Jamal m'approche, je ne supportais pas son odeur, ses bruits, sa présence. Je le trouvais ridicule quand il se prosternait avec ferveur sur le tapis de prière. Le petit parlait à peine mais Jamal lui apprenait à mémoriser des sourates du Coran alors que le lundi je lui laissais manger du porc et que nous buvions de la bière devant lui.

Quand tu proposais à Saïd des horaires pour visiter un appartement que tu avais trouvé, aucun ne lui convenait, et cela depuis des semaines. Il n'avait jamais le temps, il avait toujours autre chose à faire. Jusqu'à ce que tu n'en puisses plus : Que veux-tu, à la fin ? Et il t'a répondu qu'il ne voulait pas habiter à Barcelone, que la ville ne lui plaisait pas, trop de bruit, tout est trop cher. Il était bien là où il était, il n'avait ni problème avec les gens ni avec quoi que ce soit, le problème c'était toi, qui voulais faire ce qui te plaisait, a-t-on jamais vu qu'une femme mariée fasse ce qui lui plaît ? Et il t'a reproché de ne pas t'occuper de ta fille, de vouloir toujours plus d'argent, d'avoir une ambition démesurée. Tu te prends pour qui ?

Jusque-là, je ne t'avais jamais vue aussi désespérée. Il n'y avait aucune trace d'optimisme dans tes larmes d'indignation. Ils nous avaient trompées dès le début. Ils n'avaient jamais eu l'intention de changer. Le style de vie d'avant, celui de nos parents, était trop confortable, ils n'y renonceraient pas. Tu m'as dit : Nous sommes une bonne affaire, toutes les deux. Non seulement nous faisons les mêmes choses que nos mères mais en plus nous gagnons de l'argent et nous les déchargeons de leurs responsabilités.

Quelques jours plus tard, c'était le tour de Jamal. Un matin, il a dit je m'en vais, je dois partir en voyage. Soudainement, sans explication. À cette époque-là, il était toujours habillé d'un ensemble deux-pièces de couleur grise, un vêtement afghan ou pakistanais. Je ne sais pas d'où il l'avait sorti. Il voulait laisser pousser sa barbe mais il ne lui venait qu'une touffe de poils clairsemés qui me dégoûtait. Il devait partir en voyage avec une confrérie pour apprendre ce qu'était le véritable islam, un long voyage pour devenir un meilleur musulman. Je me suis écriée : Tu ne peux pas faire ça, tu ne peux pas abandonner ton fils. Je n'avais pas conscience qu'il m'abandonnait moi aussi, je ne pensais qu'au petit. Et au travail. Qui s'occuperait de lui la nuit ? Lui aussi il m'a reproché mon excès d'ambition, mon amour de l'argent facile – oui, il a dit facile – qui s'évaporait, car mon problème c'était que j'étais trop attachée aux biens terrestres alors que le bonheur véritable était dans l'adoration de Dieu, dans l'autre monde. Il a ajouté : Je le fais pour mon fils. Pour lui, je dois partir et devenir un meilleur musulman.

Voilà comment je suis arrivée au bord du gouffre. Mon contrat s'achevait quelques jours après, ensuite ils m'embaucheraient. J'ai demandé à ma mère si je pouvais lui laisser le petit et elle m'a dit que non, je savais bien que mon père était contre le fait que je travaille, et de nuit, en plus. J'ai appelé une tante éloignée qui était arrivée peu de temps avant et que j'avais aidée à remplir tous ses papiers. Mais elle ne pouvait pas non plus, son mari travaillait pour mon père et elle craignait qu'il le renvoie. Je me suis souvenue de tous ses mots de remerciement chaque fois que je l'avais accompagnée à la mairie, au dispensaire, à l'école de ses enfants. Elle me parlait toujours de la famille, de nous entraider mais quand je l'ai appelée, je n'ai rien retrouvé de tout ça. Et il n'y avait pas de baby-sitters qui pouvaient rester toute la nuit avec le petit, leur salaire aurait englouti tout ce que je gagnais.

C'était l'heure de retourner à l'usine et je ne pouvais pas partir. Je regardais le petit, je regardais les murs ocre de l'appartement, les toiles d'araignées au plafond. Je suis restée parfaitement calme, tout à coup, immobile. Ça y est. J'ai perdu. J'ai perdu mon travail, mon avenir, la vie qui nous attendait après tant d'efforts, loin du quartier, libres.

C'est toi qui m'as conseillé de me mettre en congé. Mais je ne suis pas malade ! Peu importe, tu leur dis que tu as mal au dos, que tu ne peux pas te baisser. Partons. Partons ensemble. Partons d'ici. Nous ne pouvons pas rester, ils ne nous veulent pas, pas telles que nous sommes. Ils nous expulsent. Il y a longtemps qu'ils nous ont expulsées.

Le lendemain, je marchais dans la rue avec une étrange sensation d'irréalité. Le ciel recouvrait tout d'une sombre clarté et moi j'avançais comme une somnambule après une nuit blanche, les yeux fixés au plafond. J'ai glissé le livret d'épargne dans le lecteur de façon routinière, comme je le faisais de temps en temps. J'avais assez économisé pour repartir à zéro mais quand j'ai vu le chiffre affiché sur l'appareil, je n'ai pas compris, j'ai mis un moment à réaliser qu'il ne restait presque plus rien sur le compte. Furieuse, je suis entrée pour dénoncer cette erreur au guichet. Mais il n'y avait aucune erreur. Jamal avait tout emporté. Mais non, c'est impossible, Jamal n'aurait jamais fait une chose pareille. Je l'ai appelé mille fois mais il avait éteint son téléphone. Quand je te l'ai raconté, tu m'as accompagnée au commissariat. Ils m'ont dit que le compte étant à nos deux noms ils ne pouvaient rien faire, qu'il était autant que moi autorisé à disposer de cet argent et qu'en l'absence de délit, ils ne pouvaient pas le rechercher. Et l'abandon de domicile ? Dans ce cas, il fallait déposer une demande de divorce. Quel cauchemar ! Passer mes journées à courir à droite et à gauche, et la bureaucratie, et la désillusion, et le sentiment d'impuissance. Je n'avais même pas droit à un avocat d'office car avec la prime de nuit et les heures supplémentaires toute l'année, j'avais dépassé la limite de l'assistance juridique gratuite.

Voyant que je ne pouvais rien y faire, je suis rentrée à la maison et j'ai vomi. Ensuite, je n'ai pas pu supporter le vide et j'ai commencé à me remplir de tout ce que je trouvais. J'ai vidé le frigo et les placards de la cuisine puis je suis descendue au supermarché acheter toujours plus de nourriture. J'ai mangé pendant des heures, sans m'arrêter. C'était ma punition. Pour avoir été confiante, pour avoir été naïve, pour m'être laissé tromper. Pour n'avoir pas été digne d'un vrai amour venant d'un homme qui ne m'aurait jamais abandonnée sans un sou.

IX

Tu m'as dit : Ce n'est pas grave. J'ai assez d'argent pour nous deux, nous partirons ensemble, ne t'inquiète pas.

À l'usine, ils ne nous ont pas renouvelé notre contrat. Nous avons pris la quittance et nous sommes parties à la recherche d'un appartement et d'un travail. Ta mère t'a conseillé de lui laisser ta fille jusqu'à ce que tu sois installée. Moi, j'emmenais mon fils partout, je ne pouvais pas faire autrement. Quand j'avais un entretien, tu m'attendais dehors avec lui. Des jours et des jours sans s'arrêter, toujours pendues au téléphone. Nous mettions des tailleurs pour avoir l'air sérieuses. Les cheveux lisses, maquillées, arborant notre plus beau sourire, nous surmontions nos nombreuses déceptions quand les conditions réelles étaient bien différentes de celles promises par les annonces. Les appartements ne ressemblaient pas du tout à leurs descriptions : accueillant voulait dire qu'on n'y aurait pas fait entrer une aiguille, silencieux, qu'il n'y entrait pas un rayon de soleil, nombreuses possibilités, que tout était à refaire. Certaines agences voulaient nous faire payer pour visiter l'appartement. D'autres nous informaient que dans notre cas les propriétaires refusaient de nous louer. On nous disait : Je vais être sincère avec vous, comme s'il s'agissait d'une faveur. J'ai dit à l'un d'eux : Moi aussi je vais être sincère avec toi, tu diras aux propriétaires que ce sont des racistes de merde. Sans parler de ceux qui nous obligeaient à venir en personne et qui, au téléphone, nous demandaient notre poids, notre taille et celle de nos soutiens-gorge.

Quand je n'étais pas avec toi à Barcelone à courir les rues, ou à m'occuper du petit, j'écrivais. J'avais des impulsions soudaines, comme si c'était une autre que moi qui noircissait des pages et des pages. Je ressentais les mots comme des tirs chargés de toute la colère que je ne pouvais expulser. Tout le temps passé à écrire était un temps où je cessais de manger de façon compulsive, de vomir ou de pratiquer des exercices épuisants au milieu du salon sous les yeux du petit.

Un jour je t'ai demandé de m'accompagner à la faculté. Je t'ai dit : Juste pour voir. Il s'en fallait de beaucoup que je puisse reprendre mes études mais je voulais vérifier que le monde de l'université, si différent de celui de l'usine, était toujours là, qu'il avait existé, qu'autrefois j'avais été étudiante moi aussi, une étudiante presque normale. C'était douloureux d'entrer dans la cour des orangers, de me souvenir de Raquel, d'Alex et de nos conversations si passionnantes. Il y avait longtemps que je ne leur avais pas téléphoné, j'avais honte.

Nous sommes ressorties en courant, j'ai eu la nausée dès que nous sommes entrées dans le bâtiment. Je t'ai dit : Partons. Il faisait soleil, le ciel était très clair et la lumière aveuglante. Toi, tu portais des lunettes noires. Le petit sautait sur les bandes du passage piéton. C'est alors que je l'ai vu : Javier. Comme s'il émergeait d'un autre monde. J'ai eu envie de pleurer et de l'embrasser. Le feu est passé au rouge et nous sommes restées au milieu du passage. Les voitures circulaient en klaxonnant. Tu es partie d'un côté avec le petit, moi je suis restée de l'autre côté avec Javier. Je ne sais pas s'il s'en est aperçu mais quand nous avons échangé les deux baisers protocolaires j'ai fait durer l'instant précis où j'ai senti sa peau contre la mienne. Ensuite tu m'as dit : Appelle-le, appelle-le et donne-lui rendez-vous. Je m'occupe du petit. Mais je ne l'ai pas fait.

Tu es plus aventureuse que moi. Quoique toujours mariée avec Saïd tu as fixé des rendez-vous à d'autres hommes rencontrés dans les discothèques du Port olympique. Tu les accompagnais à Montjuïc en voiture ou tu allais chez eux et quelquefois à l'hôtel. Tu me racontais combien c'était émouvant de le faire en regardant les lumières de la ville, face à la mer, dans des endroits où tu savais que tu ne retournerais jamais. Rien à voir avec la position du missionnaire du samedi. Il y avait tout un monde d'expériences au-dehors et nous avions été assez naïves pour être passées à côté. Et tu n'as pas peur ? Tu répondais non car le pire mal qu'on pouvait te faire, Saïd te l'avait déjà fait. L'amour n'est rien d'autre qu'un piège pour que nous nous soumettions volontairement, nous les femmes, exactement comme nos mères. On ne te la ferait plus, à toi. Le sexe. La seule chose qui t'intéressait chez les hommes, c'était le sexe. Et c'est ce qu'ils veulent eux aussi, non ? Alors, au diable les déguisements, les belles paroles vides et les imbécillités pseudo-romantiques. Baisons à en mourir, baisons autant qu'il nous plaira et qu'ils aillent se faire foutre !

Je pensais toujours à Javi. J'imaginais l'intimité avec lui. J'étais convaincue qu'elle serait sublime, exquise, avec ses doigts sans graisse de mécanicien, ouvrant des bouteilles de vin avec élégance tout en parlant de poètes et d'écrivains, feuilletant le journal le dimanche matin en commentant les pages culturelles. Nous nous disputions toi et moi, à ce moment-là, toujours sur le même thème : est-ce que Jamal et Saïd étaient comme ils étaient en tant qu'Arabes ou en tant qu'hommes. Moi je disais en tant qu'Arabes et toi : Non, ils sont les mêmes partout.

Nous avons trouvé un petit appartement tout au bout de la ville, encore une fois entre la voie ferrée, l'avenue Méridienne et les Rocades, encore une fois dans un triangle mais celui-là c'était notre triangle à nous. Là-bas, nous ne connaissions personne, nous pourrions enfin être nous-mêmes. Et libres, vraiment.

J'ai quitté mon appartement, j'ai donné tout ce que j'ai pu donner pour ne rien emporter et j'ai dit à ma mère que je déménageais alors que j'étais déjà partie. Qui t'aidera là-bas ?

Et qui m'a aidée dans le quartier ? Qui ? Elle n'arrêtait pas de pleurer en me parlant du destin, de ce que Dieu avait écrit pour chacune d'entre nous.

J'ai passé toutes les étapes de la sélection pour un emploi dans une caisse d'épargne mais alors que j'étais persuadée qu'ils me prenaient, ils m'ont dit que non, que je n'avais pas un profil assez agressif. J'ai fait un essai pour un *call center* et je n'ai été capable de rien vendre. Quand les gens criaient après moi au téléphone, j'étais confuse et je raccrochais. Les magasins de vêtements ne m'appelaient jamais et les supermarchés non plus. Un seul l'a fait et j'ai travaillé quinze jours à changer la date de péremption sur les emballages, à découper des agneaux entiers dans la chambre froide pour préparer plein de plateaux pour barbecues. Dans un syndicat, on m'a dit qu'ils recherchaient un profil comme le mien pour attirer des adhérents mais ils préféraient un homme car les hommes pouvaient entrer dans les mosquées. Chaque fois qu'un travail m'était refusé, j'écrivais, je revenais à la page blanche et les mots sortaient tout seuls. Une autodéfense, un bouclier, une vengeance.

Quand tu as trouvé un emploi dans un célèbre salon de coiffure du Passeig de Gràcia j'ai repris contact avec Raquel. Elle en était déjà à la dernière année de ses études. Alex l'avait quittée et il y avait longtemps qu'elles ne se voyaient plus. J'allai à son appartement du Raval où des gens entraient et sortaient en permanence. Il n'y avait ni salon ni télé. La vaisselle était un mélange de reliquats d'autres vaisselles, chacun cuisinait ses repas. J'étais prise d'une sensation enivrante de chaos. Nous nous asseyions sur son lit dans une chambre pleine de meubles ramassés dans la rue et elle me racontait son séjour à Paris, ses voyages du week-end car elle profitait de tout son temps libre pour sortir. Une fois de plus, j'avais sous les yeux une vie enviable. Elle était volontaire dans une ONG antiraciste et elle m'a convaincue de participer à une table ronde. Pour raconter mon expérience, bien entendu.

Quand mon tour est venu de parler je n'avais aucune idée de ce que je devais dire. Quelle était mon expérience? Était-elle différente des autres?

Raquel m'a introduite dans son monde. Elle m'invitait à l'accompagner dans ses activités, nous emmenions le petit partout et c'était comme un jouet pour les jeunes gens. Ils le prenaient sur leurs épaules et lui, il était heureux. Quand il a su parler avec plus de facilité, il leur demandait s'ils avaient une fiancée et s'ils voulaient bien se marier avec sa maman. Nous sommes allées à des manifestations pour le droit au logement, contre la guerre, pour la Palestine, contre la globalisation. Raquel disait toujours qu'elle ne voulait pas être fonctionnaire. Que ses parents l'étaient et que c'était une arnaque. Qui veut vivre toujours au même endroit? Qui veut un travail pour toute la vie. Et moi je disais oui, qui peut vouloir une chose pareille? Pendant ce temps, je continuais à envoyer des curriculums un peu partout.

X

La dernière fois que j'ai vu mon père, c'est le jour où l'on m'a prise en photo pour le journal. Un journaliste avait assisté à la table ronde sur le racisme et il m'a demandé d'apparaître dans son reportage sur les nouveaux habitants de la ville. J'ai d'abord pensé que je ne voulais pas y figurer mais tu m'as convaincue que ce pouvait être une bonne chose. Qui m'aiderait à trouver du travail. Ou à publier mon livre. Il n'est pas déjà fini ?

J'allais très peu voir ma mère et j'essayais toujours de ne pas croiser mon père. Chaque fois que je revenais aux trois tours j'en étais malade, j'avais mal partout, comme si quelqu'un m'avait flanqué une râclée. Je n'allais même pas en ville, même ça je ne le supportais pas mais le photographe était très aimable et il m'a dit qu'il voulait me montrer « dans mon environnement ». Je n'ai pas su lui dire que je ne voulais pas y aller, je ne lui ai pas raconté que de là-bas aussi on m'avait expulsée. Pourquoi avions-nous tellement honte de dire comment on nous avait traitées ? Pourquoi nous sentions-nous responsables de ce que les autres nous avaient fait ? J'ai menti au journaliste quand je lui ai dit qu'à l'école je n'avais eu aucun problème, que j'étais une camarade de classe parmi d'autres. Comment pouvaient-ils me traiter comme l'une des leurs si j'étais une Arabe bûcheuse, le nez constamment dans un livre, qui ne pouvait sortir de chez elle que pour aller à l'école ou à la bibliothèque ou faire les courses ou chez le médecin ? Comment ne m'aurait-on pas discriminée dans un quartier qui n'était que discrimination, de la hauteur des plafonds jusqu'aux voies de chemin de fer ? Comment pouvais-je dire que j'étais normale alors que je m'étais mariée à dix-huit ans, que j'avais eu un fils à vingt et avais abandonné les études à mi-chemin ?

Ce n'était pas que je voulais mentir au journaliste mais je trouvais humiliant de devoir raconter ce genre de choses. Et donc nous avons parlé de papiers, de discrimination quotidienne, d'ici et de là-bas. Si je répondais ce qu'il attendait de moi, tout allait bien. Comme tu le sais, ici ils ne te considèrent pas encore comme étant du pays et là-bas ils croient que tu as cessé d'être comme eux. Il n'a rien demandé qui ait rapport avec l'amour ou avec le sexe, la nourriture, l'exercice et nos corps contraints par mille normes. Moi non plus je n'ai pas parlé de ces sujets-là. Je ne comprenais pas alors que tout était lié. Et puis c'était trop personnel, trop intime, il était plus facile de parler de voyages, de frontières physiques et de déracinement à la façon dont tout le monde parlait de ces thèmes, en utilisant le même langage.

Donc, comme ce photographe était vraiment aimable, j'ai accepté d'aller dans le centre de notre ville. Lui, il préférait le quartier mais je lui ai dit que non, que c'était trop laid. C'était étrange d'être vue par son œil à lui, et qu'il le fixe sur moi. Tant d'attention me gênait et je me souvenais des femmes qui se cachaient le visage quand un appareil photo apparaissait. On n'avait jamais fait autant de photos de moi. Et si mon père finissait par les voir ? Que penserait-il ? À ce moment-là j'allais encore voir ma mère la tête couverte, déguisée. Pour le reportage, je me suis habillée le plus normalement possible : des jeans et un pull en tricot rose. Un peu serré, rien d'extraordinaire, mais si je me souvenais de ce que ma mère m'avait enseigné, je transgressais une infinité de règles de décence. Les cheveux détachés, frisés parce que j'étais fatiguée de les défriser, courts et avec les mèches que tu m'avais faites.

Sous le regard attentif du photographe, je pensais à ces transgressions, à mon père criant à ma mère : Regarde ta fille, cette truie. Mais j'avais aussi d'autres préoccupations qui encombraient ma tête : les kilos en trop, le ventre qui n'avait pas disparu après la grossesse, la poitrine tombante. Dans les revues, on te conseillait de placer un crayon sous les seins pour vérifier les effets de la pesanteur. S'il ne tombait pas, il était déjà trop tard. Moi, j'aurais pu y maintenir une boîte entière de crayons après la grossesse et l'allaitement. En plus, j'étais grosse, énorme de partout et les lecteurs du journal se diraient en me voyant que je n'étais pas du tout féminine, les femmes féminines sont petites, délicates, graciles, elles flottent presque. Occuper peu d'espace est une vertu et nous les Arabes, c'est connu, nous avons le vice de nous répandre en largeur sans aucun contrôle.

Par chance, le photographe m'a mise à l'aise, nous en avons très vite terminé et nous sommes revenus à l'endroit où il avait garé sa voiture. Nous parlions tranquillement quand soudain mon père est arrivé. Il est venu droit sur nous, les clés à la main et un cure-dents à la bouche qu'il mâchait comme à son habitude. Il m'a vue, il a regardé le photographe, il m'a regardée moi et il l'a regardé de nouveau et j'ai vu son visage gonfler et rougir comme s'il allait éclater. J'ai commencé à lui parler doucement, je lui ai dit : Non, non, ce n'est pas ce que tu crois. Mais lui il criait déjà sans s'arrêter, agitant les bras, tapant du pied par terre tout en venant vers nous comme s'il voulait nous frapper. Il répétait : Plutôt mort que déshonoré et il jurait par Dieu et par Mahomet que jamais de la vie il ne permettrait qu'un chrétien emmène sa fille. Encore heureux qu'il ait dit tout ça dans notre langue, qu'il ne se soit pas adressé à lui directement et ne l'ait menacé que de temps en temps.

J'ai pris le petit avec moi et j'ai commencé à m'éloigner. Le photographe m'a demandé si je voulais qu'il appelle la police ou ce que je voulais qu'il fasse. Je lui ai demandé de partir – s'il vous plaît – c'était ce qu'il pouvait faire de mieux. Il n'était pas convaincu mais j'ai tellement insisté qu'il s'est éloigné un peu, à contrecœur et en continuant à nous observer. Je portais le petit sur le dos et je marchais aussi vite que je pouvais vers la gare. Mon père m'a suivie jusque-là, en m'insultant et en crachant dans ma direction. Mon fils de temps en temps montrait du doigt son grand-père en lui disant : « toi non » ou « imbécile ».

Quand je suis montée dans le train, j'ai sorti le foulard du sac et je l'ai lancé sur les voies. Je ne me suis plus jamais voilée.

XI

Nous dormions tous les trois ensemble, il n'y avait qu'un lit double dans l'appartement. Nous n'avions ni canapé ni table ni chaises. Pour les repas, nous pliions des couvertures que nous posions à même le sol. Tu disais : C'est comme au village et nous riions car plus rien ne pouvait nous atteindre. Tu travaillais toujours plus. Au salon de coiffure mais aussi dans un restaurant les fins de semaine. Pas au début, au début tu avais les dimanches et les lundis de libres et un week-end tu as amené ta petite. Pendant la journée, elle était très heureuse, comme quand nous descendions les lundis à Barcelone à l'époque de l'usine. Nous avons conduit les enfants au zoo et nous nous sommes promenés à la Citadelle. Ils étaient heureux de jouer et nous les imaginions déjà en train de grandir ensemble. Mais la nuit du dimanche, ta fille s'est mise à pleurer et il n'y avait pas moyen de la consoler. Elle voulait retourner chez sa grand-mère, elle n'aimait pas chez nous, et sa chambre lui manquait. Elle disait : Je veux *imma*, je veux ma mère. Toi, tu la regardais et tu ne savais pas comment réagir, tu lui promettais une infinité d'activités à faire ensemble, tu lui disais que tu étais sa mère mais c'était peine perdue.

Dans tes yeux j'ai vu réapparaître l'ombre aperçue des années auparavant et il m'a semblé que quelque chose avait changé, que le refus de la petite t'avait beaucoup plus affectée que tu ne le laissais paraître. Tu l'as ramenée, bien sûr, tu as dit que tu préférais qu'elle soit heureuse même si ce n'était pas avec toi et puis tu aurais tout ton temps pour travailler et épargner. Tu as débuté dans ce restaurant où venaient des gens importants qui te donnaient de bons pourboires. Ensuite tu sortais sans arrêt et même si la nuit je sentais la chaleur de ton corps près du mien, à la vérité nous ne nous voyions presque pas.

Dès notre arrivée à Barcelone, tu as pris l'habitude de circuler à bicyclette. Tu m'as dit : Ça ne coûte pas cher et puis je fais de l'exercice. Tu t'es inscrite au gymnase et tu as beaucoup minci avec l'aide d'un diététicien que tu voyais toutes les semaines. Tu es parvenue à réduire ton fessier grâce à une méthode efficace pour les « zones de conflit ». Comme si ton cul et tes cuisses étaient des pays en guerre ! Une fois tu m'as invitée à t'accompagner. Le diététicien était un homme d'âge moyen, plutôt grassouillet. Sur son bureau, il y avait des photographies de ses enfants : deux garçons, rondouillets eux aussi. Il te parlait d'un air sérieux et quand la séance était terminée, il te demandait toujours : Veux-tu que je te pique ? La première fois que j'ai entendu cette expression, je me suis mise à rire. Mais ce n'était pas une plaisanterie, il avait un pistolet qui t'injectait des extraits d'herbes sous la peau pour faire fondre la graisse. À chaque tir, une aiguille te perforait. Mille aiguilles nous cousaient ! Qu'avions-nous fait pour mériter cette torture ? Aujourd'hui, il nous semble curieux qu'on nous ait obligées à nous soumettre à cette sorte de châtiment. Quand le diététicien déclenchait le pistolet, une lueur de satisfaction apparaissait dans ses yeux. Et si nous ne perdions pas le poids que nous devions perdre chaque semaine, il nous engueulait.

Quand je n'avais pas de travail, je passais la journée à me promener dans les rues de la ville, avec la poussette. Je regardais autour de moi, j'essayais de me fondre dans le bruit de la circulation, de me laisser porter par le rythme ambiant, sans penser à rien. Ni au peu d'argent qui restait, ni à ma mère pleurant au téléphone la dernière fois que j'avais parlé avec elle. Ni au fait que Jamal pourrait surgir un jour et emmener le petit. Saïd, lui non plus, ne voyait pas votre fille, même s'il habitait toujours dans le même quartier que ta mère. Et tu disais à ta fille que bientôt tu l'emmènerais avec toi, que tu mettais de l'argent de côté pour acheter des meubles, tu lui montrais des catalogues.

Les week-ends où tu sortais, en rentrant du restaurant, tu enduisais ton visage d'une infinité de couches de fard : couleurs purpurines. Tout devait ressortir : les lèvres, les yeux, les joues. On aurait dit que tu mettais un masque. Tu enfilais des robes très courtes, très décolletées, très près du corps et tu t'abandonnais au vertige des lieux nocturnes. Tu sortais avec des collègues de travail et tu ne savais jamais avec qui tu finirais la nuit. J'étais excitée de te voir ainsi, si peu habillée. Je m'imaginais les hommes qui ne pourraient pas te quitter des yeux. Il était impossible de te regarder sans te désirer. Et chaque nuit l'homme était différent.

Moi, j'ai appelé Javier. Après avoir beaucoup réfléchi, je me suis décidée. J'ai laissé le petit à Raquel et je suis allée prendre un café avec lui. Il m'a raconté combien il était fasciné par le désert où il avait voyagé quelque temps auparavant, comme si moi je ne l'avais jamais vu. Il s'est plaint de la condescendance avec laquelle étaient traités les immigrants. Il parlait de cette fausse tolérance que pratiquait une certaine gauche. Le politiquement correct n'était qu'hypocrisie. Moi, je le regardais attentivement, droit dans les yeux pendant qu'il parlait car en réalité son discours ne m'intéressait pas vraiment. Parfois, je ne l'entendais même pas, j'essayais de deviner ce qu'il y avait au fond, derrière ses mots. Je m'efforçais d'y trouver quelque chose de plus réel que ce discours d'intellectuel derrière lequel il se cachait. Il m'a invitée à dîner dans un restaurant connu pour avoir été fréquenté pendant des années par un écrivain célèbre. Il a dit : le mythique Untel, et moi je faisais mine de savoir de qui il parlait car quelle écrivaine ne sait pas ces choses-là ? Comment n'aurais-je pas su où mangeaient et buvaient les plumes les plus célèbres du panorama littéraire ?

Nous avons échangé deux bises en guise d'au revoir mais il ne partait pas. Et moi non plus. Nous sommes restés ainsi un bon moment, nous accrochant à l'instant présent. Nous nous sommes regardés une fois de plus en silence et puis nous nous sommes embrassés. D'abord brièvement et de manière superficielle, ensuite plus longuement. J'en voulais plus. Un autre baiser et un autre encore et qu'ils ne s'arrêtent jamais. Et que continue le contact de ses doigts sur mes joues, que le fleuve de lave déborde enfin sans rencontrer aucun obstacle. Mais il m'a saisi le visage et il m'a dit qu'il devait partir. J'ai eu l'impression de me briser en mille morceaux. J'avais envie de crier, de lui crier que maintenant qu'il savait ce que je voulais, il ne pouvait pas partir, et que nous le voulions tous les deux, il ne pouvait pas me laisser là comme si je n'étais pas cette lave incandescente qui menaçait l'humanité entière. Tu as éclaté de rire quand je te l'ai raconté : Alors toi, t'es vraiment chaude ! Nous devons nous revoir plus longuement, a dit Javier. Nous le méritons. Je me suis demandé d'où il l'avait sorti, tout à coup, ce « nous ».

En attendant son appel, je me suis concentrée sur la correction du livre. Tu te souviens : le journaliste, l'auteur du reportage, m'avait donné le contact d'une maison d'édition qui pourrait être intéressée par sa publication.

J'ai envoyé le manuscrit et au bout de quelques semaines, ils m'ont invitée à les rencontrer. Ils m'ont dit que c'était pour signer le contrat. J'ai mis du temps à comprendre. Alors vous me publierez ? Oui, bien sûr, ça nous a beaucoup plu. Quand je te l'ai dit, nous avons sauté de joie. C'est de l'argent, non ? C'est sûr que c'est de l'argent. Évidemment, même si je ne pense pas que ce soit une grosse somme. Jusqu'au jour du rendez-vous, tout n'était que nervosité, suppositions et sensation d'avoir gagné à la loterie. Parle pas de loterie, ma belle, tu le mérites ! C'est le fruit de ton effort, ne l'oublie jamais.

Nous avons pris rendez-vous un lundi où tu pouvais t'occuper du petit. Tu m'as aidée à choisir mes vêtements, les chaussures, tout. On aurait dit que j'allais à un sommet international. Ils mangent et ils caguent comme les autres. Tu n'arrêtais pas de me le répéter.

Au téléphone, ils se sont montrés d'une amabilité étrange qui contrastait avec la dureté de l'usine et de tous les milieux de travail que j'avais connus jusque-là. Était-ce bien réel ou bien me cachaient-ils quelque chose ? Ce qui me tracassait le plus, c'était le souci de ne pas dégager une mauvaise odeur. Une obsession que je traînais depuis des années. Comme si je m'étais enfoncé dans le crâne ce que répétaient les enfants dans la cour : les Arabes puent. Voilà ce qui me dénoncerait devant mes éditeurs, la puanteur de l'Arabe, du quartier pauvre, celle de la robe à fleurs qu'on ne lavait pas l'hiver, celle des enfants qui pissaient au lit et que leurs mères envoyaient à l'école sans les changer, celle des têtes aspergées de Varon Dandy ou enduites d'huile d'olive. L'odeur d'épices qui imprégnait nos vêtements.

Sam et toi, quand vous viviez encore dans le quartier, vous vous étiez inscrites au gymnase. Au cours d'aérobic, les femmes se sont plaintes de vous. Vous avez discuté avec elles. Sam avait dit que comme vous étiez nouvelles, vous deviez vous placer près du moniteur pour commencer à apprendre. Quand le cours a été terminé, il s'est approché pour vous dire que vous deviez respecter les règles et que l'une des plus importantes était de mettre du déodorant. Les humiliations de ce type te collaient à la peau et ne disparaissaient jamais, même pas quand tu partageais le repas de ceux qui deviendraient tes éditeurs.

C'était la première fois que j'allais dans ce genre de restaurant, avec des serveurs habillés comme pour une noce. Chemise d'un blanc immaculé et gilet noir, un torchon sur le bras, blanc lui aussi, des serviettes blanches en tissu. Je pensais à ma mère qui ne s'achetait jamais des vêtements clairs parce que trop salissants et trop difficiles à laver. Et au lieu de me dire que j'étais sur le point de signer un contrat pour la publication de mon premier livre, je pensais à ce qu'il en coûterait de laver ces serviettes, de repasser ces torchons en tissu et de frotter tous ces couverts si étincelants. C'était la première fois que je lisais une carte où les noms des plats occupaient deux lignes, quasiment la recette entière. Mais je n'en laissais rien paraître, je faisais comme si j'avais l'habitude de ce genre d'endroits. Et comme si je savais de quels couverts il fallait d'abord se servir. Pourquoi tant de couverts ? Tant d'assiettes ? Je me rappelais notre salle à manger sans table, les couvertures par terre, du riz avec du thon en conserve dont nous dînions souvent pour ne rien dépenser. Et des spaghettis à l'huile.

L'éditeur a dit : Souvent on n'en peut plus de manger dehors, de cette sophistication. Et parfois on ne voudrait rien d'autre que rentrer chez soi et cuisiner des œufs au plat, tout simplement. Il parlait des œufs au plat comme d'un mets exotique, venu d'un autre pays et moi qui mangeais très souvent des œufs au plat parce qu'ils étaient bon marché et très vite préparés, j'ai ri et j'ai hoché la tête comme si j'étais d'accord : Parfois tu ne veux rien d'autre que rentrer chez toi et cuisiner des œufs au plat. Ha, ha, ha, comme c'est drôle !

Je n'avais jamais reçu autant d'argent en une seule fois, même pas quand j'avais touché le solde de l'usine. Au début, cela m'a paru beaucoup mais la moitié est partie dans le paiement des arriérés de loyer et l'achat chez Ikea des meubles dont nous avions besoin. Arrivée dans le coin des literies, j'ai craint que tu veuilles acheter deux lits individuels. Pour le moment, ce n'est pas la peine, notre lit est bon. Et toi, ça ne te gêne pas, hein, de dormir avec moi ? Non, bien sûr que ça ne me gênait pas. Les nuits où tu n'étais pas là, tu me manquais, je me sentais perdue et j'avais du mal à trouver le sommeil.

Un samedi matin je me suis réveillée et je t'ai entendue sangloter dans le salon. Ton maquillage coulait sur ton visage et tu n'arrêtais pas de pleurer. Je voulais comprendre ce qui t'était arrivé mais il n'y avait pas moyen, j'avais beau insister tu ne me répondais pas. Finalement, j'ai décidé de m'asseoir à côté de toi et de te prendre dans mes bras. Si bien qu'au bout d'un moment tu t'es mise à parler : tu étais sortie avec deux hommes, deux à la fois. Ils étaient d'accord pour aller à l'hôtel. Au début, tout se passait très bien. Tu m'as dit : C'était émouvant, je n'avais jamais vécu une chose pareille. Apparemment, c'étaient des types bien, ils alternaient et c'était ce que je voulais. Chacun de leurs gestes aiguisait mon désir. On s'est amusés, on a ri. Tout était terminé, je rassemblais mes vêtements quand l'un d'eux m'a proposé de continuer la fête ailleurs. Avec d'autres amis. Plus on est, meilleur c'est. Ils pouvaient aussi appeler les autres et leur demander de venir. Oui, c'était mieux. Mais toi, tu leur as dit non, que tu étais rassasiée. Ils ont insisté, sont devenus agressifs : ça ne te suffisait pas, tu avais tellement aimé, et là tu allais avoir tout ce que tu voulais.

Je ne comprends pas, disais-tu en sanglotant : je ne comprends pas. Pourquoi ? Pourquoi avaient-ils voulu te forcer de cette façon ?

Tu ne pouvais même pas te rappeler combien ils étaient, ni leurs visages, ni leurs noms. Seulement leurs insultes et leur langage obscène. Je n'ai pas réussi à te convaincre de porter plainte. Non, ce que je veux, c'est oublier tout ça. Et rien d'autre.

XII

Je venais de commencer mon travail au bureau de l'ONG, recommandée par Raquel, quand Jamal est réapparu. J'avais essayé de ne pas y penser tout le temps où il avait disparu. Qu'il reste avec ses barbus et qu'il ne revienne jamais, c'était tout ce que je voulais après tout le mal qu'il nous avait fait. Mais je n'avais eu ni le temps ni l'argent ni la force d'entamer une procédure de divorce. Comment peux-tu divorcer d'un disparu ? Aujourd'hui il nous est facile d'évoquer la confusion de l'époque mais en vérité j'étais débordée. Ma préoccupation première était de survivre et d'aller de l'avant avec mon fils. Mais j'étais constamment inquiète : à tout moment, il pouvait revenir et emmener le petit.

Et c'est arrivé. Soudain, il m'a appelée. Il m'a dit qu'il y avait plusieurs jours qu'il me cherchait et il avait fini par trouver mon numéro de téléphone. Tu as jeté mes affaires ? Tu as détruit mon foyer ? Il m'a menacée, il m'a dit qu'il prendrait le petit, que c'était son fils et qu'il se battrait pour lui. Son discours était un mélange de feuilleton de l'après-midi et de sermon religieux. Je lui ai rappelé qu'il avait pris tout mon argent et que c'était lui qui avait décidé de partir.

Il a porté plainte contre moi pour abandon de foyer. Du moins c'est ce qu'il m'a dit. Alors qu'il n'y avait plus de foyer et qu'en réalité il n'y en avait jamais eu. Il m'appelait pour m'insulter, pour me rappeler combien j'étais pleine de défauts, pour énumérer toutes mes tares. Je raccrochais et il rappelait. Il ne restait plus rien de ce garçon plutôt timide qui n'élevait jamais la voix. Il n'y avait pas si longtemps, j'avais confié ma vie à cet homme en fureur qui s'efforçait de me blesser en appuyant là où ça fait le plus mal. J'étais partie vivre avec lui et la prophétie de mon père s'était accomplie. Et toi tu m'as dit : Ton père, tu l'oublies !

Le supplice des tribunaux a commencé. Jamal voulait demander le divorce au Maroc. J'ai refusé. Je me suis souvenue de ton expérience, quand tu étais descendue là-bas pour une signature et que le juge t'avait humiliée en te reprochant d'abandonner ton mari et ta fille, en critiquant ton comportement indécent et ta façon de t'habiller. Voilà pourquoi Saïd ne te versait pas de pension pour la petite, le jugement de divorce ne lui en faisait aucune obligation puisque c'était toi qui avais décidé de le quitter.

Alors les crises sont réapparues : alimentation compulsive et accumulation de cochonneries dans le chariot du supermarché. Pour toi aussi, fini le temps du diététicien, des aiguilles et des gymnases, tu as tout laissé tomber et tu es repartie à l'assaut du frigo. Nous le faisions ensemble maintenant. Nous n'avions même pas honte de nous regarder en face. Au contraire, nous l'avons érigé en un rituel secret qui nous rapprochait toujours plus, c'était notre orgie à nous. Nous la préparions comme on organise une fête. Des pizzas surgelées, de la bière, des cacahouètes au miel, du chocolat, des hamburgers au fromage et des petits pains qui fondaient quand ils entraient en contact avec la salive. Et notre plat préféré : du pain de mie au Nutella. Nous pouvions vider un paquet entier en une seule fois. Mais nous ne pouvions plus vomir. Après en avoir terminé nous pouvions seulement nous regarder tristement en attendant que passe le mal au ventre. Nous avons beaucoup grossi.

J'ai dû aller au tribunal. On m'a demandé s'il était vrai que j'avais empêché Jamal de voir son fils. Morte de peur, j'ai essayé d'expliquer ce qui s'était passé. Mon récit était maladroit. Même si tout était vrai, j'étais convaincue qu'ils ne me croiraient pas. J'ai dit à l'avocat d'office que je craignais qu'il emmène le petit s'ils ne lui donnaient pas la garde mais il m'a répondu que Jamal avait des droits lui aussi en tant que père. La sentence lui a accordé des visites un week-end sur deux et un mois l'été, le partage des dépenses et pour moi une pension qui était une misère car Jamal ne travaillait pas. Une clause stipulait que chacun s'engageait à ne pas se mêler de la vie de l'autre.

Le premier week-end sans le petit, c'était comme si des couteaux me traversaient le ventre. Je ne pouvais pas dormir, je pensais à l'éventualité qu'il l'emmène loin d'ici. Il était devenu un inconnu, cet homme avec qui j'avais dormi longtemps, je ne pouvais pas lui faire confiance. Parfois j'essayais de me tranquilliser. Tu exagères, tu n'es pas Betty Mahmoody, l'autrice de *Jamais sans ma fille*. Et mon fils a le droit d'avoir un père. Je me suis sentie coupable de ne pas lui avoir choisi un père convenable, qui de plus tenterait de l'endoctriner dans ce nouvel islam dont il disait que c'était le seul vrai. Le dimanche, quand il me l'a ramené, il portait les mêmes vêtements que lui : un ensemble gris de deux pièces, avec une chemise jusqu'aux genoux. Il répandait une odeur étrange.

Je suis tombée amoureuse de Javi. Tombée amoureuse ? À ce moment-là, je le croyais, même si l'amour faisait partie de la confusion dans laquelle j'étais alors. Qu'est-ce que l'amour ? Nous ne le savions pas, nous ne l'avions jamais vu. Peut-être n'existait-il pas. Mais j'étais sûre d'une chose : dès que j'en avais la possibilité, je courais voir Javi dans son bureau plein de livres. Rien ne m'importait maintenant, hors l'exigence de mes chairs affamées et l'exaltation de nos corps. Le mien s'était enfin libéré de ses entraves. Je me laissais guider uniquement par ce que me dictait mon propre désir, je n'avais plus aucune pudeur, je ne m'inquiétais plus de ce que l'on penserait de moi si j'adoptais telle ou telle posture, s'il me venait l'envie de prendre Javi à pleine bouche. Quand je désirais quelque chose, je le lui demandais. Avec lui, c'était possible, quelqu'un comme lui ne me prendrait jamais pour une putain si je voulais tout simplement jouir de tout ce que je désirais.

Toi, tu es restée un moment sans fréquenter personne. Pas de drague non plus. Ton seul souci était d'épargner pour ouvrir un salon de coiffure. Ta chef te regardait de travers depuis que tu avais grossi. Elle n'arrêtait pas de répéter que le plus important c'était l'image : Quelqu'un qui travaille dans notre monde ne peut pas se laisser aller. Encore moins dans un salon aussi sélect que le sien.

Un jour tu as enlevé ton chandail et j'ai vu tout un tas de marques dans ton dos. Des marques de dents, des griffures. Quand tu t'es retournée, ta poitrine était couverte de bleus. Tu m'as dit : Ce n'est rien, en voyant mon regard effrayé. Ce n'est rien. Un garçon t'avait fait ça, un seul cette fois-ci, un que tu avais connu au travail, un de confiance, pas un inconnu comme ceux de l'autre nuit. Il est bien. Il est bien et il t'a fait ça? Oui, mais parce que je le lui demande. Ça me calme, tu ne peux pas savoir comme ça me calme. Sans ça, je ne peux pas jouir. Je me suis souvenue d'une réflexion que tu m'avais faite un jour où nous parlions de sexe : Si un homme ne te tape pas, c'est pas un homme, c'est rien, tu m'avais dit. Mais j'en avais déduit qu'il s'agissait d'une tape amicale sur les fesses, pas de ces coups qui te laissent des marques partout. J'aurais dû intervenir à ce moment-là, peut-être alerter ta mère, te convaincre de prendre rendez-vous avec un médecin, j'aurais dû me rendre compte que tout ça n'était pas normal. Mais qu'en savions-nous, nous autres, de ce qui était normal et de ce qui ne l'était pas.

Et ça ne te fait pas mal? C'est la seule chose que j'ai osé demander. Même si j'avais envie de te frotter la peau avec mes doigts pour faire disparaître les marques, je ne l'ai pas fait. Oui, ça fait mal, mais c'est une douleur qui me libère, qui me fait tout oublier, ma tête se vide et je me sens en sécurité.

Savoir que je peux le supporter me rend plus forte. Alors je me suis souvenue de Jamal quand il m'enfonçait la tête dans l'oreiller, combien c'était libérateur à ce moment-là, quand j'étais incapable d'assumer mon propre désir, mon propre plaisir. J'ai eu pitié de toi. Même si tu disais que c'était ce que tu voulais, j'étais triste d'imaginer que tu recevais des coups. Ces mêmes coups que ma mère avait dû supporter pendant si longtemps.

Javier est venu à la présentation du livre, ce qui m'a rendue presque aussi heureuse que le fait d'être publiée pour la première fois. Il me regardait attentivement au premier rang pendant que je parlais. J'étais fière mais je craignais d'avoir honte de dire quelque idiotie, que l'on remarque mon manque de culture. Lui, il m'encourageait à reprendre mes études, mais je n'avais le temps de rien.

On m'a proposé quelques entretiens. Des journalistes sympathiques qui m'avaient lue me posaient des questions sur ce que je raconte dans le livre mais avec d'autres, c'était plutôt un interrogatoire qu'un entretien. Tu m'as accompagnée à cette radio où une femme blonde très énergique m'interrompait quand je répondais à ses questions et c'était soudain comme si j'étais responsable de tout le machisme du monde musulman, comme si je n'avais pas le droit de réfléchir sur le féminisme parce que j'étais née dans le machisme. Une autre m'a demandé ce qu'était pour moi l'intimité et cela revenait à m'accuser de me donner en spectacle.

J'étais très jeune, je me sentais vulnérable face à ces opinions sur ce que j'avais écrit dans une solitude angoissante. N'avais-je pas le droit d'écrire ce dont j'avais envie? Interrogeaient-t-elles les autres écrivains de la même façon? Beaucoup d'hommes parlaient de leur intimité sans scandaliser personne. Pourquoi? Parce que leur intimité était connue et la mienne non? Tu essayais d'atténuer mon malaise au cœur de cette soudaine exposition : Elles ne font que leur travail, rien de plus.

Parler en public, être interviewée, photographiée, tout cela me rendait si nerveuse qu'en rentrant à la maison je ne faisais que parler, parler… Jusqu'à ce qu'un jour tu me dises d'arrêter un peu, que je devenais insupportable. J'ai senti une vive douleur dans le bas-ventre car tu ne m'avais jamais fait de reproche, j'en ai même pleuré en cachette dans les toilettes. C'était une remarque sans importance mais imaginer que je puisse t'ennuyer, te décevoir, même pour pas grand-chose et que tu t'aperçoives de mes défauts réveillait en moi une douleur profonde, ancestrale.

À la publication du livre, j'ai été appelée d'un peu partout. Alors je prenais le petit avec moi, je sautais dans le métro et dans le train, j'attrapais les correspondances, j'attendais sur les quais. Lui, il était si petit et si agréable… Il restait bien tranquille au premier rang et si nous étions dans une librairie il allait dans le coin des livres pour enfants et tout le monde disait : Quel brave petit ! Quand les gens se rendaient compte que je ne lui parlais pas dans la langue de ma mère, ils étaient déçus et ils me disaient : Quel dommage, perdre une langue, et moi je ne pouvais pas leur expliquer que pour la conserver j'aurais dû rester dans le quartier, le foulard sur la tête. Je parvenais seulement à expliquer que les langues ne vivent pas isolées, qu'elles sont reliées à des émotions et cela faisait bien des années que mes émotions ne s'exprimaient plus dans la langue de mon village. Je me suis aperçue que beaucoup de gens attendaient tout de nous : que nous nous intégrions, que nous nous adaptions aux coutumes « d'ici » (sans que personne puisse me dire quelles étaient ces coutumes) mais qu'en même temps nous conservions de notre origine la langue, la culture et tout ce qui était valable. Le multiculturalisme à la mode à cette époque-là s'incarnait en nous, dans nos corps et dans nos vies, mais personne ne nous demandait ce que nous voulions vraiment.

J'étais fatiguée de devoir toujours m'expliquer, de briser les cadres dans lesquels on nous avait enfermés. Nous, les autres, nous devions répondre à une infinité d'idées reçues.

Il aurait presque été plus commode de nous laisser porter par le courant et de dire oui à tout. Eh oui, je parle à mon fils en arabe... alors que l'arabe n'est pas ma langue. Tout le monde en resterait bouche bée : quelle chance de pouvoir lui transmettre une langue parlée par des millions de personnes. Eh oui, je prie cinq fois par jour, et je fais le ramadan, et je suis une épouse heureuse, et je fais la danse du ventre devant mon mari. Eh oui, eh oui, Marrakech est très belle et l'islam est une religion de paix et d'amour. Et moi, ça fait deux jours que j'ai atterri ici en provenance du désert.

Parfois je devais participer à des activités organisées pour faciliter l'entente entre les cultures comme ils disaient et encore une fois je devais me penser en ces termes. J'ai même dû m'asseoir à la table des leaders religieux, des porte-parole de la « communauté » les plus divers, des imams avec leurs longues djellabas et leurs bonnets. J'ai participé à un dîner organisé par le consulat, tu t'en souviens ? Et je m'y suis sentie plus étrangère que jamais. Le président d'une fondation qui travaillait en faveur de l'intégration m'a invitée à m'asseoir à la table présidentielle. Il n'y avait quasiment que des hommes, des hommes qui débitaient des discours assommants, l'*Inch Allah* toujours à la bouche, disant pour être entendu *bismi Allah* quand ils commençaient à manger. Pas une goutte de vin, même pas une petite bière pour faire passer ce mauvais moment si ennuyeux. Presque tous parlaient en arabe et moi je ne comprenais rien. Le président de la fondation a dit qu'ils étaient fiers de moi, comme si je leur appartenais, du seul fait que mes parents étaient nés dans le même pays qu'eux. Quand le dîner a été terminé, un imam s'est mis à prier et moi je me demandais ce que je foutais là. Que fait une écrivaine comme toi dans un endroit pareil ?

Sans parler de ceux qui me convoquaient pour ajouter une touche de couleur à leurs événements : nous devons être différents, inclusifs. Apparemment, ce que j'avais écrit ne les intéressait pas du tout.

Tout comme au lycée, personne ne m'interrogeait sur ce dont j'aurais aimé parler à ce moment-là : uniquement du désir, de ce désir qui nous incite à la liberté, à la vie, à jouir de notre propre existence, car il y avait des années que j'avais compris qu'il n'y avait rien d'autre. Il n'y a pas de paradis qui nous attend après la mort, nous devons profiter des roses de la vie avant qu'elles ne fanent. Tant de concessions, tant de renoncements ne nous ont rien apporté. À ce moment-là je ne pensais qu'à jouir de la liberté qu'il m'avait tant coûté de conquérir. Mais là-dessus, personne ne voulait entendre la moindre parole. Ils voulaient de la religion, de l'exotisme, de la politique internationale. Tout sauf le désir.

Une dame, lors d'une présentation, m'a dit : Vous, ce que vous voulez, c'est nous envahir et tous nous islamiser. Je lui ai demandé ce qu'elle entendait par « vous », mais elle ne m'a pas comprise, elle ne voulait pas m'écouter. Une autre m'a demandé si ça ne posait pas de problème que je porte un tee-shirt aussi décolleté, est-ce que ma religion me le permettait ? Car c'est une chose d'enlever le foulard, ce qui lui semblait très bien, mais c'en est une autre d'oser se montrer ainsi. Il est vrai que ce jour-là je portais une robe blanche à bretelles qui m'arrivait à mi-cuisse et la table ronde était sur les apports de l'islam à la culture occidentale. Cette dame, qui n'était pas musulmane, pensait que l'imam qui assistait à la soirée pouvait se sentir offensé par ma façon de m'habiller. Mais lui, il ne s'est plaint à aucun moment. Quand il me parlait, je ne parvenais pas à accrocher son regard. Ce n'était pas par pudeur, comme il l'imposait lui-même aux hommes au nom du respect pour les femmes, mais parce que ses yeux ne pouvaient pas se détacher de mon décolleté.

XIII

Un mois entier. Je devais laisser le petit à son père et il n'était jamais resté aussi longtemps loin de moi. C'était son droit en tant que père, et le droit de l'enfant aussi, mais il était si jeune. Et s'il l'emmenait et que je ne le revoyais plus ? Je le regardais dans les bras de Jamal, le menton posé sur son épaule, il me saluait de sa petite main tout en ne sachant pas que nous serions séparés aussi longtemps. J'ai supplié Jamal, je l'ai prié de bien s'occuper de lui et il s'est vexé. Cet enfant c'est moi qui l'ai élevé, ou bien as-tu oublié que tu passais tes journées dehors ? Ma mère m'a appelée quelques jours plus tard, elle était inquiète car on lui avait dit que mon fils était chez des *zufries*, des hommes seuls, et ce n'était pas un endroit pour un petit enfant. Pourquoi tu ne le dis pas à son père ? Elle ne comprenait pas que je ne pouvais rien y faire, que je ne pouvais pas lui refuser les visites même si je savais qu'il n'était pas un bon père, qu'il n'habitait pas dans un endroit fixe, qu'il en changeait chaque week-end pour un nouvel appartement chez l'un de ses amis. Ma mère me parlait sur un ton de reproche. Étais-je responsable de tout ? Du comportement de Jamal ? Mais pourquoi ? Simplement parce que je l'avais choisi au lieu d'accepter qu'ils le fassent pour moi ?

Toi aussi tu es partie, on t'a accordé un congé et tu es partie en voyage au village avec tes parents et la petite. Elle t'appelait par ton prénom, elle ne t'appelait jamais maman.

C'était la première fois que j'étais complètement seule. Sans personne. J'ai appelé Javier sans arrêt. Il m'a dit qu'il passerait le mois d'août sur la côte, dans une maison qui appartenait à sa famille. Je me suis vue sans lui aussi, sans personne dans cette ville que je commençais à peine à connaître et dont je ne me sentais pas encore partie prenante. Viens avec moi, tu veux bien ?

Il m'a montré une petite crique difficile d'accès. Il nous fallait descendre une pente caillouteuse plantée de pins. Je m'arrêtais à tout moment, en extase devant la beauté de la mer. J'entendais de la musique. Face à l'étendue bleue, dans la lumière aveuglante, des mélodies instrumentales dont j'avais perdu le souvenir résonnaient dans ma tête. Javier se moquait de moi en disant que je souffrais du syndrome de Stendhal mais je ne savais pas ce que c'était. Il m'arrivait la même chose quand je parcourais du bout des doigts les replis de sa peau. Lui, il se plaignait d'être aussi blanc, si sensible au soleil, mais moi j'étais fascinée par cette blancheur cutanée. Par ces cheveux lisses aussi, qui tombaient sur un côté, et que parfois, dans un geste souvent répété, il glissait derrière l'oreille avec son index. Je passais beaucoup de temps à le regarder, quand il était concentré sur un livre, quand il mangeait. Tout ce que je ressentais avec lui, était-ce de l'amour, finalement, ou bien rien de plus qu'un nouveau mirage ?

Lui, il répétait : Ne nous collons pas des étiquettes, les étiquettes détruisent tout. Nous sommes là, ici et maintenant, tous les deux ensemble, et en cet instant précis, il y a l'infini. N'est-ce pas suffisant ? Et moi je ne savais que répondre. Entre nos mariages désastreux et l'arrière-goût amer de ta collection d'amants et d'expériences, j'ignorais s'il existait autre chose et si j'avais le droit de réclamer autre chose que cet accueil d'un mois dans la maison de Javier, avec vue sur la mer, au milieu de pins odorants. Vu de mon quartier, je n'aurais jamais pu rêver d'y avoir accès.

Nous buvions, nous mangions, nous lisions, nous discutions de nos lectures. Lui, il parlait sans arrêt de théories que je trouvais très ennuyeuses parce qu'elles me semblaient n'avoir aucun rapport avec la réalité. Ce n'étaient que des interprétations, des idées confrontées à d'autres idées sans rapport, elles non plus, avec le monde réel. Comme un nuage de sucre s'enroulant sur lui-même. Mais moi je ne disais rien, bien entendu, je pensais que je n'avais pas assez de connaissances pour donner à tout cela l'importance méritée. De toute façon, ça m'était égal, ce qu'il disait, ce qui m'intéressait c'était de le contempler en train de défendre avec passion un auteur, un genre littéraire ou bien de l'entendre formuler des critiques implacables sur des écrivains que je ne connaissais pas. Il se vantait d'avoir empêché une femme d'obtenir un prix où il était juré. Il a dit qu'ils voulaient le lui donner parce que c'était une femme, uniquement pour cela. Le roman était vulgaire, il ne parlait que de thèmes féminins et ce n'était même pas de la littérature. Ce qui lui avait beaucoup plu dans mon livre, c'était que je n'étais pas tombée dans ce piège : brandir le drapeau du féminisme, avec des héroïnes féminines aux problèmes féminins. Il disait cela avec une grimace qui l'enlaidissait.

De temps en temps j'appelais le petit qui à l'autre bout de la ligne me disait qu'il me croyait morte. Si jeune et déjà capable de dire des choses pareilles. Comme il ne me voyait pas, il pensait que j'étais morte. Je n'arrivais pas à imaginer comment il devait vivre avec son père, s'il lui bourrait le crâne avec son fanatisme, avec toutes ces explications minutieuses des fondamentalistes sur ce qui attend les infidèles en enfer. S'il lui disait que sa mère était condamnée. Mon impuissance m'oppressait mais après avoir raccroché j'essuyais mes larmes et je revenais près de Javier comme si de rien n'était, tout va bien, tout va très bien. Quelle sorte d'homme aurait voulu entendre les préoccupations d'une mère divorcée ?

Dans la petite crique, il n'y avait pas de sable. J'ai passé quasiment tout le mois allongée sur un gros rocher, entièrement nue. Sans gêne, sans aucun tissu d'aucune sorte, sans me recroqueviller et sans me cacher. Et même s'il y avait du monde, ça m'était égal. Qu'ils me voient, qu'ils me regardent, ça m'était égal. Là, c'était moi, j'étais comme ça et j'avais le droit de sortir à la lumière du jour avec ce corps comme n'importe quelle autre personne au monde. Il n'y avait rien d'offensant en moi. Rien de dangereux. Je sentais le soleil inonder mon corps tout entier, ma chair étendue sur la pierre brûlante. Mais je ne savais pas nager et je redoutais d'aller dans l'eau. Jusqu'à ce que j'y entre peu à peu et que Javi m'apprenne à respirer en expulsant l'air par le nez, à bouger les bras et les jambes et je me suis souvenue du travail sur les styles de nage que j'avais rédigé au lycée. Je m'accrochais à lui et si j'ouvrais les yeux sous l'eau je pouvais voir les poissons. J'aimais sentir la mer me pénétrer de toutes parts, le goût salé qui restait sur mes lèvres et sur ma peau. Un jour, j'ai nagé sous l'eau et j'ai regardé le fond, si profond que tout était sombre et je me suis dit : Je n'ai pas peur, je n'ai pas peur, je n'ai pas peur.

XIV

À ton retour du village tu étais très agitée, tu déambulais à travers l'appartement dans tous les sens. Tu prenais ton vélo et tu restais des heures dehors, à pédaler sans arrêt. Tu m'as expliqué que les vacances avaient été un désastre. La petite ne me connaît pas, elle croit que je suis une tante ou quelque chose dans le genre. Je ne sais pas comment être une mère pour elle, je ne sais pas quoi faire pour me rapprocher d'elle. Je ne lui manque pas, même pas ça, pour elle je ne suis personne. Toute son affection est pour ma mère, sa *imma*. Au village aussi, elle dormait avec elle. Et vos disputes n'avaient pas cessé, elle aussi te reprochait de l'avoir abandonnée. Comme l'avait fait Saïd.

Tu avais dépensé une bonne partie de ton épargne. Tu sais comment sont les choses là-bas. Quand nous arrivons, ceux de l'Europe, les prix s'envolent, tu as tous les jours des visites de la famille et tu dois acheter de quoi manger pour les recevoir. Sans parler des cadeaux et des mariages organisés pendant l'été car c'est le moment où « ceux de l'étranger » peuvent dépenser sans compter. Tu as fait le chauffeur pendant tout le mois, emmenant une tante par-ci, une tante par-là. Tu m'as dit : J'ai failli étouffer, de maison en maison, à manger et manger encore, et tout est si petit, d'une mentalité tellement provinciale. J'avais oublié les commérages. Avant, ils ne me touchaient pas, ils glissaient sur moi, mais cette fois… Je ne sais pas, quelque chose a changé. Mais pas eux, les gens du village sont toujours les mêmes, ils réussissent à me blesser comme ils ne l'ont jamais fait. Comme si autrefois j'avais eu une carapace et que je l'aie perdue.

Ce qui te faisait le plus mal, c'étaient les disputes avec ta mère. Elle te demandait d'être responsable une fois pour toutes car sa patience était à bout. Alors tu lui as reproché de t'avoir mariée à un cousin et vous avez discuté de sujets dont vous n'aviez jamais parlé. Elle t'a dit : Je me suis trompée, je me suis trompée et je le regrette, je regrette d'avoir ruiné ta vie. S'il y a une chose dans ce monde dont je me repens, je peux t'assurer que c'est celle-là, t'avoir donnée en mariage à cet homme indigne. Mais je ne suis pas responsable de tout ce qui t'est arrivé dans la vie, tu as pris tes propres décisions. Dès que tu es revenue de cet enfer, je me suis promis que plus jamais je ne te dicterais ta conduite. Mais bon, tout ça, c'était il y a longtemps.

Elle ne t'a pas convaincue, et tu t'es empressée de répondre que tout s'était mal passé à cause du mariage avec cet imbécile. Que tout venait de là. On aurait dit que tu étais maudite depuis ton plus jeune âge. Et tu as parlé pour la première fois de ton enfance, de ta terreur quand tu avais découvert que tu étais désirée par les hommes depuis toute petite. Tu étais ronde, tu étais plus développée que les autres fillettes. Les hommes ont commencé à te suivre dans la rue quand tu avais dix ans. Ils faisaient des remarques sur ton corps et ils n'ont pas tardé à rendre visite à ton père pour demander ta main. Tu m'as dit : Si au moins j'avais été laide. La beauté est une malédiction. Et moi je me suis souvenue du moment où tu m'avais montré comment utiliser l'*eyeliner*, comment mettre du fond de teint en diagonale sur les pommettes. Je ne pouvais pas m'empêcher de penser à ton geste quand devant le miroir tu faisais glisser le bâton de rouge à lèvres. Parfois je t'imitais, pour voir si je pouvais te ressembler un peu.

Où était passée cette femme joyeuse et pragmatique avec qui j'avais fui en courant, avec qui j'avais partagé gloutonnerie et confidences, et des saouleries clandestines ? Où était la maîtresse de son propre destin prête à dévorer le monde, à mordre la vie pour en extraire tout le jus ?

Je me suis inquiétée vraiment quand tu as commencé à arriver en retard au travail parce que tu ne te réveillais pas. Puis tu t'es mis en tête que tu avais le sida, tu en étais sûre car dans la plupart de tes folles nuits tu n'avais pas demandé de préservatif. Tu as dit que ce serait un châtiment mérité. Un châtiment pour quoi ? Pour la façon dont je me conduis, pour être ce que je suis, parce que je suis une pute. Je me suis mise en colère en t'entendant parler ainsi de toi-même. Tu m'as dit : Nous ne nous aimons pas, les hommes ne nous aiment pas, une seule chose les intéresse chez nous. Alors ont résonné dans la chambre la voix de mon père et les mises en garde de ma mère. Ce n'est pas vrai, ce n'est qu'une mauvaise passe.

À l'ONG j'ai continué à remplir des demandes, à faire des démarches, des dossiers pour les immigrants qui voulaient obtenir des papiers. Jamal m'a rendu le petit. Il était entré à l'école et j'ai décidé de retourner à l'université. J'irais deux jours seulement, les deux après-midi où mon fils restait à la ludothèque. Il me fallait toujours courir pour aller le chercher, lui donner le bain, tout préparer pour le lendemain. Au début, j'ai été très déçue par les cours. J'avais l'impression que tout ce que l'on racontait là-bas n'était qu'un divertissement. Des lectures et encore des lectures, des théories sur les lectures et des théories sur les théories. Des interprétations parfois si éloignées des textes analysés qu'elles semblaient elles-mêmes des fictions. Pourquoi tel objet cité à la page tant démontrait-il que l'auteur avait voulu dire ce qu'en réalité il n'avait jamais dit ? Ni dans ses romans ni en dehors de ses romans. Pourquoi le sens que chaque lecteur donnait à ce qui était écrit ne suffisait-il pas ? De nombreuses œuvres qui m'avaient marquée étaient lues par mes professeurs d'une façon qui n'avait rien à voir avec ma propre lecture, et j'étais déconcertée. Il faut un interprète, disait Javier, un traducteur qui explique ce que les œuvres veulent dire en réalité.

Ensuite, quand nous avons attaqué la littérature comparée, je ne trouvais de sens à rien. On comparait des choses qui n'avaient rien à voir, on établissait des parallélismes basés sur des éléments qui à mes yeux semblaient secondaires. Et tout cela, avec quoi je n'étais pas d'accord, il me fallait l'apprendre par cœur pour le soutenir aux examens et dans mes travaux. J'avais été tellement fascinée pendant les deux premières années d'études que ma désillusion me semblait étrange.

D'après Javier, ce qui me manquait, c'était un tout autre bagage intellectuel pour comprendre la complexité et l'importance de ce que j'apprenais, mais il ne m'a pas convaincue. Parfois, pendant le cours, j'avais en tête les courses que je devais faire au supermarché pour le dîner ou le fait que le lendemain le petit avait natation et non les subjectivités hybrides, la mort de l'auteur ou la déconstruction des discours littéraires. J'ai terminé mes études pour avoir le diplôme. C'était assez triste, en vérité, parce que je ne croyais plus au mythe de l'université comme le plus haut lieu dans la pyramide des savoirs, des connaissances et de leur transmission.

Javi continuait à dire que nous ne devions pas nous coller des étiquettes. Qu'il ne croyait pas à la monogamie, une invention petite-bourgeoise pour restreindre la liberté des individus. Mais en vérité nous avions une relation des plus stables. Nous nous voyions souvent et finalement nous prenions le petit avec nous. Une fois, il m'a accompagnée en voiture pour le conduire chez son père et quand Jamal nous a vus il a regardé Javier d'un air furieux et il s'est mis à crier : N'y pense même pas ! Tu es folle si tu crois que je laisserai un chrétien éduquer mon fils. Il m'a regardée avec dégoût : Toi, tu fais ce que tu veux de ta vie, tu es déjà condamnée, mais mon fils, je veux que tu le tiennes éloigné des infidèles. Et comme toujours, il a menacé de me le prendre.

Il n'a pas été facile de te convaincre de faire le test du VIH. Tu ne voulais pas, tu disais que tu ne voulais pas qu'on te confirme que tu étais contaminée. Tu utilisais ce mot. Je t'ai accompagnée un après-midi et tu m'as donné l'enveloppe avec les résultats. Tu ne voulais pas les voir. Nous étions au milieu de la rue et je t'ai prise dans mes bras. Je te l'ai murmuré au creux de l'oreille : Négatif. Tu t'es mise à pleurer comme une petite fille.

Ensuite est venue cette histoire d'espions. Tu disais que tu étais suivie par un détective privé engagé par ta mère pour te surveiller. Je ne savais pas si je devais te croire ou non. Pourquoi ta mère aurait-elle voulu t'espionner ? Tu m'as répondu : Parce que je dois avorter. Comment ça avorter ? Tu es avec quelqu'un ? La réponse était non mais tu étais retournée à tes embrouilles sexuelles et tu étais tombée enceinte. Le problème, si tu allais dans une clinique normale, c'est que ta mère le découvrirait, tu devais donc le faire dans une clinique privée très discrète. Et pour cela, il fallait que je te donne de l'argent.

Après l'avortement, tu étais encore plus confuse, plus désorientée. Au salon de coiffure, ils t'ont licenciée. J'ai essayé de te convaincre que tu devais chercher l'aide dont tu avais absolument besoin, tout ça n'était pas normal.

La seule chose amusante que nous avons faite ces jours-là, c'est notre visite à la pythonisse. Tu te souviens ? Quelqu'un te l'avait recommandée en te disant qu'elle devinait tout. C'était une charlatane qui ne répondait rien qui ne soit pas contenu dans ta question mais tu étais fascinée par elle. Elle l'a vu clairement dans les cartes, oui, très clairement : ce qui t'arrivait était la conséquence d'un maléfice. Qui venait de très loin, d'un autre pays, selon elle. Est-ce possible ? T'est-il arrivé d'aller dans un pays lointain ? Comme si ça ne se voyait pas que nous étions arabes ! Mais toi, tu étais satisfaite et le rituel compliqué que tu as dû suivre selon ses instructions, une nuit de pleine lune, t'a tranquillisée. Avec des mèches de cheveux, en brûlant je ne sais quoi. Comme le faisaient les femmes du village qui connaissaient une infinité de sortilèges pour débrouiller ce genre de choses. Même si moi je ne croyais à rien de tout ça, je me suis réjouie que tu retrouves un peu de calme, que tu retournes au gymnase, que tu cherches du travail. Et que tu t'arranges pour sortir, que tu cesses de te promener toute la journée avec cet affreux chandail gris et de traîner un peu partout. Je me suis sentie soulagée en te voyant renaître.

XV

Ce week-end-là, le petit était avec son père. J'avais rendez-vous avec Javier et je crois que je te l'ai présenté le jour même. Raquel aussi est venue avec son fiancé. Nous sommes allés voir un film en version originale, sur deux jeunes de la *banlieue* de Paris qui faisaient un voyage en Algérie à la recherche de leurs racines, l'un étant descendant d'immigrant et l'autre de *pieds-noirs*. La première scène montrait le garçon entièrement nu, de dos, regardant par la fenêtre. Ensuite il se tournait vers les spectateurs en se montrant tout entier. Javier avait voulu s'asseoir entre toi et moi. Il disait qu'il avait très envie de connaître ma meilleure amie et il m'avait tant parlé de toi tout ce temps. J'en étais presque jalouse.

Nous avons dîné dans un libanais à côté du cinéma. Javier flirtait avec toi mais aussi avec Raquel même si son fiancé était là. On entendait une musique instrumentale arabe avec plein de darboukas et forcément nous nous regardions et ne pouvions pas ne pas bouger la tête en suivant le rythme. Nous avions terminé le repas depuis un moment déjà mais nous avons commandé du vin et nous avons continué à discuter. Raquel et son fiancé sont partis. Nous sommes restés tous les trois, pris dans cette atmosphère venue d'ailleurs. Pour toi et moi, la musique résonnait dans un coin éloigné de notre mémoire, une mémoire du corps qui semblait se souvenir de fêtes, de chants et de danses. Une joie dont nous avions été expulsées mais qui faisait aussi partie de nous-mêmes.

Vers la fin de la nuit, le serveur nous a demandé de choisir une chanson. Nous lui en avons demandé une de l'album *1, 2, 3 Soleils* et quand nous avons entendu les premiers accords de « Khalliouni Khalliouni » nous nous sommes mises à crier. Quand sont arrivés les darboukas, nous n'en pouvions plus et nous nous sommes levées pour danser. Le serveur nous a apporté un foulard pour en entourer nos fesses et Javier nous regardait, extasié, étendu sur les coussins. C'est avec « Menfi » que nous nous sommes laissé aller complètement, chantant à pleine voix, nous adressant l'une à l'autre en répétant : « Oh, toi le banni, dis à ta mère qu'elle ne pleure pas », « oh, toi l'exilé ». Je me souvenais de la traduction que tu m'avais faite des années auparavant. Tu as détaché le foulard, tu l'as mis autour de mon cou et tu m'as attirée vers toi. Tu tournais, tu ondulais avec une grâce éblouissante et moi j'essayais de suivre ton rythme.

Nous sommes allées prendre un dernier verre chez Javi. Tu voulais partir mais nous t'en avons empêchée. Moi, je voyais les rues et les immeubles s'estomper à la seule clarté des lampadaires, tous les bruits me paraissaient lointains et la sensation d'apesanteur que m'avait donnée le vin me semblait des plus réconfortantes. Ce n'est rien, ce n'est pas très grave. Je t'ai dit : Nous, nous n'avons rien fait. C'est eux, le problème. Eux tous. Nous n'avons rien fait de mal, nous ne nous sommes pas mêlées de la vie des autres, nous leur avons simplement fait confiance. Je te répétais : Ce n'est pas nous le problème. Tu m'as dit : Ouais, qu'ils aillent se faire foutre. Qu'ils aillent tous se faire foutre. Les pères et les frères et les maris et les prédicateurs. Et malheur à eux. J'ai approuvé : Oui, malheur à eux. Et en plein milieu d'une petite place nous nous sommes mises à crier : Allez tous vous faire foutre ! Et Javi tentait de nous faire baisser d'un ton, de nous calmer un peu. Tu t'es tournée vers lui : il n'y a aucune autre vie, Javier, il n'y en a pas d'autre. Cette vie est la seule. Vivons au présent.

Nous nous sommes assis tous les trois sur le canapé. Nous avons continué à boire. Lui, il parlait, parlait sans arrêt comme s'il donnait un cours. Jusqu'à ce que j'en aie marre de l'écouter et que je l'embrasse. En te regardant. Tu souriais, apparemment la situation t'amusait. Je me suis assise sur lui. Tout était comme dans un rêve, une réalité parallèle où tout était possible et rien n'avait d'importance. Ou alors tout était important. Javier a parcouru mon décolleté de ses longs doigts. Il a écarté le tissu du tee-shirt pour libérer complètement un sein. Il a pris ma chair dans le creux d'une main et il a avancé son autre main vers toi. Il a dit : Viens, et toi, tu as tourné la tête avec un petit rire nerveux. Alors c'est moi qui t'ai regardée, le sein nu et le téton dressé vers le ciel et je t'ai dit : Viens. S'il te plaît. Tu t'es approchée en titubant, et tu as laissé Javier guider ta main jusqu'à mon sein. Quand tu m'as touchée j'ai cru que j'allais fondre entièrement, que ma peau, ma chair, mes os, allaient se dissoudre pour devenir liquide, un fleuve qui s'écoulerait entre vos mains et disparaîtrait pour toujours. Je n'ai pas fondu. Tu es venue plus près. D'abord tu as léché mon mamelon et puis tu l'as abandonné pour m'embrasser. Enfin.

XVI

Parfois il ne faut pas que les fantasmes deviennent réalité. Je l'ai lu quelque part longtemps après cette nuit chez Javier. Ce ne sont que des représentations et non ce que nous désirons vraiment. Je ne sais pas si c'est exact, je sais seulement que nous explorions de nouveaux territoires, que nous découvrions en tâtonnant le sexe, l'amour, le monde. Éduquées par des mères qui avaient connu leurs maris la nuit de noces, nous en étions venues à devoir gérer une infinité de choses. Décider si nous étions monogames ou pas, si nous voulions une relation traditionnelle dont nous ne savions pas très bien en quoi elle consistait car nous n'en avions vu que dans les films et les séries télévisées. Du sexe trouble plein de violence et de noirceur, de la domination sur les femmes pour que leurs désirs ne s'expriment pas, nous étions passées à décider si une nuit quelconque, assise avec ton fiancé – non, ton « ne nous collons pas d'étiquettes » – tu voulais inviter ta meilleure amie à la fête. De devoir cacher nos cheveux quand des hommes inconnus entraient chez nous, nous étions passées à nous embarquer avec le premier venu que nous rencontrions dans une discothèque. Mais là, c'est aller trop loin, diraient certains observateurs pondérés de nos existences. Se libérer des normes ancestrales que l'on vous imposait chez vous, c'est une chose, mais c'en est une autre de se livrer à cette vie de vice et de libertinage.

Des moralistes, nous n'en manquions pas, il y en avait de toutes les couleurs. Ils ne comprenaient pas notre recherche ni notre besoin de tirer le plus de profit possible de la liberté, une liberté qui nous avait coûté horriblement cher. Parfois nous doutions, bien sûr que nous doutions. Quand les impératifs de la vie quotidienne et la solitude prenaient le dessus, nous nous laissions tenter par la possibilité de revenir. Mais revenir où ? Nous occuper des enfants à la maison, faire le ménage, cuisiner, dépendre de quelqu'un, laisser passer les années jusqu'à ce qu'il ne nous en reste plus ? Non, je crois que ni toi ni moi nous ne nous sommes laissé tromper par cette idéalisation du passé qui nous manquait parce que c'était le nôtre et non pas parce qu'il aurait été bon pour nous.

Nous nous voyions très peu, désormais. Nous ne nous parlions presque plus. Nous évitions même de nous regarder dans les yeux. Toi, tu passais tes journées dehors. C'est à ce moment-là que Jamal est arrivé un dimanche après-midi avec un sac plein de jouets du petit. Il devait partir pendant quelque temps, il reviendrait dans un mois. Cela m'a paru étrange. J'ai appelé ma mère pour lui demander si elle savait quelque chose mais elle m'a dit qu'il s'était enfui, qu'il était embringué dans une histoire bizarre, que la police le recherchait. Voilà comment j'en suis venue à garder le petit en permanence avec moi. Quand il réclamait son père et me demandait de l'amener chez lui, j'essayais de lui expliquer sa disparition. Je ne savais pas que je pouvais être encore plus seule, que ce puits deviendrait toujours plus profond.

Je ne sais pas ce qu'il s'est passé avec Javier. Peut-être la nuit que nous avions passée tous les trois ensemble avait-elle tout changé. Je ne le voyais plus comme avant. J'ai commencé à espacer nos rencontres. Les discours théoriques qui m'avaient tellement éblouie la première fois que je l'avais vu en cours me semblaient maintenant un bavardage ennuyeux et vide de contenu et tout à coup je ne pouvais plus le supporter. J'étais moi-même surprise par mon changement de perspective : avait-il toujours été aussi superficiel, un pédant qui masquait son ignorance des vérités les plus profondes de la vie sous des termes grandiloquents qui ne signifiaient absolument rien ?

Et s'il en était ainsi, pourquoi ne m'en étais-je pas aperçue? Comment m'étais-je laissé impressionner à ce point? J'ai ressenti la même déception que celle vécue avec Jamal, de nouveau j'avais projeté sur Javier un idéal qui n'existait pas, qui n'existait que dans ma tête. Mais je me suis dit que cette fois-ci ce serait sans importance, que lui et moi nous n'étions rien, tu sais bien : sans étiquettes. Il n'avait rien fait de particulier pour me décevoir : c'était moi qui le voyais maintenant tel qu'il était et il me semblait complètement éloigné de ma réalité. Comment aurait pu me comprendre un monsieur de bonne famille qui avait toujours tout eu, résidence secondaire comprise, qui avait été nommé professeur à l'université très jeune parce que le chef de département était un ami de ses parents? Comment pouvais-je me sentir proche de celui qui n'avait jamais vécu dans un quartier que l'on ne peut atteindre qu'après avoir traversé la voie ferrée? Une vie sans souterrain, sans passage à niveau? Comment pouvait-il comprendre que l'on mette chaque jour sa vie en jeu pour rentrer chez soi?

Il me semble qu'une bonne part de ma fascination avait à voir avec ça : sa classe sociale était des plus exotiques pour moi. Mais la fascination pour l'exotisme ne tarde jamais à s'évanouir. Quand ce qui est différent devient quotidien, il cesse d'être différent. Ce à quoi je ne m'attendais pas c'est à sa réaction quand j'ai décidé de le voir moins souvent : il s'est mis à me téléphoner à n'importe quelle heure, me demandant où j'étais allée, avec qui j'étais. Finalement, il est venu m'attendre à la sortie des cours. Nous n'avions pas rompu, je lui avais simplement demandé du temps pour être avec mon fils et pour m'occuper de tout ce dont je devais m'occuper. Et il trouvait que j'étais froide, distante, que j'avais changé, que je ne m'intéressais plus à lui.

Alors que pendant les mois que nous avions passés ensemble il était aimable et agréable, chaque fois qu'il m'appelait et que je lui disais que je ne voulais pas qu'on se voie, il essayait de me convaincre du contraire. Il devenait très lourd, me tenant des discours censés me faire changer d'avis. Et puis il a fini par me dire qu'il m'aimait. Comme ça, sans plus : Je t'aime. D'un ton très peu convaincant, c'est sûr, comme qui débite le menu dans un bar. Ce n'est pas vrai, tu sais bien que ce n'est pas vrai, tu es de ceux qui ne collent pas d'étiquettes, tu ne crois pas à la monogamie. Nous avons continué ainsi un bon moment, nous ne nous voyions que de temps en temps et il avait des élans romantiques de mauvais goût. Vraiment de mauvais goût. Alors je me souvenais de mon père disant que les hommes ne voulaient qu'une seule chose. Javier était-il disposé à enfiler tous ces lieux communs – les lieux communs, c'étaient ses mots à lui – pour ne pas perdre le privilège qu'il avait eu pendant tout ce temps ? Celui de m'avoir à portée de main dès qu'il le voulait parce que j'étais fascinée par lui car il me semblait meilleur que les hommes avec lesquels j'avais grandi ?

J'en ai eu marre du contrôle et des appels, je lui ai dit qu'on laissait tomber. Alors il est devenu encore plus lourd. Il disait qu'il ne pouvait pas accepter ma décision, que je ne pouvais pas la prendre sans tenir compte de son avis. Il téléphonait sans arrêt, il venait à la maison et il y débitait le plus riche des vocabulaires en matière d'insultes et de vexations. Où était-il cet homme raffiné qui écrivait des articles si brillants sur l'hybridation et la subjectivité ? J'ai fini par lui claquer la porte au nez, lui tentant de s'interposer et moi la poussant de toutes mes forces. Moi qui paraissais si peu arabe… Avais-tu raison ? Mon père avait-il raison ? Un autre miroir s'est brisé, celui qui disait qu'il y avait des hommes différents de ceux de notre famille. Des hommes qui respectaient nos décisions et ne tentaient pas de s'imposer par la force. Existaient-ils, en réalité ?

Je ne te l'ai pas raconté. Je ne t'ai pas parlé de ma rupture avec Javier car toi et moi nous ne nous parlions quasiment plus. Tu passais des heures au gymnase, ensuite tu pédalais sans t'arrêter dans toute la ville. Silencieuse toujours, et de plus en plus maigre. Je te laissais le repas tout prêt mais je le retrouvais toujours intact. Quelque chose s'était brisé mais je ne savais pas quoi et comment je devais réagir. Étions-nous allées trop loin ? Et si la liberté n'était qu'une menace, une sorte de risque permanent ? Risque de devenir folle, de perdre l'esprit, de nous changer en casse-tête aux pièces disparates qui ne coïncidaient pas.

Tout cela, c'est ce que je pense aujourd'hui. À l'époque, les idées allaient et venaient dans ma tête dans un désordre complet. Parfois j'étais obsédée par des bêtises que je n'arrêtais pas de retourner dans tous les sens. Parfois, le fil de mes pensées accélérait jusqu'à ce que je ne puisse plus le suivre, ou bien, au contraire, je restais calme, l'esprit vide, incapable de prendre les décisions les plus insignifiantes. Ce que je me reproche le plus concernant ces jours-là, c'est de m'être renfermée sur moi-même, de ne pas t'avoir aidée, de ne pas avoir été là pour toi. J'avais très peur de parler de ce qui s'était passé, de briser l'enchantement de ces événements qui semblaient prisonniers de la bulle rassurante de nos fantaisies. Rassurante et fragile. Si j'appelais par son nom ce qui s'était passé, j'en étais sûre, tout s'effondrerait et je te perdrais. J'en étais convaincue. Nous nous étions goûtées, nous nous étions saoulées l'une de l'autre en laissant Javier de côté. J'avais exploré le moindre repli de ta peau, des épithéliums très tendres et interdits, et nous nous étions regardées l'une l'autre sans filtre, le regard troublé par le vin. C'est ainsi que nous avions vu clair, à moitié endormies, à tâtons, guidées par le toucher, nos doigts désireux de parvenir jusqu'à l'autre. L'avions-nous toujours désiré ? Je ne sais pas, toi et moi nous n'en avons jamais parlé. Je sais ce que j'ai ressenti et ce que j'ai cru lire dans ta façon de me toucher. Mais qui sait, peut-être n'était-ce qu'une autre des projections de mon imagination sur la réalité.

Moi, j'essayais d'échapper à ce genre de pensées. Toi, tu avais eu des expériences sexuelles beaucoup plus aventureuses que les miennes, peut-être la nôtre n'était-elle qu'une aventure parmi d'autres. Qu'à ta salive je trouve une douceur jamais rencontrée dans celle d'aucun homme ne voulait rien dire, que tes doigts habiles m'aient fait tressaillir comme ne m'avaient jamais fait tressaillir ni Jamal ni Javier ne voulait pas dire que tu m'aimais. Nous nous sommes tues, nous avons décidé, sans le dire, de ne pas évoquer ce sujet. Si je pouvais revenir en arrière, je n'hésiterais pas un instant à te le dire : Je t'aimais, je désirais que toi aussi tu m'aimes. Que ce n'est que par toi, en fait, que je m'étais sentie bien traitée, bien regardée, acceptée telle que j'étais. Toi aussi, tu t'es sentie aimée par moi ou étais-je tellement obnubilée par mon manque d'amour-propre que je n'ai pas su manifester la générosité du véritable amour ? Peut-on aimer quand on ne t'a jamais aimé comme on doit aimer ?

Ces élucubrations me parvenaient alors de façon fugace, j'étais très loin d'y mettre de l'ordre, de comprendre ce que signifiait cette torsion dans mon ventre. Et puis c'est arrivé. Et puis tu es partie tout simplement et je me suis retrouvée seule. Nous avons laissé passer le temps en pensant qu'il jouerait en notre faveur, tôt ou tard nous parlerions et nous mettrions fin à ce silence gênant. Mais tout à coup, le temps s'est arrêté. Nous ne l'avions pas prévu. Le tourment de la vie nous empêche souvent de penser qu'elle est limitée et que la fin peut se produire à n'importe quel moment.

Ce jour-là tu es sortie comme toujours avec le sac du gymnase, les clés de la bicyclette à la main et ta casquette noire d'où s'échappait ta queue de cheval. Elle se balançait comme un sillage que tu laissais derrière toi. C'est ce genre de choses qui me manque : le va-et-vient de tes cheveux attachés, le geste d'enlever un peu de rimmel qui a taché ta paupière, de nettoyer avec le pouce le rouge à lèvres qui a débordé. Ou bien de te doucher après t'être maquillée. Autant de gestes pleins de grâce. Tu sortais la tête de derrière le rideau et tu me demandais la serviette de bain.

Quelques heures après ton départ, on m'a téléphoné. Est-ce que j'étais de la famille, est-ce que je pouvais leur indiquer le contact d'un parent proche ? Ils étaient désolés, ce carrefour était très dangereux pour les bicyclettes. Une distraction, un seul instant. Rien, ils n'avaient rien pu faire.

Tu descendais l'avenue Pau Claris à toute vitesse, je ne sais pas ce que tu allais faire, au centre. Avais-tu rendez-vous avec un amant ? Peut-être apportais-tu un CV à un salon de coiffure ? Je l'avais toujours pensé, que certaines rues de Barcelone étaient dangereuses pour circuler à vélo. Mais toi tu n'avais pas peur. Tu étais habituée. Tu allais partout à vélo. Bon marché, pratique, rapide et en plus tu faisais de l'exercice. Toujours ce rappel implacable : l'exercice, la forme et le poids. Maudite soit cette mise en scène inutile qui nous a volé la moitié de nos vies, maudite soit l'idée du sacrifice et de la vitesse et de devoir en faire plus, toujours plus, encore plus. Chaque fois que tu traversais l'un de ces carrefours, tu mettais ta vie en jeu. Et ce jour-là, tu l'as perdue. Tu n'as pas vu que le feu était rouge, m'a dit l'homme qui m'a téléphoné. Et une voiture qui roulait à toute vitesse dans la rue Aragón n'a pas eu le temps de freiner. Tu avais mis le casque, comme toujours, mais il n'a servi à rien. Hémorragie cérébrale, m'a répété la voix, mais j'ai mis du temps à réaliser.

XVII

Ce qui m'a coûté le plus, c'est de m'habituer à ton absence physique. Souvent, il me semblait entendre le bruit de la clé dans la serrure ou celui des assiettes à la cuisine. Je me réveillais et j'allongeais la main car je n'étais pas sûre que ce ne soit pas un rêve. Je parlais avec toi. Comme je le fais maintenant, mais parfois j'étais surprise en m'apercevant que c'était à haute voix. Je t'expliquais les dépenses : ils ont encore augmenté la facture de l'eau, le contrat pour le loyer va bientôt se terminer, et je ne crois pas qu'ils le renouvellent.

Un temps est venu de solitude absolue, le temps de vivre au bord du gouffre. Que ferais-je si je tombais malade ? Qu'arriverait-il au petit ? Notre équilibre était des plus fragiles, après tout ce que nous avions vécu j'en étais plus consciente que jamais. Les mères de l'école discutaient à propos des méthodes d'éducation, elles admiraient les sociétés africaines où toute la tribu prenait soin de l'éducation des enfants. L'envie me prenait de leur dire : Vous voulez une tribu ? Alors, je vous fais cadeau de la mienne, je vous fais cadeau de leurs bontés, et qu'ils vous enferment, et qu'ils vous obligent à vous soumettre. Vous pourrez vous consacrer à vos rejetons, ça c'est sûr, mais à rien d'autre, et ils feront tout leur possible pour rabaisser votre dignité jusqu'à ce que vous ne puissiez plus vous souvenir que vous en aviez une autrefois. Je ne leur disais rien, bien entendu, que leur aurais-je dit ? Je n'en avais pas la force. Faire des dossiers, remplir des formulaires, rentrer le linge quand le soleil se couchait et que j'étais triste de sentir le froid en le touchant, réfléchir tous les jours à ce que nous mangerions, faire les courses, faire les comptes et encore des comptes qui ne tombaient jamais juste, écrire des tas d'âneries dans les devoirs pour l'université que je rédigeais morte de sommeil quand le petit s'était endormi, l'amener au parc les week-ends, dans l'ennui infini des parcs, sans personne à qui parler, j'en avais par-dessus la tête.

Tu lui manquais au petit. Même si tu ne passais pas beaucoup de temps avec lui, vu le rythme frénétique qui était le tien quand tu étais en forme, en fait, tous les trois, nous étions une famille. Pour cela aussi, j'étais minée par la culpabilité : j'avais mis au monde un enfant que j'étais en train de condamner, à cause de mes désirs de liberté, à grandir sans personne. Ni père, ni grands-parents, ni famille d'aucune sorte. Tu étais notre seule famille. Je ne voulais appartenir à aucune tribu mais les enfants ont besoin d'une autre compagnie, d'autres références qu'un mère seule. Je me souvenais de la mienne quand elle disait qu'il ne faut pas faire *rmuncar*, que faire du mal à des innocents était un péché très grave. Et moi j'avais fait *rmuncar* en mettant au monde un enfant d'une façon très irresponsable, sans m'assurer auparavant d'avoir choisi un bon père, sans avoir les moyens nécessaires pour l'élever dignement. Sais-tu que c'est là l'une de mes blessures les plus profondes ?

Souvent, tu me rappelais que nous n'avions pas la main sur tout, qu'avoir des enfants nous arrive simplement parce que nous sommes des êtres humains, ce n'est pas de notre faute. Il n'y a pas de mère parfaite parce qu'il n'y a pas de vie parfaite et le bonheur de nos enfants dépend de tant de choses. Bien entendu, tu disais tout ça quand tu étais encore la femme réfléchie et pratique que j'avais connue dans le quartier. Ensuite, l'éloignement irréversible entre toi et ta fille, tu l'as payé cher. Plus cher que tu ne le disais.

Mon fils disait qu'il voulait une famille, que ses amis allaient chez leurs grands-parents les week-ends. Moi, à cause de mes choix, je l'avais privé d'une chose aussi importante.

Quand nous rencontrions des gens connus, il leur demandait toujours s'ils voulaient venir à la maison. Ma solitude était aussi la sienne.

J'ai cessé de manger. Cette fois pas pour maigrir. Mon estomac s'est fermé, je ne sentais ni les odeurs ni les saveurs. Mon corps ne semblait être qu'un véhicule qui me servait à me déplacer d'un endroit à l'autre : du travail à l'école, de l'école à la maison, de la salle à manger au lit. Sans le petit, je n'aurais eu aucune raison d'aller de l'avant.

Un jour je me suis vue. Je ne me regardais presque jamais dans un miroir mais je suis tombée par hasard sur l'image d'une femme aux pommettes saillantes et aux cheveux en bataille, avec une tristesse au fond des yeux semblable à celle que j'avais aperçue dans les tiens, le premier jour, aux trois tours. C'était ça. Plutôt que mon extrême maigreur, plutôt que le mal-être et le manque d'envie de vivre, c'est la découverte de ta tristesse dans mon propre reflet qui m'a poussée à prendre une décision.

J'ai appelé l'hôpital où j'avais été internée pour demander si le psychiatre qui s'était occupé de moi y travaillait toujours. On m'a dit que non mais qu'il avait une consultation privée. J'ai téléphoné pour prendre rendez-vous.

Il était content de me voir, il me l'a dit. Moi, j'avais peur de le décevoir, d'être retombée dans le même puits. Je n'ai pas été courageuse, je n'ai pas été forte, je n'ai pas pu. Sont revenus les souvenirs du temps où je vivais avec mes parents, de cet été infernal, des cris et des plafonds bas. Je me suis aperçue que même si je m'étais enfuie de là-bas, si j'avais coupé tout lien, même si j'étais écrivaine, étudiante, travailleuse, mère, même si j'avais surmonté tant de difficultés, en réalité j'étais toujours enfermée dans mon lit du haut en métal rouge, à deux doigts du plafond.

Je me suis mise à parler sans m'arrêter, ce jour-là et les jours suivants. De toi et de ma mère, de notre expulsion, du fait que tout cela soit si injuste, de la frustration de ne pas pouvoir changer les choses, que personne ne nous comprenne, que personne ne puisse voir notre blessure. J'ai parlé des hommes et du sexe, de l'amour qui n'existait pas, je vous assure qu'il n'existe pas, et du désir et du corps comme problème. Et du fait, quand je n'arrivais pas à expliquer ce qui m'arrivait, qu'apparaissaient mes démons de toujours pour prendre possession de ma chair et me transformer de nouveau en une pelote de fils emmêlés qui appartenait à tout le monde sauf à moi-même. Et que je n'avais rien fait pour te sauver.

Pourquoi n'ai-je rien fait pour te sauver ? Quand j'ai commencé à lui raconter ton histoire, comment tu te comportais les derniers temps, dès notre arrivée à Barcelone, et comment tu t'étais laissé embarquer par tous ces inconnus, au risque de ta vie. Quand j'ai dit à voix haute ce que tu avais fait, je me suis lancée : Tout ça n'était ni la liberté ni rien qui y ressemble, tout au contraire. C'était une façon de te punir pour l'échec de tes deux mariages : le premier, traditionnel, avec un homme que ta mère avait choisi pour toi, le second par amour, un amour de cinéma qui ensuite, dans la réalité, s'était révélé être une farce. Et moi je n'arrêtais pas de te casser les pieds avec mes incertitudes, mes marottes, je parlais sans arrêt et je ne me suis pas rendu compte que si tu n'exprimais pas ta douleur cela ne voulait pas dire que tes blessures étaient moins profondes.

Travailler sans répit afin de ne pas avoir une seule minute libre pour penser, s'épuiser au gymnase, demander à tes amants qu'ils te frappent et te mordent jusqu'à te couvrir de marques, t'empiffrer jusqu'à faire exploser les limites de ton corps, t'exposer, n'être plus qu'un sexe sur les estrades et puis les régimes stricts et les interventions esthétiques douloureuses. Tout, absolument tout, avait une seule cause : cette blessure qui suppurait, cette blessure ancestrale si profonde qui restait ouverte chez beaucoup de femmes. Pourquoi ne l'ai-je pas vu ? Pourquoi ai-je cru à cette fable, que nous faire du mal à nous-mêmes c'était la liberté ? Que la liberté c'était choisir, même si nous choisissions la soumission et les mauvais traitements de toujours. Nous nous sommes libérées de bien des oppressions, mais nous n'avons pas su nous défaire du masochisme, qui avait été utile à nos mères pour survivre. Toi, il t'a tuée, je le sais maintenant. La douleur, même si elle était contrôlée, ne t'a pas guérie, bien que quelques théoriciennes des plus modernes aient défendu cette idée. Chez toi, elle a provoqué la confusion qui t'a conduite à la mort, j'y vois clair maintenant. Je ne peux m'empêcher de penser que si je m'en étais aperçue à ce moment-là, j'aurais peut-être pu te sauver. Nous nous sommes accrochées l'une à l'autre, c'était notre seule consolation, mais notre amitié n'a pas suffi, elle n'était pas suffisante pour supporter tous ces coups et cette blessure vieille de plusieurs siècles.

Au psychiatre, je lui ai expliqué que je voulais redevenir petite, laisser tous les problèmes derrière moi, que ma mère me manquait et que je voulais qu'elle prenne soin de moi comme le font les mères, je voulais qu'elle voie grandir son petit-fils, célébrer les anniversaires et les fêtes, savoir que si je tombais, il y aurait quelqu'un pour me soutenir, qui pourrait soutenir mon fils.

Je lui ai parlé de toi mais même là je n'arrivais pas à me défaire de ma culpabilité. Je n'avais pas prêté attention à ta douleur, et en plus je t'avais incitée à faire ce que tu n'as pas pu supporter, j'avais profité de toi. D'abord de ton enthousiasme juvénile, de ton pragmatisme et de ta volonté. En plus de ta compagnie loyale. Et moi, qu'avais-je fait pour toi ? Rien, absolument rien. Pourquoi étais-je toujours en vie ? Pourquoi je méritais de vivre alors que toi tu étais restée allongée sur l'asphalte pour toujours ?

Le psychiatre m'a suggéré de t'écrire, de t'envoyer une lettre. Et c'est ce que j'ai fait.

Petit à petit, je crois que je finis par tout comprendre, j'y mets de l'ordre. D'avoir tout couché par écrit ici a soulagé ma colère, ma tristesse, mon sentiment d'impuissance. Rien de ce que je raconte ne changera le passé, mais cela sert comme preuve de ce qui est arrivé. La vérité profonde de notre histoire était plus simple que nous l'imaginions. Cela n'avait rien à voir avec le choc des cultures, avec l'intégration, ni avec le fait d'être entre deux mondes ni avec toutes ces choses qui nous ont tant inquiétées. La seule chose que nous voulions, c'était être aimées. Telles que nous sommes, rien de plus. Sans avoir à nous amputer, nous adapter ou nous soumettre. Ni voilées ni faméliques ni perforées par mille aiguilles ni badigeonnées de mille crèmes ni engoncées dans des robes trop serrées. Simplement avec nos corps, qui sont nous-mêmes, avec nos caractères, nos pensées, nos émotions et nos blessures, celles qui ont cicatrisé et celles qui restent ouvertes. Rien de plus.

Cet ouvrage a été achevé d'imprimer en novembre 2024
dans les ateliers de Normandie Roto Impression s.a.s.
61250 Lonrai
N° d'imprimeur : 2405111
Dépôt légal : février 2025

Imprimé en France